MAGISCHE KATZEN

Phantastische Geschichten
von

LILIAN JACKSON BRAUN,
TANITH LEE,
URSULA K. LE GUIN,
ISAAC ASIMOV
und vielen anderen Autoren

Herausgegeben von
Jack Dann & Gardner Dozios

Deutsche Erstausgabe

WILHELM HEYNE VERLAG
MÜNCHEN

HEYNE ALLGEMEINE REIHE
Nr. 01/9790

Titel der Originalausgabe
MAGICATS II

Umwelthinweis:
Dieses Buch wurde auf
chlor- und säurefreiem Papier gedruckt.

Redaktion: Werner Heilmann

Printed in Germany 1996
Quellenverzeichnis: s. Anhang
Umschlagillustration: Jim Warren
Umschlaggestaltung: Atelier Ingrid Schütz, München
Satz: Schaber Satz- und Datentechnik, Wels
Druck und Bindung: Ebner Ulm

ISBN 3-453-09316-X

Danksagung

Die Herausgeber bedanken sich für Hilfe
und Unterstützung bei:
Susan Casper, die bei der Textdurchsicht half
und ihren Computer zur Verfügung stellte;
Jeanne Van Buren Dann; Janet Kagan; Ricky Kagan;
Sheila Williams; Ian Randall Strock;
Scott L. Towner; Russell Atwood; Ellen Datlow;
Michael Swanwick; Virginia Kidd;
Pamela Sargent; den Mitarbeitern von
Borders bookstore in Philadelphia;
Greg Frost; und besonderen Dank an
Susan Allison und Ginjer Buchanan.

Inhalt

FRITZ LEIBER

Eine kreative Katze

Seit dem ›Goldenen Zeitalter‹ der Szenezeitschrift Astounding, *also den 40er Jahren bis heute, reicht die Karriere von Fritz Leiber, und es gibt kein Anzeichen dafür, daß seine Vitalität nachließe oder sein Einfallsreichtum ärmer würde. Seine Bedeutung für die Entwicklung der modernen Science Fiction und Fantasy-Literatur ist unumstritten. Leiber gilt als einer der Väter der* Heroic fantasy, *und seine Fortsetzungsgeschichten über Fafhrd und Gray Mouser zählen nach wie vor zu den komplexesten und intelligentesten Erzählungen jenes Sub-Genres, das gemeinhin als ›Sword & Sorcery‹ bezeichnet wird (es heißt, daß Leiber diesen Begriff selbst geprägt hat). Herausragend ist er auch als Autor übernatürlicher Gruselgeschichten in der Tradition von Lovecroft und Poe; von ihm ist die sogenannte moderne oder ›urban‹ Horrorstory gleichsam erfunden worden. Geschichten wie ›Smoke Ghost‹ wurden mittlerweile zu Klassikern.*

Leiber ist außerdem einer der ganz Großen auf dem Gebiet der Science Fiction. Er gehörte zu den wichtigsten Autoren sowohl von Campbells Astounding *in den 40er als auch H. L. Golds* Galaxy *in den 50er Jahren und lieferte unablässig erstklassige Beiträge für Magazine und Anthologien der 60er, 70er und 80er Jahre. Leiber ist sechsmal mit dem Hugo ausgezeichnet worden, viermal mit dem Nebula Award, dreimal mit dem World Fantasy Award, wovon einer seinem Lebenswerk gewidmet wurde, und letztlich mit dem Grandmaster of Fantasy Award. Zu seinen Werken zählen:* The Green Millennium; A Specter Is Haunting Texas; The Big Time *und* The Silver Eggheads, *die Anthologien* The Best of Fritz Leiber; The Book of Fritz Leiber; The Change War; Night's Black Agents; Heroes and Horrors; The Mind Spider *sowie* The Ghost Light *und die acht Bände der Fafhrd-Gray-Mouser-Geschichten, wovon die wichtigsten Titel wohl* The Swords of Lankhmar; Swords in the Mist *und* The Knight and Knave of Swords *sind.*

Hier nun zu Beginn dieser Anthologie eine Katzengeschichte von ihm, eine kaum bekannte Fortsetzung seiner berühmten Erzählung ›Space-Time for Springers‹. Es handelt sich jedoch beileibe nicht um eine gewöhnliche Katzengeschichte, zumal Gummitch, der Protagonist, keine gewöhnliche Katze ist, sondern, wie Sie erfahren werden, ein Kater mit einer Vorliebe fürs ganz Besondere …

Nachdenklich betrachtete Gummitch das geschmolzene Silber der Sonne im Wasserspiegel seines Trinknapfs, der vorm Küchenfenster auf dem Boden stand. Aus Erfahrung wußte er, daß ihm, geblendet vom Licht, für eine Weile dunkle Geistersonnenflecken durchs Gesichtsfeld schwimmen würden, was er leidlich interessant fand. Langsam schob er den Kopf über das Wasser, vorsichtig, um die Oberfläche nicht durch seinen Atem in Bewegung zu versetzen, und starrte sein Spiegelbild an, auf das Gummitch-Double, das seinerseits zu ihm hinaufstarrte.

Gummitch hatte schon bei früheren Gelegenheiten die Entdeckung gemacht, daß sich Wasserspiegelungen von Spiegelungen in senkrechten Glasscheiben unterscheiden. Die geruchlose Geisterwelt hinter spiegelnden Scheiben entspricht dem Oben und Unten der sogenannten realen Welt; ihr Untergrund ist gleichsam der verlängerte Boden, auf dem wir stehen. Die Welt im Wasserspiegel dagegen verkehrt die Schwerkraftverhältnisse. Man schaut hinab, und das Geisterdouble blickt zu einem auf. Wasserspiegel sind wie Löcher oder Gruben in unserer Welt und scheinen in einen gespenstischen Abgrund zu führen.

Gummitch hatte sich schon oft gefragt, ob ihn, wenn er in ein solches Loch spränge, die gegensinnige Schwerkraft der Geisterwelt auffangen oder ob er immer weiter in die Tiefe stürzen würde. (Spekulationen wie diese sind womöglich Ursache für die katzentypische Abneigung, ins Wasser zu springen.)

Es gab jedoch mindestens eine Ausnahme der beobachteten Regel. Auf dem Frisiertisch von Kitty-komm-her lag ein Hohlspiegel, der ebenfalls den Blick in eine Geisterwelt mit verkehrter Schwerkraft ermöglichte. Das wußte Gummitch von seinen regelmäßigen Ausflügen auf dieses Tischchen, wozu ihn die herrlich blumigen oder moschusartigen Düfte aus den zerbrechlichen Fläschchen verlockten.

Aber Gummitch wußte auch, daß solche Regelausnahmen einen Schlüssel lieferten für Erkenntniszuwachs und Durchblick. So lernte er, daß die Geisterwelt hinter dem Hohlspiegel von Kitty-komm-her von diesseitigen Luftzügen unbehelligt blieb, während der Wasserspiegel und alles, was jenseits davon lag, durch den leisesten Luftzug gestört werden konnte, mit rhythmischen und surreal anmutenden Verzerrungen reagierte oder sich gar in ein Chaos verwandelte. Von solchen Störungen war nur die Geisterwelt betroffen, nicht aber die reale Welt. Der Beweis lag sozusagen auf der Pfote. Denn die veränderte sich nicht, wenn sie die Wasseroberfläche aufwühlte und damit ihr eigenes Abbild verwackeln ließ. (Daß jenseits des Wasserspiegels eine Geisterwelt liegt, wurde von Katzen und primitiven Menschen zuerst entdeckt; sie machten die Beobachtung, daß die Bewohner dieser Welt schon vom kleinsten Windhauch verweht werden können, fraglich also aus feinster Substanz bestehen, die sich jedoch immer wieder regenerieren kann.)

Gummitch fand Gefallen daran, den Wasserspiegel in rhythmische Unruhe zu versetzen, und wünschte, es könnte gelingen, die seltsame Schönheit der verzerrten Geisterwelt Wirklichkeit werden zu lassen.

An jenem sonnigen Tag, da unsere Geschichte beginnt, war die Geisterwelt unter dem Wasserspiegel in Gummitchs Trinknapf besonders hell und lebendig. Nachdem er sein Doppel für eine Zeitlang gemustert hatte, tauchte Gummitch die Zunge ins Wasser, um seinen Durst zu stillen. Während er schleckte, spritzte ein Tropfen auf, der im Sonnenlicht wie ein Diamant funkelte. Für Gummitch schien es, als jonglierte er die Sonne auf der Zunge. Verwundert schüttelte er den Kopf und tippte mit der Pfote an den Napf. Der war bis zum Rand gefüllt, und ein paar Tropfen schwappten darüber hinweg. Auch sie glitzerten wie winzig kleine Sonnen. Gummitch hatte eine flüchtige Vision, einen kreativen Impuls, der aber, schwach wie er war, ohne Wirkung blieb. Erneut schüttelte der Kater den Kopf, wich vom Napf zurück und legte grüblerisch den Kopf auf die Pfoten. Die Sonne verschwand hinter einer Wolke, so daß es nun in der Küche dunkler wurde. Das goldene, schwarzgestreifte Fell des Katers glänzte wie ein Rest des Lichts, das die Sonne zurückgelassen hatte.

Kitty-komm-her stand in der Tür zum Eßzimmer und hatte die Szene mitangesehen. Am Abend berichtete sie davon Vater Panhas, ihrem Mann.

»Er hat sich vor dem Wasser regelrecht erschreckt, als wäre Gift darin«, sagte sie. »Seit kurzem enthält es noch mehr Chlor als sonst, verstehst du. Vielleicht schmeckt er auch die Fluoride, mit denen es versetzt wird, um gegen Karies vorzubeugen.«

Der Alte zweifelte daran, doch seine Frau fuhr fort: »Ich frage mich ernstlich, wo Gummitch in letzter Zeit trinkt. An seinen Napf scheint er jedenfalls nicht mehr ranzugehen. Alle Wasserhähne sind dicht, und Vasen stehen auch nirgends herum, aus denen er Blumenwasser schlecken könnte.«

»Wahrscheinlich trinkt er irgendwo draußen«, meinte Panhas.

»Aber er geht doch in letzter Zeit kaum mehr vor die Tür«, erwiderte Kitty-komm-her. »Wegen Fetzer und Killer-Castro, du weißt ja. Außerdem hat es seit Wochen nicht geregnet. Es ist mir ein Rätsel, wie er seinen Flüssigkeitsbedarf deckt. Übrigens, vielleicht sollte ich sein Wasser abkochen. Davon geht doch der Chlorgehalt raus, oder?«

»Kann es sein, daß er eine Depression hat?« fragte Panhas. »Die ist nämlich meist der Grund für heimliches Trinken.«

Mit dieser scheinbar abwegigen Vermutung kam er der Wahrheit recht nahe. Gummitch war in der Tat ziemlich deprimiert, darüber nämlich, daß er seine Jungkatzenträume von einer Zukunft als Astronaut, als Wissenschaftler und Entdecker der vierten Dimension hatte begraben müssen. Zwar war die schwarze Wolke der Enttäuschung, der Einsicht in seine Beschränktheit als Katze inzwischen schon wieder ein wenig lichter geworden, doch fühlte er sich immer noch reichlich niedergeschlagen und frustriert.

Gummitch war in einem für Kater problematischen Alter, nämlich in der Phase zwischen der ersten und zweiten Pubertät, also zwischen dem Erreichen der Geschlechtsreife und der Entwicklung zum ausgewachsenen, breitbackigen und ernstzunehmenden Wettbewerber um die Gunst der Katzenweibchen. Normalerweise wäre es jetzt für ihn an der Zeit, das Außenrevier zu erforschen, die nähere Umgebung systematisch, Quadratmeter um Quadratmeter, zu sondieren, Artgenossen aufzuspüren, vorsichtig um ledige Weibchen herumzupirschen und sich unter potentiellen Rivalen Respekt zu verschaffen. Doch dem standen zwei stämmige Kater im Weg, die gleich nebenan wohnten. Sie hatten kein Liebeswerben im Sinn, sondern nur Mord und Totschlag – und waren außerdem Verbündete in der gemeinsamen Absicht, Gummitch das Fell über die Ohren zu ziehen. Die Spitznamen – Fetzer und Killer-Castro – waren ihnen von Gummitchs Herrchen verliehen worden. Die beiden gehörten nämlich zu jener Sorte Kater, die durch ihre Kastration nicht etwa friedlicher, sondern im Gegenteil gemeingefährlich und mordlüstern wird. Verglichen mit diesen Schwergewichtlern war Gummitch allenfalls ein Bantam-Kater. Fetzer und Killer-Castro wechselten sich ab, um ihm, Gummitch, vor der Küchentür aufzulauern. Seine Ausflüge nach draußen beschränkten sich deswegen auf kurze Sprints in den nächstbesten Unterschlupf, wo er dann oft, belagert von den beiden Kontrahenten, stundenlang ausharren mußte.

Gummitch bedauerte sehr, daß die beiden älteren Katzen des Hauses, Ashurbanipal und Kleopatra, zu Panhasens Mutter aufs Land gezogen waren. Die zwei hätten sich die verschnittenen Miststücke gehörig zur Brust genommen!

Weil er also ganz auf sich allein gestellt war, blieb Gummitch meist zu Hause, ganz gegen die Natur einer Katze, die es doch immer wieder nach draußen in die Wildnis lockt. Am freien Auslauf behindert, verfiel Gummitch alsbald ins Grübeln. Allzu häufig dachte er an Gespenster in Spiegelwelten, an das Gerippe der im Kleiderschrank verhungerten Katze oder an ähnlich scheußliche Geschichten. Er versenkte sich tief ins Unterbewußtsein, wo die gesammelten Erfahrungen seiner Gattung gespeichert waren, doch interessierte ihn weniger die altägyptische Zeit, in der seine Vorfahren als Günstlinge der hübschen Katzengöttin Bastet verehrt und nach einem beschaulichen Leben feierlich einbalsamiert wurden. Sehr viel packender fand er die Erinnerung ans europäische Mittelalter, als die Menschen einen Ausrottungsfeldzug gegen Feliden geführt hatten, weil sie diese für Verbündete der Hexen hielten. (Er spielte kurz mit dem Gedanken, Kitty-komm-her in eine Hexe zu verwandeln, doch seine hypnotisierenden Blicke und sein versuchsweise als Zauberformel intoniertes Schnurren machten das Frauchen bloß nervös.) Immer mehr Zeit verbrachte Gummitch nun damit, über okkulte Theorien zu brüten; so stellte er sich Katzen als stumme Seelen auf Wanderschaft vor, als geknebelte große Geister und dergleichen.

Natürlich war er nicht mehr so naiv wie als Jungkätzchen, als ihm noch die Phantasie die Wirklichkeit hatte ersetzen können, doch seine Vorstellungskraft war lebendig wie eh und je. Eine wahrhaft frustrierende Fähigkeit.

Zum Nachdenken zog er sich nun öfters und für immer längere Zeitabschnitte in einen alten Schuhkarton zurück, der nur zu einer Seite hin offen war. Das beengte Quartier schien zur Meditation wie geschaffen. Panhas nannte den Karton ›Orgon-Kiste für Katzen‹; dabei bezog er sich auf die sogenannten Orgon-Energieakkumulatoren, konzipiert von jenem psychoanalytischen Quacksalber namens Wilhelm Reich.

Gummitch hoffte nichts sehnlicher, als jene flüchtigen Eindrücke des Schönen festhalten zu können, die sich dann und wann seinem dunkel umwölkten Bewußtsein vermittelten. Auch jetzt, am Abend des sonnigen Tages, da er von seinem Trinknapf zurückgewichen war, widmete er sich wieder einmal diesem Problem. Er ahnte, einer großen Idee nahegekommen zu sein, einer Idee, in die Wasser, Licht und Bewegung einflossen. Doch leider hatte sich diese Idee wieder von ihm entfernt. Verdrossen schloß er die Augen und zuckte mit der Nase. Ich muß mich konzentrieren, dachte er, konzentrieren …

Am nächsten Tag tat Kitty-komm-her, was sie sich vorgenommen hatte. In einem blitzsauberen Emailletopf brachte sie einen halben Liter Wasser zum Kochen, ließ es abkühlen und wollte damit den vermeintlich abschreckenden Inhalt in Gummitchs Napf ersetzen, als ihr auffiel, daß dieser umgestoßen dalag.

Für sie stand außer Frage, daß ihr tolpatschiger Mann dafür verantwortlich war, oder vielleicht auch eines der Kinder, die quirlige Sissy oder deren Schwesterchen, das noch auf allen vieren umherkroch. Wie dem auch sei, sie wischte den Napf aus und füllte ihn mit entchlortem Wasser.

»Kitty komm her! Kitty komm her!« rief sie Gummitch zu, der ihr von der Küchentür aus aufmerksam zugesehen hatte. Er rührte sich nicht. »Na schön, wenn du nicht willst …«, sagte sie und zuckte mit den Schultern.

Daß das verschüttete Wasser restlos verschwunden war, gab der Frau zu denken. Es konnte in der kurzen Zeit kaum verdunstet sein, zumal es nicht besonders heiß war in der Küche. Doch dann sah sie die Pfütze an der Wand, ganze drei Schritte vom Napf entfernt. Stirnrunzelnd suchte sie nach einer Erklärung.

»Ich hätte nicht gedacht, daß der Küchenboden so uneben ist«, sagte sie zu dem alten Panhas, nachdem sie zu Abend gegessen hatten. »Vielleicht wär's angebracht, ihn vom Keller aus mit Balken abzustützen. Stell dir vor, ich steh am Herd, und die Dielen krachen mir unter den Füßen weg.«

»Ach was«, entgegnete ihr Mann. »Das Haus ist stabil. Daß der Boden ein bißchen geneigt ist, hat nichts zu bedeuten.«

»Wenn du das sagst…« Kitty-komm-her ließ durchaus Zweifel anklingen.

Am nächsten Tag fand sie Gummitchs Napf abermals umgekippt. Als sie die Lache aus abgekochtem Wasser mit einem Lappen aufwischte, machte sie sich ein paar zusätzliche Gedanken, und dafür brauchte sie nicht etwa in eine Orgon-Kiste zu kriechen.

Der alte Panhas und Sissy bestritten entschieden, daß sie den Napf umgestoßen hätten oder aus Versehen auf dessen Rand getreten seien. Kitty-komm-her ließ sie daraufhin wissen, zu welcher Schlußfolgerung sie gekommen war. »Ich glaube, Gummitch hat den Napf umgekippt«, sagte sie. »Er will uns darauf aufmerksam machen, daß er mit dem Wasser immer noch nicht einverstanden ist.«

»Vielleicht leckt er es lieber mitsamt Hausstaub und Milben vom Boden auf«, meinte Panhas, der Katzen für kauzige Wesen hielt.

»Muß ich dich erst mit der Nase drauf stoßen? Mein Linoleum ist blitzblank gescheuert«, ereiferte sich Kitty-komm-her.

»Na, dann schmecken ihm womöglich Scheuerpulver und Desinfektionsmittel«, sagte Panhas.

Kitty-komm-her schnaubte verärgert. »Im Ernst, ich will wissen, wo er sich sein Wasser holt. Seit Wochen kriegt er keine Milch mehr, und ich sehe ihn nur trinken, wenn ich ihm ein bißchen Brühe gebe. Daß er dabei nicht völlig austrocknet, ist mir ein Rätsel ...«

»Vielleicht hat er sich auf dem Speicher eine Destille zusammengebastelt«, unterbrach Panhas.

»... aber ich werde schon noch dahinterkommen«, fuhr Kitty-komm-her fort und ignorierte den albernen Einwurf ihres Mannes. »Ich werde herausfinden, wo er trinkt und warum er ablehnt, was ich ihm gebe. Vielleicht sollte ich mal eine Prise Salz ins Wasser tun? Eine kleine Prise nur.«

»Mir scheint, du glaubst, Tiere wären wählerischer als Menschen«, bemerkte Panhas.

»Was sie wohl auch sind«, erwiderte seine Frau. »Das zeigt sich schon daran, daß sie weder Zigaretten rauchen noch Martinis trinken. Ich bin fest davon überzeugt, daß Tiere und insbesondere Katzen Feinschmecker sind. Sie essen am liebsten lecker zubereitete Speisen. Dosenfutter ist ihnen zuwider, aber sie fressen es, weil ihnen meist nichts anderes übrigbleibt. Im Notfall würden auch wir darauf zurückgreifen. Übrigens glaube ich, daß Gummitch nur deshalb auf Panhas (Gericht aus Wurstbrühe und Buchweizenmehl) scharf ist, weil du ihn schon früh auf den Geschmack gebracht hast.«

»Er hält es wahrscheinlich für etwas besonders Feines«, sagte der Alte.

Am nächsten Tag fand Kitty-komm-her das leicht gesalzene Angebot ebenso umgestoßen wie die abgekochten Wassergaben.

Das Rätsel vom umgekippten Wassernapf beschäftigte die Menschen um Gummitch wochenlang. Wenn auch nicht Tag für Tag, so doch häufig und bisweilen sogar zwei- bis dreimal kurz nacheinander war das Schälchen umgestoßen. Zwar hatte ihn noch niemand in flagranti ertappt, doch alle waren sich einig, daß Gummitch der Übeltäter sein mußte. Nur Panhas hatte zwischenzeitlich die beiden Mädchen im Verdacht, ließ aber nichts davon verlauten.

Kitty-komm-her kaufte einen Gumminapf mit breitem Sockel. Die Entscheidung fiel ihr nicht leicht, zumal sie davon ausgehen mußte, daß Gummitch womöglich Anstoß am Geruch des Gummis nehmen würde. Aber auch dieses Gefäß lag immer wieder umgeworfen da, wie zuvor das Porzellanschälchen und der Blechnapf, aus dem Gummitch als Jungkatze getrunken hatte und der darum versuchsweise wieder restauriert wurde.

Man überlegte hin und her, zog jede Möglichkeit in Erwägung. Die mysteriösen Vorfälle ereigneten sich schon seit über einem Monat, als Kitty-komm-her eines Tages erklärte: »Mir ist aufgefallen, daß immer dann, wenn die Sonne scheint, der Napf unangerührt bleibt.«

»Herrjemine!« stöhnte Panhas auf.

Kitty-komm-her suchte unverdrossen nach einem Rezept, das dem Kater munden könnte, und je länger der Erfolg ausblieb, desto phantasievoller wurden ihre Wasseraufbereitungsmethoden. Auf das Abkochen verzichtete sie nun. Statt dessen rührte sie mal eine Prise Zucker unters Wasser, mal einen Löffel Bier, ein paar Krümel Oregano, ein Lorbeerblatt, ein Veilchen, einen Tropfen Vanilleextrakt, einen Tropfen Jod und so weiter.

Kein Wunder, daß er das Zeug ablehnt, dachte der Alte, hütete sich aber, seine Meinung kundzutun.

Inspiriert vom Anblick grün glänzender Flaschen, die der Supermarkt feilbot, kaufte Kitty-komm-her mehrere Liter stilles Wasser aus einer berühmten Quelle. Daß sie diesen Einfall nicht früher gehabt hatte, wunderte sie sehr, war ihr doch das mit Chlor und Fluoriden vergällte Leitungswasser immer schon suspekt gewesen.

Das Rätselraten um den umgekippten Napf wurde allerdings bald noch kniffliger, durch die Beobachtung nämlich, daß Gummitch allmählich von seiner Depression geheilt schien und ein recht lustiges Verhalten an den Tag legte. Eines Abends tanzte er auf Katzenart eine Polka durchs Wohnzimmer und war schließlich so ausgelassen, daß er sich auf einen Schaukampf mit dem Ungeheuer Staubsauger einließ. Panhas hatte einen kleinen Bürstenaufsatz an den Schlauch gesteckt und neckte den jungen Kater damit. Der geriet fast außer sich und schlug die Krallen in das borstige Ding, das ihm fauchend übers Bauchfell strich. Auch als er später nach einem Gerangel mit Killer-Castro an der Schulter blutend nach Hause zurückkam, machte Gummitch einen ungewöhnlich aufgekratzten, heiteren Eindruck.

An einem sonnigen Sonntagnachmittag löste sich das Rätsel schlagartig. Kitty-komm-her schlurfte auf Socken ins Badezimmer, und was sie dort sah, ließ ihr die Haare zu Berge stehen. Es schien, als versuchte Gummitch sich in der Toilette zu ersäufen. Sein Hinterteil ragte noch über die Brille hinweg, doch der Rest des Körpers war in der Kloschüssel verschwunden. Sie schlich näher heran und sah, daß sich der Kater mit gegrätschten Vorderbeinen am Rand abstützte und den Kopf zwischen die Schultern gekeilt hatte. Deutlich waren schleckende Laute zu hören.

Kitty-komm-her war fassungslos, hatte sie doch, was die geschmäcklerische Naschhaftigkeit von Katzen anging, klare Vorstellungen, die hier auf Widerspruch stießen. Immerhin war sie taktvoll genug, um auf lauthals geäußerte Vorwürfe zu verzichten. Statt dessen rief sie leise ihren Mann herbei.

Als Panhas in der Tür erschien, hatte sich Gummitch bereits erfrischt und tauchte mit ruckartigen Verrenkungen rücklings aus seinem ›Brunnen‹ auf. Maunzend und mit einem flüchtigen Blick nach oben trippelte er an Herrchen und Frauchen vorbei und verzog sich in die Küche.

Durchs Fenster strahlte helles Sonnenlicht in den blauweiß gestrichenen Raum. Draußen war der Himmel wolkenlos, und die Blätter rauschten im Wind. Gummitch warf einen Blick zurück, als wollte er sich versichern, daß ihm die menschlichen Hausgenossen auch folgten, maunzte noch einmal und schnürte schnurstracks auf den Wassernapf zu – in der deutlich erkennbaren Absicht, sein Geheimnis nun endlich zu lüften.

Kitty-komm-her hatte sich selbst übertroffen, den Napf mit stillem Wasser aus der Flasche gefüllt und zur Dekoration ein paar Rosenblätter darauf schwimmen lassen.

Gummitch betrachtete den Napf, schnupperte daran und fischte dann Blatt für Blatt mit den Krallen aus dem Wasser. Panhas war geneigt zu sagen: »Na bitte«, blieb aber stumm.

Als die Wasseroberfläche nun von den Blättern befreit war und im Sonnenlicht schaukelte, legte Gummitch eine Pfote an den Rand des Napfs und ruckte daran.

Das Wasser schwappte zur Hälfte über, sammelte sich und strömte in kleinen Rinnsalen dahin, die wie silberne Bänder im Sonnenlicht funkelten und sich, den Unebenheiten des Bodens folgend, verzweigten und wieder vereinten. Gummitch kauerte daneben und sah aufmerksam zu. Zentimeter um Zentimeter begleitete er jede Wasserbewegung mit seinen Blicken. Staute sich ein Rinnsal, hob er die Pfote, als wollte er hineinpatschen, hielt sich aber doch zurück. Vor Erregung maunzte er zweimal leise.

»Er spielt damit.« Panhas war sichtlich verblüfft.

»Nein«, entgegnete Kitty-komm-her mit großen Augen. »Er ist irgendwie schöpferisch tätig. Er kreiert silberne Mäuseschwänze, Wasserschlangen; ineinander verflochtene Rankenmuster.«

»Himmel, du hast recht«, stimmte der Alte zu. »Eine ganz neue Kunstform. Wie soll man das benennen? Wassermalerei? Oder Wasserbildnerei? Ja, ich glaube, das trifft die Sache. Er entwirft Skulpturen aus flüssigem Material.«

»Schade nur, daß sie nicht lange vorhalten«, meinte Kitty-komm-her. »Kunst sollte von Dauer sein. Schau, jetzt ist fast alles drüben an der Wand zusammengelaufen.«

»Viele der besten Kunstwerke sind flüchtiger Natur«, dozierte Panhas. »Denk nur an die Musik oder den Tanz. Denk an Improvisationen oder Schattenbilder an der Wand. Gummitch fängt immer wieder von neuem an, und von Mal zu Mal sind seine Entwürfe anders. Ist doch schön, oder?«

Kitty-komm-her zeigte sich einverstanden. Als sie sich wieder gefaßt hatte, sagte sie: »Aber es kann seiner Gesundheit doch nicht zuträglich sein, daß er aus der Kloschüssel trinkt. Also wirklich.«

Panhas zuckte mit den Schultern. Er hatte selbst eine künstlerische Ader und wußte, daß die Suche nach Inspiration auch dort nicht haltmachte, wo andere die Nase rümpften. Aber ihm fielen nicht die rechten Worte ein, um seiner Frau diesen Gedanken verständlich zu machen.

Kitty-komm-her seufzte. Offenbar nahm sie innerlich Abschied von all ihren appetitanregenden Bemühungen und Versuchen mit Rosenblättern, kristallreinem Tafelwasser, Vanilleextrakten oder Sprudelwasser, über dessen prickelndes Schäumen Gummitch anfangs ziemlich verdutzt gewesen war.

»Sei's drum«, sagte sie. »Dann muß ich die Schüssel wohl häufiger schrubben.«

Gummitch war mittlerweile an den Napf zurückgekehrt. Beide Pfoten gebrauchend, kippte er ihn nun um und musterte mit zuckenden Barthaaren das sich verästelnde Gerinne, silbern glänzend im Sonnenlicht. Und es schien, als labte er sich an dem, was er sah. Das Problem, das Kitty-komm-her beschäftigte, war für ihn längst gelöst, denn er hatte scharf zu differenzieren gelernt: Es gab Weihwasser, und es gab Trinkwasser. Das eine war für Höheres bestimmt, das andere hatte den profanen Zweck, Durst zu stillen.

MICHAEL BISHOP

Das Leben, betrachtet als ein Puzzle aus poussierlichen Katzen

Michael Bishop gehört zu jener Generation hochtalentierter Autoren, die in den 70er Jahren die SF für sich entdeckten. Seine Kurzgeschichten sind in fast allen großen Magazinen und Anthologien erschienen und mittlerweile in drei Sammelbänden zusammengefaßt worden: Blooded on Arachne; One Winter in Eden *und* Close Encounters With the Deity. *1981 wurde ihm für seine Erzählung ›The Ouickening‹ der Nebula Award zuerkannt, 1983 folgte eine weitere Auszeichnung für den Roman* No Enemy But Time. *Weitere Werke sind unter anderem:* Transfigurations; Stoles Faces; Ancient of Days; Catacomb Years; Eyes of Fire *und* The Secret Ascension. *Sein jüngster Roman trägt den Titel* Unicorn Mountain. *Bishop lebt mit seiner Familie in Pine Mountain, Georgia.*

In der subtil verdrehten Geschichte, die nun folgt, stellt der Autor unter Beweis, daß das Leben eines jeden Menschen ein kompliziertes Gefüge aus zahllosen Fragmenten ist und daß sich manche der interessantesten dieser Einzelteile sehr wohl als poussierliche Katzenbildnisse entpuppen könnten …

Dein Schwiegervater, der darauf besteht, daß du ihn Howie nennst, obwohl du ihn lieber mit ›Mr. Bragg‹ anreden würdest, puzzelt für sein Leben gern. Wenn ihm bei einem besonders komplizierten Spiel die Geduld verlorengeht, weiß er sich stets mit einer List zu behelfen.

Seit deiner Heirat mit Marti feierst du nun schon zum drittenmal das Weihnachtsfest im Hause Bragg und siehst Howie an seinem Spieltisch sitzen. Er trägt einen Parka, hat eine Krimmermütze mit heruntergezogenen Ohrenklappen auf dem Kopf und fellgefütterte Pantoffeln an den Füßen (in dem Fachwerkhaus der Braggs, am Stadtrand von Spartanburg gelegen, ist es während der Wintermonate saukalt). Howie schickt sich an, ein riesiges Puzzle zusammenzusetzen. Wie jedes Jahr hat er eines zu Weihnachten geschenkt bekommen. Sein Ehrgeiz verbietet es ihm, Hilfe von anderen anzunehmen, und so harrt er aus bis zum Anpfiff für das Footballspiel am Neujahrstag.

Das in diesem Jahr geschenkte Puzzle stellt eine Katzengruppe dar.

Von Penfield – du nennst ihn den Zoobullen – und seinen Helfern wird dir eine EGS verabreicht, die mit Katzenbildern synchronisiert ist. Durch deine implantierten Elektroden jagen Katzenvorstellungen und explodieren vor deinem geistigen Auge wie Feuerwerksraketen.

Der Puzzleschachteldeckel ist Mr. Braggs – Howies – Vorlage. Auf ihr ist eine Unmenge von stilisierten Katzen zu sehen, unheimlich wirkende Bestien, aber auch drollig anmutende Exemplare, wie sie in Cartoons zu finden sind. Das Bild hat keinen Hintergrund, weil es so vollgepackt ist mit Katzen; Katzen, die rennen, trippeln, Milch schlabbern, sich balgen, das Fell ablecken, schlafen und so weiter und so weiter. Auf keinem der Puzzlestücke dominiert nur eine Farbe, was das Zusammenlegen um so schwieriger macht.

Howie läßt sich nicht beirren. Wenn nur noch eine Handvoll Einzelstücke in der Schachtel liegt, greift er zum Rasiermesser und schneidet zurecht, was auf Anhieb nicht passen will. Natürlich ist das Pfusch, das gibt Howie auch ohne weiteres zu. Aber der Jahreswechsel steht unmittelbar bevor; Dick Clark treibt sich bereits auf dem Times Square herum, und in wenigen Stunden wird zum Sugar-Bowl angepfiffen. Howie kann jetzt keine Zeit mehr verplempern.

»Sieht nett aus«, sagst du, und aus dem Fernseher tönt bereits der Countdown zur Mitternacht. »Fast fertig.«

Howie gesteht – beklagt er sich gar? –, daß das Puzzle ›ganz schön vertrackt‹ gewesen sei. Zwar liebt er die Herausforderung eines Tausend-Teile-Puzzles, das nur wenige Anhaltspunkte zur Orientierung bietet – doch warum ausgerechnet dieses Motiv? Für gewöhnlich bekommt er ein Landschaftsfoto oder eine von Remington gemalte Western-Szene geschenkt.

»Für Katzen hab' ich nicht viel übrig«, sagt er zu dir. »Die meisten sind doch ganz hinterhältige kleine Biester, findest du nicht auch?«

Marti mag Katzen, aber du bist ja dann von deinem Arbeitgeber Piedmont Freight in Atlanta geschaßt worden, worauf sie nach Spartanburg zurückgezogen ist, gemeinsam mit eurem Sohn Jacob, der, wie es scheint, eine Katzenallergie hat. Zurück läßt sie dir die beiden dreifarbigen Mischlinge, die sich verdrücken, sobald man ihnen zu nahe kommt, und sei es in der Absicht, ihnen Futter zu geben. Immerhin ist es dir dann schließlich gelungen, sie einzufangen. Du hast sie in diesen Plastikcontainer für Tiertransporte gesteckt, den Marti von Delta, Eastern oder irgendeiner anderen Luftfahrtgesellschaft gekauft hat, und damit bist du zum Tierasyl gefahren.

Penfield, der Zoobulle, will wissen, warum dir dein Job gekündigt wurde. Er stellt dir einige mögliche Antworten zur Auswahl:

A. Firmenpleite
B. Pflichtverletzung und/oder mangelnde Leistung
C. Persönlicher Konflikt mit einem Vorgesetzten
D. Verdacht auf Veruntreuung
E. Keiner oder jeder der oben aufgeführten Gründe trifft zu.

Du sagst ihm, daß man dir (zu Unrecht) vorwirft, eine Sekretärin sexuell belästigt zu haben, an deren Namen du dich aber trotz elektrischer Gehirnstimulation (EGS) nicht erinnern kannst. Unter Einwirkung der stimulierenden Impulse kommen dir lediglich sämtliche Katzenbilder in den Sinn, die sich im Laufe deines Lebens dem Bewußtsein eingeprägt haben.

Gleich nachdem du gefeuert worden bist, schaffst du die beiden Katzen Springer und Ossie (kurz für Ozelot) ins Tierasyl. Du bist schon auf dem Weg nach draußen und schaust dich unter dem überdachten Portal noch einmal um. Da siehst du eine junge Angestellte, die dir unmißverständlich den Bösen Blick zuwirft. Das Schicksal von Springer und Ossie ist besiegelt. In der großen, geschäftigen Stadt wird sich niemand eines Mischlingsweibchens erbarmen, geschweige denn eines solchen Paars. Jacobs neunjährige Katzen haben die Giftspritze nicht verdient, auch wenn sie tatsächlich eine Mitschuld tragen sollten an den fürchterlichen Asthmaanfällen des Jungen. Doch dich läßt das offenbar kalt. Du bist stumpf und herzlos.

»Wir haben sie sterilisieren lassen«, sagst du. »Vielleicht hilft das bei der Suche nach einer netten Familie.«

Du mußt lachen.

War das wieder so eine unangemessene Reaktion? Du hast zwar Lachgas bekommen, als man dir die Elektroden eingepflanzt hat, aber jetzt bist du runter von allen Medikamenten… du weißt nicht, seit wann.

Drei Jahre nach der Entlassung bist du auf der Straße gelandet; du hast über die dreckigen Witze der Penner geweint und hast getanzt, wenn auf den Todesanzeigen deiner Zeitungsbettwäsche der Name eines alten Freundes stand.

Du hast gekichert, als ein schwarzes Mädchen auf dem Parkplatz der Vereinten Dreifaltigkeitsmethodisten eine Zigarette von dir schnorren wollte und sagte: »Ich hab' Aids, Mann. Rauchen kann mir nichts mehr anhaben. Der Krebs braucht mehr Zeit, als mir bleibt.«

Penfield hat dich von den Antipsychotika abgesetzt.

Kommt es deshalb wieder zu deinen alten unangemessenen Reaktionen? Oder hat der Fallout der EGS damit zu tun? Wie dem auch sei – wenn bei der Stimulation der anvisierte Hypothalamus-Punkt nur um 0,02 Zentimeter verfehlt wird, stellt sich statt der gewünschten eine gegenteilige Reaktion ein (Wut statt Zuneigung, Furcht statt Gelassenheit).

»Hör auf, Adolf«, sagt Penfield. »Was ist daran so komisch?«

Du antwortest: »Schon mal was vom Jonglieren mit Katzen gehört?« (Du hast nie Adolf geheißen.)

»Wie bitte?«

»Steve Martin in *The Jerk*. Da wird mit Katzen jongliert. Nur so zum Spaß. Ist 'ne mexikanische Sportart. Bei uns verboten.«

Du schüttest dich aus vor Lachen. Es tut weh. Deine Heiterkeit ist völlig unangemessen. Der Film war eine Komödie, er hatte die Absicht, die Leute zum Lachen zu bringen. Denk nicht daran und hör auf, dir vorzustellen, du seist einer dieser kriminellen Jongleure. Hör auf, dir vorzustellen, daß sich unter den Katzen, die da durch die Luft wirbeln, Springer und Ossie befinden, Thai Thai, Romeo und jenes namenlose Albinokätzchen, das in einem Getreidespeicher auf der Farm deiner inzwischen verstorbenen Großeltern zur Welt gekommen ist …

Als du noch ein kleiner Junge warst und in Hapeville gelebt hast, war Thai Thai deine Lieblingskatze, ein Siamkater, den ihr von den ehemaligen Hausbesitzern übernommen hattet. Deine Mutter rief immer Thai Thai, und so kam er an den Namen. Klingt chinesisch wie Lung Cee oder Mouser Tung; so hieß er früher. Die alten Besitzer wollten ihn nicht mitnehmen, als sie nach Pueblo in Colorado umziehen mußten, weil der Vater einen Job bei Otero Steel angenommen hatte. Davon abgesehen, Mouser Tung hätte das Klima dort auch nicht vertragen. Er stammt aus dem tiefen Süden, ist ein waschechter Dixie-Kater.

»Du bist und bleibst der Alte«, sagt deine Mama zu dem Siamkater, der ihr um die laufmaschigen Nylonstrümpfe herumstreicht. »Aber in Zukunft heißt du Thai Thai.«

»Warum?« fragst du.

»Weil's besser zu einem Siamesen paßt«, antwortet sie.

Erst Jahre später lernst du, daß Siam der ursprüngliche Name von Thailand war und daß es südöstlich von Albany eine von Stechmücken heimgesuchte Stadt gibt, die – allen Ernstes – Ty Ty heißt.

Deine Mama ist ein cleveres Mädchen, sie hat einen wachen Verstand und Sinn für Humor. Wie Daddy auf den Einfall kommen konnte, daß sie für ihn nicht gut genug sei, bleibt dir ein Rätsel.

Der wache Verstand und der Sinn für Humor haben ihr wohl letztlich geschadet, sagt der Zoobulle und schiebt dir das Augenlid zurück.

Wie dem auch sei, Daddy ist in ein Kaff nach Florida durchgebrannt, zusammen mit einer drallen, bierblonden Ex-Friseuse, die dann ein bißchen abspeckte und einen Versandhandel in Sachen Fitneß aufmachte. Er ist jetzt schon neun Wochen und vier Tage weg.

Wenn du denn mal Notiz von Thai Thai nimmst, mußt auch du zugeben, daß er ein ganz lieber Kater ist. Er fährt die Krallen ein, wenn er auf deinem Schoß sitzt, schnurrt in erträglicher Lautstärke und frißt Gemüsereste wie Erbsen, dicke Bohnen und Spinat genauso bereitwillig wie das, was vom Schinken oder Hähnchen übrigbleibt. Er ist ein Schätzchen, wie Mama behauptet. Ein Gentleman.

Die EGS bringt alles durcheinander. Ereignisse, Einstellungen, Vorlieben. Alles stellt sie auf den Kopf. Das Unterste kommt zuoberst, das Obere ganz nach unten. Ein Beispiel dafür ist, daß du nun auf Katzen fixiert bist. In verzerrter Vorspiegelung durchlebst du noch einmal die Zeit vor deiner Anstellung bei Rockdale, dem Grossisten für biotechnischen und pharmazeutischen Bedarf.

Bekommt Penfield davon eigentlich gar nichts mit? I wo. Er ist doch nur scharf darauf, die Bosse von Rockdale in die Pfanne zu hauen. Das mag ja ein berechtigtes Anliegen sein, aber für ihn – oder für die Bewegung – bist du nur ein Klumpen Mürbeteig, den er in den Ofen schiebt. Und wenn du zerkrümelst, weil die Hitze zu hoch ist – was soll's? Versuchen wir's noch mal mit einem anderen Klumpen. Der Zweck heiligt die Mittel.

Tatsache ist, daß dir Hunde viel lieber sind. Als Kind warst du ein regelrechter Hundenarr. Du bringst verlauste Streuner mit nach Hause und bittest und bettelst, sie behalten zu dürfen. In Alabama bist du ganz jeck auf Simba gewesen, diesen löwenartigen Chow-Chow, der an jedem Nachmittag auf dem Schulhof auf Wesley Duplantier wartete. Hunde ja, Katzen nein. Bis dann Mouser Tung, alias Thai Thai, und all die anderen Katzen von früher dein Bewußtsein in Schach halten wie ein Mäuseloch. Thai Thai und Mama haben dich bis hierher nach Georgia verfolgt, um dir so was wie Nestwärme zu vermitteln. Hunde, Mensch Meier, keine Katzen.

Und dann sagt doch Penfield tatsächlich: »Ich glaube, Adolf, was im zentralen Blickpunkt deiner Aufmerksamkeit gelegen hat, waren Frauen ...«

Nach der Pubertät hat deine Aufmerksamkeit nie einen zentralen Blickpunkt gehabt. Du bist von allen Seiten mit Stimulantien geradezu bombardiert worden. Die Gesichter von Mädchen sind Reklametafeln. Ihre Körper sind noch größere Reklametafeln. Nach Maß zusammengepuzzelt. Hier ein Stückchen, da ein Stückchen. Und das trifft nicht nur auf Mädchen zu, sondern auf alles, auf Autos, Gebäude, TV-Moderatoren, Mückenschwärme, Kondensstreifen, Mamas austauschbare Liebhaber, Kriegsszenen in den Sechs-Uhr-Nachrichten, Glimmer-Glamour-Rockidole. All das verschwindet versatzstückartig im schwarzen Loch deiner Teenager-Birne. Es sei denn, du machst einem jungen, hübschen Mädchen den Hof; dann bist du ein Magnet, der den ganzen Firlefanz der Medienwelt begierig aufnimmt.

»Du bist hinter den Mädchen her, stimmt's?« sagt Mama. »Kommst ganz auf deinen Vater raus.«

So läßt sich eine klare Perspektive finden. Solange deren Gesichter und Körper unter einem liegen, hören sie auf, Reklamewände zu sein. Dann bist du wieder Mensch und nicht bloß ein Radio-Receiver oder Schwerkrafttrichter. Der Liebesakt stiftet eine flüchtige Ordnung im Chaos, das allenthalben herrscht und dich, Verstand, der alles zusammenzukleistern bemüht ist, ständig in einzelne Puzzlestücke zu zerfleddern trachtet, die nicht zusammenpassen.

Ist es das, was das Ranzen ausmacht? Daß die zarte Vereinigung zweier Körper Widerstand leistet gegen das Zerfleddern in einzelne Stückchen, die nach Belieben wieder zusammengesetzt werden können, so daß aus – sagen wir – einem Katzenmotiv hernach ein Bild von Flakschützen im Kampfeinsatz auf Corregidor entsteht?

Himmel, sagt der Zoobulle, das ist die abgehobenste Verbrämung für geile Spiele, die ich je gehört habe.

In deiner High-School wimmelt es von Katzen, von scheuen Miezen und stolzen Katern. Manche davon sind Menschen.

Im Biologieunterricht werden Katzen seziert. Auf einem Gipssockel und an Drähten aufrecht gehalten, steht da das bleiche Skelett eines Vierbeiners. Mr. Osteen, der auch Trainer für die Kurzstrecken und das Softball-Team der Mädchen ist, schwört, daß es sich um ein Exemplar der *Felis catus domestica*, der gemeinen Hauskatze, handelt.

Das dürre, zerbrechliche Gerippe mit seinem seltsam geformten Schädel scheint aus grauer Vorzeit zu stammen. Pamela van Rhyn und zwei oder drei der anderen

Mädchen wollen wissen, woher die Katzen kommen, die im Unterricht seziert werden.

»Von einem Grossisten für biotechnischen Bedarf«, antwortet Trainer Osteen. »Daher beziehen wir auch unsere Frösche, unsere Mikroskopie-Präparate und all die Insekten, die wir da drüben im Schaukasten haben.« Mit einem Kopfnicken deutet er in die entsprechende Richtung.

»Und woher kriegt der Grossist das Zeug?« hakt Pamela nach.

»Das weiß ich auch nicht, Pammie. Vielleicht aus eigener Züchtung. Vielleicht fangen sie herrenlose Tiere ein. Vermißt du ein Kätzchen?«

Es geht ein Gerücht um, wonach Mr. Osteen den lebendigen Balg für sein Skelett unter der offenen Tribüne an der Südkurve aufgegriffen, chloroformiert, nach Hause geschafft und in einen Suppentopf gesteckt hat, um ihm das Fell abzukochen. Wegen des Gestanks sei seine Frau für eine Woche zu ihrer Mutter nach Augusta gezogen, so tuschelt man. Und es heißt, daß Katzenfreunde gut beraten sind, ihre Lieblinge im Haus zu behalten und nicht frei herumlaufen zu lassen.

Als das Skalpell den Brustraum des vom Grossisten gelieferten Anschauungsobjekts öffnet, gibt's für dich kein Halten mehr. Du bist der einzige Junge in Osteens Klasse, dem es schlecht wird vor Ekel und Abscheu, der einzige Junge, der schwindelnd und mit naßgeschwitzten Händen aus dem Klassenzimmer stürmt. Doch deinen schmachvollen Abgang hat Pamela als solchen anscheinend nicht zur Kenntnis genommen, denn im Büro von Krankenschwester Mayhew willigt sie ein, sich von dir am späten Nachmittag ins Huddle House ausführen zu lassen.

»Da sitzt das Herz.« Osteens Worte klingen dir immer noch im Ohr. »Sieht aus wie 'ne angematschte Erdbeere, nicht wahr?«

Als Siebenjähriger gehst du zum Getreidespeicher im Stall der Powell-Farm. In dem kleinen Speicher liegen Hirschhäute, die der Großvater schon vor Jahrzehnten dort deponiert hat und die inzwischen ganz steif und von Ratten zerfressen sind. Zwischen diesen Häuten hat Sky, die einäugige Königin unter den Promenadenmischungen, ihre Jungen geworfen. Sie mustert dich argwöhnisch aus ihrem einen Auge und legt leise fauchend die Ohren an, als du hinzutrittst und dir das blinde Quintett der Neugeborenen anschaust.

Kleine zuckende Wesen. »Behaarte Fürzchen«, hatte Opa letzte Nacht gesagt; Oma Anita war darüber empört, aber dein Paps fand es lustig.

Eines der Kätzchen ist ganz weiß; es hängt zwischen seinen Geschwistern im Bauchfell der Mutter. Du fauchst Sky an, gerade so wie es ein Kater tut, nur lauter, worauf sie es mit der Angst zu tun bekommt und aufspringt. Die Kätzchen fallen wie Bomben aus den geöffneten Schächten einer B-52 von ihr ab, als sie dir mit weitem Satz entflieht und am äußeren Rand des Schuppens in Deckung geht.

Du kletterst übers Geländer und nimmst das weiße Kätzchen in die Hand. Oma Anita nennt es Albino auf Widerruf. »Genaues wissen wir erst, wenn es die Augen aufmacht.«

Du betrachtest es. Wo ist vorne, wo ist hinten? Schwer zu sagen. Okay, das verdatschte Etwas da muß wohl der Kopf sein: verklebte Augen, Ohren wie Serviettenzipfel und ein roter Schlitz als Mund.

Du reibst das hilflose kleine Ding an deiner Wange. Es riecht nach Katze, Heu und Leder. Du mußt an dich halten, um nicht zu niesen.

Dann kommst du auf den Gedanken, daß sich Klein-Albino wie ein Baseball durch die Luft schleudern ließe. Du könntest wie Denny McLain, auf einem Bein stehend, mit ausgestrecktem Arm weit ausholen und das Ding vor die Speicherwand pfeffern oder in die Ecke, wohin sich Sky verkrochen hat. Womöglich triffst du sie, und dann kannst du singen: »Sky hat geworfen, ich werf' zurück!«

Und man wird nie erfahren, ob Albino seinen Namen zu Recht getragen hat oder nicht.

Die Vorstellung entsetzt dich. Daß du, selbst noch ein kleines Kind, auf so einen Einfall kommen kannst! Du hast den Tod des weißen Kätzchens vor Augen. Behutsam legst du es zu den Geschwistern aufs steife Leder zurück, kletterst wieder auf die andere Seite des Geländers und betrachtest die Würmlinge aus der Distanz, während Sky zu entscheiden versucht, was sie nun tun soll.

Und plötzlich überkommt dich schmerzliche Reue. »Tu-u-ut mir so-o-o leid, Kitty. Entschu-u-uldige, Sky.« Es wäre dir fast recht, wenn Opa oder Oma jetzt auftauchten und Zeugen würden deiner zutiefst empfundenen Bußfertigkeit angesichts jener sündhaften Vorstellung, von der du – sei's gedankt – noch einmal Abstand genommen hast. Vor den Augen von Mamas Eltern zu flennen geht schon in Ordnung.

»Ich bin gerührt«, sagt Penfield. »Aber nuschle nicht so und sprich ein bißchen deutlicher.«

Nach deinem letzten Studienjahr wohnst du mehrere Monate auf der Station für Jugendliche in der psychiatrischen Anstalt ›Zum stillen Hafen‹, die in einem Vorort von Atlanta gelegen ist. Du bist dort eingeliefert worden, um die fehlorientierenden Reize abzuwehren, die aus allen Richtungen auf dich einwirken und dich emotional ausbrennen (Flakgeschosse, so nennst du diese Reize). Dort lernst du wieder zu leben und auf den verzweifelten Rückgriff auf Verkleidung, Sex und Drogen zu verzichten.

Böse Drogen, meinen die Ärzte.

In der Anstalt geben sie dir gute Drogen. Das ist kein zynischer Witz, sondern Tatsache, wie dir Kim Yaughan, eine der Psychotherapeutinnen, versichert. Antipsychotika machen schließlich nicht süchtig. Täglich werden dir zwanzig Milligramm Haloperidol verabreicht. Der Pappbecher, aus dem du das in Wasser aufgelöste Zeug trinkst, sieht aus wie ein Puppenstuben-Kaffeefilter.

»Du bist nicht abhängig«, sagt Kim (sie wird von allen auf der Station einfach bloß Kim genannt). »Stell dir vor, du wärst Diabetiker und Halodol wäre Insulin. Wer wollte einem Diabetiker Insulin vorenthalten? Auf so eine Idee würde doch kein Mensch kommen.«

Dir wird nicht nur Halodol gegeben, sondern du kommst auch in den Genuß von Gesprächstherapie, Entspannungstherapie, Familientherapie und Beschäftigungstherapie. Manche der hier behandelten Opfer von Drogen oder sexuellem Mißbrauch sind erst zwölf Jahre alt. Die bekommen neben den üblichen Therapien auch noch eine Kuscheltier-Therapie. Unter den Kuscheltieren, die mittwochs immer gebracht werden, befinden sich oft auch Katzen.

»Endlich mal kein Fehlschlag«, sagt Penfield. »Der letzte Impuls hat genau gesessen.«

Der Gedanke, der dahintersteht, ist folgender: Feindselige, furchtsame oder zurückgezogene Kinder können mit Tieren meist besser kommunizieren als mit anderen Menschen. Junge Kätzchen, die umeinander herumtollen, Wollknäueln nachjagen oder einfach nur mit steil aufgerichtetem Schwanz durchs Zimmer tapsen, scheinen als Therapeuten äußerst fähig zu sein.

Ein manisch-depressives Mädchen, das sich selbst Adlerrose nennt, gerät beim Anblick der Kätzchen ganz aus dem Häuschen. »Oh«, sagt sie und drückt einen rauchfarbenen Jungkater an die Brust, während sich seine zwei Geschwister in einem leeren Karton balgen, »sie sind so weich, so süß, so … so *überaus poussierlich.*«

Kim Yaughan möchte dich einbeziehen, doch du nimmst von allem Abstand. Dich interessieren weniger die Kätzchen als Adlerrose, aber die ist tabu. Genaugenommen sind alle hiesigen Patienten tabu. Ihnen nahezutreten wäre ein schrecklicher Regelverstoß. Daran hältst du dich.

Ein Jahr vor eurer Hochzeit zieht Marti in ein Haus an der Highland Avenue. Sie hat das ganze Haus gemietet. Es ist nicht besonders groß, aber sie hat doch jede Menge Platz darin. Eins der Schlafzimmer benutzt sie als Atelier. Darin liegt auf dem Boden eine große Leinwand, die sie gerade bemalt. In Blautönen entsteht das riesige Herz einer Magnolie. Ihr Titel für das Bild lautet: *Magnolienherz in Blau* – für deinen Geschmack ein wenig zu explizit. Marti arbeitet sich von allen vier Seiten zur Mitte vor. Manchmal steigt sie auf die Leiter, um aus erhabener Perspektive entscheiden zu können, wo Verbesserungen vorzunehmen sind.

An jedem Wochenende schläfst du mit Marti im Schlafzimmer, das ans Atelier angrenzt. Die Matratze liegt auf dem Boden; es gibt kein Bettgestell, geschweige denn einen Sprungfederrost. Mitunter hast du den Eindruck, inmitten eines Gemäldes zu ruhen, an dem gearbeitet wird; eine seltsame, aber durchaus aufbauende Empfindung, von der du noch während der nächsten Woche im Seminar zehren magst oder auch nicht.

Eines wohligen Sonntagmorgens – du bist gerade aufgewacht – bemerkst du, daß Martis Körper hier und da mit blauen Blümchen bedruckt ist. Es blüht am Hals, auf den Brüsten und in der milchigen Ebene ihres Unterleibs. Du traust deinen Augen nicht. Die Frau, die du zu heiraten gedenkst, hat über Nacht arabeske Quetschflecken erblühen lassen.

Dann entdeckst du Kater Romeo, den grauen Perser des Nachbarn; der hängt rücklings, alle viere von sich gestreckt, in der Ecke und präsentiert seinen behaarten kleinen Bauch. Du mußt lachen, weil er dich an einen alten Mann im Liegestuhl erinnert. Marti rührt sich. Romeo putzt sich. Keine Frage, er ist durch eins der Atelierfenster hereingekommen, zuerst auf dem *Magnolienherz in Blau* und anschließend auf Marti herumgetapst.

Meine Zukünftige ist ein Stück Jugendstiltapete, sinnierst du und drückst ihr einen keuschen Kuß auf eins der Tatzenblümchen.

Du schläfst auf der Straße, steckst seit Tagen in denselben, müffelnden Klamotten. Vor Monaten hast du zum letztenmal Haloperidol geschluckt. Die Stadt, in der du dich aufhältst, heißt Atlanta, könnte aber genausogut Lima sein, Istanbul oder Bombay. Oder ein mit Felsquadern gefüllter Mondkrater. Du schleichst wie ein Untoter von einem Ort zum anderen, und die Leute, die du wegen Kleingeld anhaust, sind für dich ebenso substanzlos wie du für sie. Es könnte sich in ihrem Fall um Hologramme handeln oder Gespenster. Oder um Androiden, die programmiert wurden, um dich verdrecken und hungern zu lassen, indem sie dein Verhalten kontrollieren mittels Fernsteuerungen, die als Armbanduhren oder Schlüsselbunde getarnt sind.

Katzen bedeuten dir mehr als Menschen. (Womöglich sind die Menschen gar keine Menschen.) Katzen sind Überlebenskünstler wie du. Sie wittern stickstoffhaltige Stoffe aus meilenweiter Entfernung. Futter.

Du folgst einem Trio räudiger Feliden über die Ponce de Leon an den Hintereingang eines Katzenfischrestaurants, wo die Mülltonne überquillt. Die Katzen durchstöbern die Abfälle am Boden, während du geistesabwesend in der Tonne herumwühlst.

Sieben Räume hinter Trainer Osteens Biolabor unterrichtet Mr. Petty Englisch fürs sechste Schuljahr. Gedichte. Wie ein Hamletdarsteller stolziert er durch den Raum, ganz gleich, ob er dumme Sprüche von Ogden Nash vorträgt, Anrüchiges von Ferlinghetti oder Unverständliches von Carlos Williams.

Das Gedicht von Williams beschreibt eine Katze, die auf eine Vitrine springt – einen ›Marmeladenschrank‹ – und mit der Pfote in einen Blumentopf tippt. Mr. Petty meint, daß es hier um das Bild als solches gehe, weshalb Williams eine bewußt schlichte Sprache wähle. Die Schüler sind sich einig darin, daß das eigentlich kein Gedicht sei, denn es fehlen Metaphern. Da ließe sich schon eher das Carl-Sandberg-Gestammel Gedicht nennen, in dem von Nebelschwaden und Katzenpfoten die Rede ist.

Aber dir gefällt es. Du kannst dir genau vorstellen, wie die Katze mit der Pfote in den Blumentopf tippt. Als du wieder bei Osteen Unterricht hast, trägst du, um am Seziertisch die Fassung zu bewahren, selbstverfaßte Gedichte vor, die deinen Mitschülerinnen Pamela van Rhyn, Jessie Faye Culver, Kathy Margenau und Cynthia Spivy zugeeignet sind.

Trainer Osteen schüttelt verwundert den Kopf und bittet dich, die Zeilen zu wiederholen, damit er sie nachsprechen kann. Erstaunlich.

»Katzen sind digitigrade Krallentiere«, spricht er dir nach. »Das heißt, die gehen auf den Zehen. Digitigrad.«

Cynthia Spivy wirft dir einen Blick zu. *Und ich bin ein Weidenkätzchen,* gibt sie dir mit stummen Lippenbewegungen zu verstehen.

»Und noch etwas«, fährt Osteen fort. »Im Unterschied zu Pferden und Hunden sind die Katzen Paßgänger. Zuerst bewegen sich Vorder- und Hinterlauf der einen Seite, dann die der anderen. Genauso wie bei Kamel oder Giraffe.«

Und dann gibt's da noch das nackte Tier mit zwei Rücken, denkst du und musterst Cynthias Lippen. Ob es je ein Kind gegeben hat, daß von Schneeleoparden oder Jaguaren aufgezogen wurde?

Thai Thai fängt sich eine Harnleiterentzündung ein. Sooft er Wasser lassen muß, macht er Mama, die gerade dabei ist, Unkraut zu jäten oder Wäsche aufzuhängen, mit flehentlichen Blicken auf sich aufmerksam. Dann hockt er sich hin und demonstriert ihr seine Schwierigkeiten. Mama erkennt erst nach zwei oder drei Tagen, was mit ihm los ist, und gemeinsam macht ihr euch auf den Weg zum Tierarzt.

Mama serviert in einem Drive-in an der Schnellstraße. Sie hat nicht genug Geld für die Operation, die nötig wäre, um Thais Problemen Abhilfe zu verschaffen. Er hat, was bei männlichen Siamkatzen häufig vorkommt, einen beginnenden Harnleiterverschluß. Sie sagt, die Entscheidung liege bei dir: Wenn dir daran gelegen sei, daß Thai wieder gesund würde, müßtest du für die nächsten zwei Monate auf dein Kinogeld verzichten. Du schlingst die Arme um sie und gibst wortlos dein Einverständnis. Die Operation verläuft zufriedenstellend. Doch am Tag danach ruft der Tierarzt an und sagt, daß es während der Nacht Komplikationen gegeben habe und daß Thai gegen Morgen gestorben sei.

Um den silbrig melierten Schokoladenleib der toten Katze ist ein Verband gewickelt. Es sieht aus, als würde Thai einen Sattel tragen.

Für das Begräbnis mußt du sorgen, denn Mama ist dazu außerstande. Du steckst Thai in einen Karton, gräbst ein Loch neben der Stechpalme im Hinterhof und bettest ihn zur Ruhe. Mit dem Schaufelblatt klopfst du die Erde fest und sprichst ein Gebet, das aus der schluchzenden Wiederholung des Wortes ›bitte‹ besteht.

Als du ungefähr zwei Monate später von der Schule nach Hause zurückkehrst, siehst du eine Meute Hunde im Hinterhof. Sie haben Thai Thai ausgebuddelt. Du gehst in die Knie, aber dein schrilles Geschrei bewirkt, daß die Hunde das Weite suchen. Von Thai ist nicht viel übriggeblieben. Zerrupftes Fell und hervortretende Knochen. Als dauerhafter hat sich der Verband erwiesen, der den Kadaver in Taillenhöhe umschließt.

Das ist nicht Thai, redest du dir ein. Ich habe Thai vor langer, langer Zeit begraben. Das ist er nicht.

Du wickelst die Reste in den redaktionellen Teil der *Atlanta Constitution* und wirfst ihn mit entschiedener Gebärde in den Ascheneimer. Morgen kommt die Müllabfuhr.

Eines Sonntagnachmittags im März stehst du mit zweihundert anderen Obdachlosen vor dem Eingang zur Suppenküche der Vereinten Dreifaltigkeitsmethodisten in der Nähe des Capitols. Leichter Sprühregen hat eingesetzt. Eine dürre, aber energisch aussehende junge Frau in Jeans und Sweatshirt verteilt Essensmarken, die von Hand numeriert sind. Nur wer eine solche Marke besitzt, hat Zutritt zum Speiseraum. Ein Mann mit Bundfaltenhose und kariertem Hemd läßt immer nur Zehnergruppen durch. Erst wenn die eine Gruppe abgefertigt ist, darf die nächste kommen.

Auf deinem grünen Papierschnipsel, der vom Regen schon fast aufgeweicht ist, steht die Zahl 126. Die zuletzt durchgelassene Gruppe hatte die Zahlen 96 bis 105. Glaubst du. In dem Gedränge und Gestoße Überblick zu behalten fällt schwer. Vor dir steht plötzlich ein wütender schwarzer Mann, der da eigentlich gar nicht hingehört. Sobald eine neue Gruppe aufgerufen wird, winkt er, die Nummer 182, hektisch mit seiner Marke und glaubt doch tatsächlich, sich vordrängen zu können.

»Wie lang dauert dat denn noch?« fragt er. »Ich bin krank, und wenn ich gleich nit wat krich, kipp ich aus de Latschen. Scheißregen.«

Als Nummer 109 nicht aufkreuzt, läßt der Türposten Nummer 182 durch. Reine Wohltätigkeitswillkür.

Du bist in der übernächsten Gruppe. Wie viele der Leute um dich herum sind Roboter, menschliche Maschinen, die wie du durch unsichtbare Lenkstrahlen hierher zur Suppenküche geführt worden sind? Der Türposten hat weder eine Armbanduhr noch einen Schlüsselbund bei sich. Vielleicht steckt die Fernsteuerung in seinem Ehering.

»Das darf doch nicht wahr sein!« ruft er, als er dich sieht. »Bist du's wirklich? Aber klar doch.«

Der Mann an der Treppe heißt Dirk Healy. Er behauptet, mit dir in Hapeville zur Schule gegangen zu sein. Erinnerst du dich an Pamela van Rhyn? An Cynthia Wie-war-noch-gleich-der-Nachname? Dirk läßt sich von einem Freiwilligen stellvertreten und geht mit dir runter in den

Speiseraum, wo du zwei Weißbrot-Sandwiches bekommst und Gemüsesuppe in einer Styroporschüssel. Dirk nimmt neben dir Platz an einem wackligen Klapptisch, wo auch noch andere deiner Pennbrüder sitzen und gierig Essen fassen. Dirk ist dir so fremd wie der Mann im Mond. Immerhin stellt er keine blöden Fragen, macht dir keine Vorwürfe und versucht auch nicht, dir gut zuzureden.

»Du bist also runter von den Drogen«, sagt er. Dir sträuben sich die Nackenhaare. »Nichts für ungut«, fügt er hinzu. »Ich habe dich im stillen Hafen besucht. Mir geht's um folgendes. Ich will dir helfen, daß du wieder an das Zeug rankommst.«

Du löffelst deine Suppe und genehmigst dir zwischendurch einen Happen vom Sandwich. Durch den Suppenqualm plierst du mit einem Auge zur Seite auf Dirk, geradeso wie du damals von Sky beargwöhnt wurdest, als du an ihr Nest im Getreidespeicher getreten bist.

»Ich hab' vielleicht einen Job für dich«, sagt Dirk, ganz vertraulich. »Schon mal was von Rockdale gehört?«

Irgendein Sommer. Aus Gründen, die du nicht verstehst, läßt dir Mama ausrichten, daß du doch bitte deinem Vater und dessen Flittchen, der Ex-Friseuse namens Carol Grace, einen Besuch abstatten mögest. Die beiden wohnen nach wie vor in dem Kaff in Florida und leben von dem Geld, das der kleine Versandhandel abwirft. Ab und zu gewinnen sie auch was beim Hunderennen.

Auf der Rennbahn zeigt sich Carol Grace hundebegeistert, aber zu Hause ist sie eine passionierte Katzenmama. Sie hat nicht weniger als sieben Miezen: einen aprikosefarbenen und einen buntgescheckten Kater, drei dreifarbige Weibchen, eine orangefarbene Angorakatze unbestimmten Geschlechts und einen Manx-Bastard mit einem nur zehn oder höchstens zwölf Zentimeter langen Schwanz, der aussieht, als sei er unter ein Hackebeil geraten.

»Wenn Stub ein reinrassiger Manx wäre, würde er gar keinen Schwanz haben«, sagt Carol Grace. »Ins Nestchen seiner Mama muß sich wohl ein Straßenkater reingeschlichen haben.«

Sie streichelt ihren Stub und gluckst vergnügt. Carol und deine Mutter sehen sich ein wenig ähnlich; sie haben beide die gleiche herbe Ausstrahlung, die bei Carol allerdings etwas vulgärer ausfällt, was deinen kahler werdenden Vater offenbar immer noch anmacht. Sie nennt ihn sage und schreibe Webby.

Du bist schon ein paar Tage zu Besuch, als ihr, Carol und du, eines der Weibchen, nämlich Hedy Lamarr, mausetot am Fuß des großen Nußbaums liegen seht, der das zweistöckige Haus beschattet. Du kniest dich nieder. Carol sinkt neben dir auf die Knie.

»Sie muß aus dem Baum gefallen sein«, sagt sie. »Es heißt zwar immer, daß den lieben Kätzlein ein Sturz in die Tiefe nichts anhaben kann. Aber geschickt wie sie sind, können sie trotzdem auch mal Pech haben. So wie meine Hedy. Sieh nur, wie sie daliegt...«

Du bist erleichtert darüber, daß Carol die Beerdigung vornimmt und das Gebet spricht, in dem sie die melancholische Beobachtung formuliert, daß niemand gefeit sei gegen Pech. Niemand.

»Schluß mit dem Unsinn«, unterbricht Penfield. »Sag mir jetzt endlich, was du bei Rockdale getan hast, in wessen Auftrag und warum.«

»Das, wozu ich Talent habe«, murmelst du und mühst dich vergeblich, den Kopf zu bewegen, der zwischen unnachgiebigen Klammern eingeklemmt ist.

»Adolf«, sagt Penfield, »halt uns hier nicht zum Narren.«

Die anderen Patienten der Gruppe Blau (auf der Station für Jugendliche gibt es zwei Gruppen: die blaue und die goldene) machen einen Ausflug ins Blaue. Du bist mit Kim Yaughan allein im Bastelzimmer und malst ein Bild in Acryl. Darauf ist eine Katze zu erkennen, die kopfüber und wie eine Fliege unter einer Zimmerdecke klebt. Darunter stehen eine Frau und ein Junge, die mit haßerfüllten Gesichtern zu der Katze aufblicken.

»Sind die beiden wütend auf die Katze oder böse aufeinander?« fragt Kim.

Dein Blick gibt ihr zu verstehen, daß du ihre Frage dumm findest.

Kim nähert sich dir bis auf einen Schritt. Wenn sie ehrlich wäre, würde sie sagen, daß du als Künstler nichts taugst. Das Gemälde mag zwar psychologisch aufschlußreich sein, ist aber im ästhetischen Sinn alles andere als gelungen.

»Schon mal was von dem britischen Maler Louis Wain gehört?« fragt Kim. »Er lebte zusammen mit drei unverheirateten Schwestern und einem Rudel Katzen. Daß er schizophren war, zeigte sich erst im Alter von fast sechzig Jahren. Ungewöhnlich spät.«

»Da kann man ihn beglückwünschen«, erwiderst du. »Immerhin brauchte er nicht mehr so lange verrückt zu sein.«

»Hör zu. Wain malte ausschließlich Katzen. Er scheint sie wirklich sehr gemocht zu haben. Zu Anfang malte er flauschige Kätzchen in realistischem Stil für Kalenderblätter und Postkarten. Ziemlich durchschnittliches Zeugs. Später dann, als er die Wahnvorstellung entwickelte, daß ihm eifersüchtige Künstlerkollegen mit Röntgenstrahlen auf den Leib zu rücken versuchten, wurden seine Gemälde immer ausgefallener, bizarr und geradezu bedrohlich.«

»Bizarrer als das?« Du deutest mit dem Pinsel auf dein Bild.

»Ach, das ist doch Kindergekleckse.« Und dann: »Wain lebte noch fünfzehn Jahre lang in einer Anstalt. Während dieser Zeit malte er Unmengen von Katzen mit riesig großen Augen und stacheligem Fell, umgeben von grellen Neon-Aureolen und elektrischen Feldern. Der Hintergrund wurde zunehmend und schließlich radikal geometrisch. Aus heutiger Sicht sehen sie aus wie Computerentwürfe. Wie dem auch sei, Wains abgefackte Bilder waren tausendmal besser, vitaler, eindringlicher als das, was er gemalt hat, als er noch gesund war.«

»Soll das heißen, ich bring's erst dann zu was, wenn ich ein bißchen verrückter werde?«

»Nein. Was ich sagen will, ist folgendes: Die Dreiecke, Sterne, Regenbögen und immer wiederkehrenden Ornamente, mit denen Wain seine Bilder gestaltet hat, sind ... wie soll ich sagen? ... Ausdruck der verzweifelten Anstrengung, Ordnung in das innerlich empfundene Chaos zu bringen. Und das ist beeindruckend, anrührend. Wain hat sich mit dem drohenden Zerfall seiner Persönlichkeit auseinanderzusetzen und ihm entgegenzuwirken versucht. Verstehst du?«

Nein. Nicht direkt.

Mit burgunderrotem Fingernagel tippt Kim auf deine Acrylkatze. »Ein zweiter Picasso wird aus dir nicht werden, aber dafür bleibt es dir auch erspart, eine so schreckliche Schizophrenie zu erleiden, wie sie Wain erlitten hat. Bizarr an deinem Bild ist allenfalls der Umstand, daß die Katze unter der Decke hängt. Die ganze Komposition, wie auch die farbliche Gestaltung, ist dagegen recht konventionell, was als Zeichen für deine geistige Gesundheit zu werten ist. Noch etwas: Für Wain gab es keine antipsychotischen Drogen. Wir aber können dich damit versorgen.«

»Prost«, sagst du und mimst die Einnahme von Halodol aus einem dieser kleinen Becher.

Kim schmunzelt. »Nun erklär mir doch, warum die Katze auf deinem Bild kopfsteht.«

»Weil ich kopfstehe«, antwortest du.

Kim gibt dir ein Küßchen auf die Wange. »Du bist nicht verantwortlich dafür, daß deine Gehirnchemie oder dein Stoffwechsel insgesamt ein bißchen durcheinandergeraten sind, mein Lieber. Sei nicht so streng mit dir, okay?« Du läßt den Pinsel fallen, wirfst die Arme um Kims Taille und knabberst an ihrem Nacken. Ohne große Mühe stößt sie dich von sich. »Also wirklich! Das geht nicht. Wir sind doch Freunde und keine Liebhaber. Tut mir leid, wenn ich dich auf dumme Gedanken gebracht habe.«

»Wenn die letzten Stücke nicht passen«, sagt Howie, »kommt die Rasierklinge zum Einsatz.« Er hält eine solche Klinge zwischen Daumen und Zeigefinger.

Du versuchst, danach zu greifen, und ritzt dir den Daumen auf. Ein paar Blutstropfen klecksen auf das Katzenpuzzle.

Ein Lkw setzt rückwärts an die Rampe der Lagerhalle von Rockdale. Der Wagen trägt keine Firmenangabe. Die Fahrer wechseln ständig. Jede Woche taucht ein neues Gesicht auf. Aber du gehörst nun schon seit zwei Monaten zum festen Inventar. Dein Platz ist an der Luke zur Einschläferungskammer. Du bist Dirk Healys rechte Hand und mußt ihn jetzt, da er auf Geschäftsreisen ist, vertreten.

Die Arbeit ist eintönig, aber anstrengend. Daß den Komplex eine hohe Ziegelmauer umgibt und die Laderampe von einem dichten Ahornbaum überschattet wird, hilft dir, bei Verstand zu bleiben. Als du noch mit Marti verheiratet warst, hast du weit mehr Haloperidol geschluckt. Healy hat die Dosis herabgesetzt. Er meint, du seist – haha – ›ein apathischer Drogensklave‹ und übermedikamentiert gewesen. Er muß es ja wissen, ist er doch schon seit Jahren ein hohes Tier in der landesweiten Versorgung mit medizinischen Präparaten.

»Du wirst ruckzuck in die Chefetage aufsteigen«, hat er dir vor ein paar Wochen versprochen. »An der Rampe stehst du nur vorläufig.«

Der Lkw-Fahrer fängt an zu entladen und rollt Dutzende von Käfigen, in denen sich Katzen befinden, auf die Rampe. Du trägst Gummihandschuhe, die bis zum Ellbogen reichen, und eine schwere Schürze. Darin kommst du dir vor wie ein Hufschmied von Anno dazumal im Wilden Westen. Die Katzen sind für dich Eisenschrott, der zur

Weiterverarbeitung in die Esse geschoben wird. Käfig um Käfig stellst du vor die geöffnete Luke, hebst das Gitter und treibst die Viecher in die Einschläferungskammer, wobei du immer wieder mit der langen Eisenstange nachhelfen mußt. Wenn alle Katzen drin sind, rammelst du die Luke zu, öffnest die Sicherheitsventile und drehst das Gas auf. Das schießt dann so laut zischend in die Kammer, daß man vom Geschrei und dem Herumtoben der Katzen kaum etwas hört.

Von Hand räumst du schließlich die Kammer leer. Du packst die toten Tiere beim Schwanz oder bei den Pfoten und schleuderst sie hinaus. Nicht mehr wie ein Hufschmied kommst du dir nun vor, sondern wie ein Trapper aus dem vorigen Jahrhundert, der seine Beute – Füchse, Biber, Kaninchen, Wölfe und Bisamratten – auf seinen Schlitten packt, um sie zur nächsten Poststation zu verfrachten. Auch die Bälger deiner Beute sehen recht hübsch aus; manche sind allerdings ziemlich räudig und voller vergaster Flöhe, die wie schwarze Schuppen im Fell sitzen. Wieviel die Viecher wert sein mögen?

»Neuneinhalb für 'ne Katze«, hat Dirk Healy mal gesagt, aber das hältst du für unwahrscheinlich. Die Tiere rühren sich nicht mehr und sind auch nicht mehr poussierlich, falls sie es jemals waren. Sie sind schlaff, namenlos, tot und stecken voller Gift.

Neben dem Katzenberg auf der Rampe steht ein schwerer Schubkarren, den du mit Wasser aus einem Schlauch auffüllst. Dirk hat dir aufgetragen, die vergasten Katzen unterzutauchen, um sicherzustellen, daß sie auch wirklich tot sind. Clever. Manche Katzen sind nämlich verdammt zäh. Aus dem Haufen tönt vereinzelt jämmerliches Miauen, und einige der Viecher zappeln noch, wenn du sie ins Wasser tunkst. Dann aber ist endgültig Schluß. Vom Wasser werden auch Flöhe und Grind abgewaschen. Du rückst dir einen Klappstuhl zurecht und machst dich daran, Flohhalsbänder oder Namensschilder zu entfernen. Der nasse Balg liegt dann auf deinem beschürzten Schoß, und du nestelst mit den Gummihandschuhen daran herum, was gar nicht so einfach ist.

Bei schönem Wetter schaffst du die Katzen an eine sonnenbestrahlte Stelle der Rampe und legst sie zum Trocknen aus, fein säuberlich, Reihe für Reihe.

»Wie kann man dafür sorgen, daß er klarer artikuliert und nicht so nuschelt?« fragt Penfield einen Kollegen. »Sein Genuschel ist kaum zu verstehen.«

Der Kollege, den du nicht siehst, antwortet: »Er verkriecht sich immer weiter nach innen, wo er seine ganzen Erfahrungen noch einmal durchlebt.«

»Papperlapapp«, entgegnet Penfield. »Wenn wir ihn nicht dazu bringen, sich klar und deutlich auszudrücken, vergeuden wir hier nur unsere Zeit.«

Zwei Monate nach der Scheidung fährst du nach Spartanburg, um Jacob zu besuchen. Mr. Bragg – Howie – fängt dich draußen an der Einfahrt zum Haus ab, als hätte er mit deiner Ankunft schon gerechnet.

»Tut mir leid«, sagt er, »aber Marti will dich nicht sehen, und sie will auch nicht, daß du mit Jacob zusammentriffst. Wenn du nicht gleich wieder gehst, muß ich die Polizei verständigen und dich – äh – entfernen lassen.«

Dir steht nicht der Sinn nach Streit. Du überquerst die Straße und steigst wieder in dein Auto. Von hier aus siehst du, daß auf den gemauerten Pfosten zu beiden Seiten des schmiedeeisernen Tores je ein großer Löwe aus Granit thront. Die sind dir früher nie aufgefallen, dabei scheinen sie schon eine Weile dort zu hocken, was an der Patina aus grünem Moos zu sehen ist. Ein Rätsel …

Wenn du die Strecke der toten Katzen auslegst, gibst du jeder einen Namen, und zwar immer dieselben: Mehitabel, Felix, Sylvester, Tom, Heathcliff, Garfield und Bill. Diese sieben Namen müssen für alle Katzen auf der Rampe herhalten. Zur weiteren Unterscheidung versiehst du die Namen mit römischen Ziffern.

Mehitabel II, Felix II, Sylvester II, Tom II und so weiter. Ein ordentliches, verläßliches System. Einmal bist du bei dieser Art der zyklischen Benennung bis Sylvester VII gekommen.

Als Fünftkläßler siehst du im Unterricht einen Film über das amerikanische Weltraumprogramm.

Auf dem alten Streifen ist eine junge Katze zu beobachten, die kopfüber mit den Füßen unter der Decke hängt. Die Decke besteht aus Metall, und die Katze klebt mit Magneten daran fest. Der Wissenschaftler, der sich dieses Experiment ausgedacht hat, will wissen, wie ein Tier in dieser ungewohnten Position reagiert, und hofft, Rückschlüsse ziehen zu können im Hinblick auf das zu erwartende Verhalten von Astronauten an Bord einer Weltraumstation.

Auch zwei Mäuse werden, auf gleiche Weise präpariert, unter die Decke gehängt. Wie reagieren wohl die? Nervös, desorientiert? Jagen sie der Katze womöglich Angst ein? Nichts da. Die Katze hat zwar Angst, aber nicht vor den Mäusen, sondern aufgrund der ungewohnten Lage, in der sie sich befindet. An den Magneten zerrend und mit angelegten Ohren reißt sie das Mäulchen auf, stößt einen stummen Schrei aus. Auf der Tonspur erklärt eine Männerstimme, was an diesem Experiment so wichtig und aufschlußreich ist.

Aber seine Stimme geht im Hohngelächter der Klasse von Miss Beischer unter. Du siehst dich um, verstehst die Welt nicht mehr.

Milly Heckler, Agnes Lee Terrance und ein paar andere Mädchen scheinen ebenso entsetzt zu sein wie du. Die Filmszene dauert nicht lang – sie ist wahrscheinlich kürzer als deine Zeitlupenerinnerung daran –, doch für einen Moment wähnst du dich anstelle des Kätzchens und hast den Eindruck, als stünde alle Welt kopf.

»Ich weiß, für Sie hat es den Anschein, als würden dunkle Mächte Ihre Gedanken zu steuern versuchen«, sagt Anstaltsleiter Dr. Hall im Vorbeigehen. Er hat einen Vollidioten im Schlepp, den er von einem Ausflug auf die geriatrische Station zurück auf sein Zimmer bringt. »Aber das ist nur eine Folgeerscheinung Ihres Drogenmißbrauchs. Die Wahrheit ist...«

Hundemüde verläßt du deinen Arbeitsplatz bei Rockdale und schleppst dich nach Hause. Deine Wohnung, die dir von Healy vermittelt wurde, liegt ganz in der Nähe. Du taperst den mit Unkraut überwucherten Seitenstreifen entlang, als ein schwarzer Lincoln jüngeren Baujahrs aufkreuzt und neben dir anhält. Die getönte Scheibe des Beifahrerfensters gleitet automatisch herab, und du erblickst zum erstenmal die groben Gesichtszüge jenes Mannes, der sich dir als David Penfield vorstellt. Ein Pseudonym? Wie kommst du darauf?

»Du darfst mich getrost für einen Zoobullen halten«, sagt er.

Um diese Erlaubnis hast du gar nicht gebeten. Warum begibt sich ein gutgekleideter Mann mit Aknenarben im Gesicht freiwillig in die Knallchargenrolle eines Zoobullen? Ist er eine Art Privatdetektiv? Was will er von dir?

Unvermittelt findest du dich plötzlich im Innern der Limousine wieder. Außer Penfield sitzen da noch zwei weitere Herren mit fest versiegelten Lippen.

Dann geht's auch schon auf die Schnellstraße hinaus. Einer der beiden Penfield-Begleiter – Handlanger? – hat so eine alberne Garfield-Puppe mit Saugnapf an die getönte Scheibe gedrückt. Weshalb? Um sich über dich lustig zu machen? Oder als Warnung?

Wenig später führen sie dich in einen Kellerraum. Daß es sich hier nicht um die Suppenküche der Vereinten Dreifaltigkeitsmethodisten handelt, siehst du auf den ersten Blick. Dein zweiter Blick ist nach oben gerichtet, denn man hat dich unversehens rücklings auf einen Tisch gelegt. Dann wird dir schwarz vor Augen...

...Martis Körper ist mit schlichten Blütenmustern bedruckt. Eine Blüte am Hals, mehrere auf den Brüsten, und die milchige Ebene ihres Unterleibs schmückt ein Bukett aus indigoblauen Blumen. Du traust deinen Augen nicht. Die Frau, die du zu heiraten gedenkst, hat über Nacht arabeske Quetschflecken erblühen lassen.

»Marti«, flüsterst du. »Marti, laß mich nicht allein. Marti, nimm mir nicht unseren Sohn weg.«

Penfield, der sich als Zoobulle ausgibt, ist in Wirklichkeit gar kein Polizist (das wird dir beim Durchstöbern deiner Puzzleschachtel klar). Er haßt dich, weil du für Healy schmutzige, widerliche, verbrecherische Arbeit leistest. Ja, ja, ja. Er will Healy zu fassen kriegen, aber der ist seit einer Woche untergetaucht und womöglich in Richtung Barbados, Yucatan oder Saint-Tropez entflohen.

Penfield ist ein militanter Tierrechteverfechter, wildentschlossen und von Sponsoren großzügig unterstützt. Das EGS-Verfahren, dem er dich unterzieht, hat den Zweck, die Missetaten von Dirk und seinen Helfershelfern ans Licht zu bringen, um dann mit ihnen abzurechnen. Und nun hängst du mittendrin. Du hast es nicht anders verdient. Kein ›aber‹. Schluß mit der Debatte.

»Himmel«, brüllt Penfield seinen Assistenten zu, »klemmt das Miststück ab und schafft es raus! Weg mit ihm, weit weg!«

Du fährst zum Tierasyl, um für Springer und Ossie Ersatz zu besorgen, die hier vor vier oder fünf Jahren die Giftspritze bekommen haben. Eine der Angestellten sagt dir, daß es eine stattliche Auswahl an Kätzchen gebe, die sich allesamt über ein nettes neues Zuhause freuen würden. Du gehst die Reihen der Käfige entlang. Die Katzen scharren in stinkenden Sägespänen und stellen sich verzweifelt fauchend zur Schau.

»Die da«, sagst du nach langem Zögern.

»Niedlich, ja?« Die Angestellte lobt deine Wahl. Was bleibt ihr anderes übrig; schließlich gilt es, die Viecher loszuwerden.

»Sie soll für meinen Sohn Jacob sein«, erklärst du ihr. »Seine Asthmaanfälle sind nicht mehr so schlimm. Ich glaube, mit der Zeit hören sie ganz auf.«

»Schau dir bloß mein Puzzle an!« mault Howie und reißt dir die Rasierklinge aus den Fingern.

Für Jeanne Schinto

TANITH LEE

Tiger

Vor langer, langer Zeit fand einmal ein mir bekanntes Mädchen in London ihre rote Katze schlafend vor der Gasheizung, stellte sich in Positur, indem sie einen Fuß leicht auf den Rücken der Katze setzte, und sagte: »Hab' ich in In'jen geschossen, wissense.« Und sie traf mit Stimme und Haltung meine Vorstellung von einem britischen Radscha so genau, daß es sich zu einem oft wiederholten Spiel entwickelte, das schließlich nur durch die mangelnde Bereitschaft der Katze beendet wurde, als Tigerfell herzuhalten. Was mich betraf, so faßte dieser Scherz eine grundlegende persönliche Einstellung zusammen. Ich hatte damals eine allergische Abneigung gegen einen Männertyp und seine Gewohnheiten, der mir selbst und meinem Verhalten so unähnlich war, daß er zu einer außerirdischen Rasse hätte gehören können. Später, als ich weitere Fakten kennenlernte, mußte die Treffsicherheit des Scherzes neu überdacht werden. Unter Tigern gibt es gelegentlich Menschenfresser, die in den tiefer im Dschungel gelegenen Dörfern auf Beutezug gehen; grausame, tollwütige Tiere, die zu hassen scheinen, die eher aus Mordlust als aus Hunger töten, die bei Sonnenaufgang halbzerrissene Frauenkörper zwischen den Halmen auf den Feldern zurücklassen. Nachts sind sie wie die Schatten eines Alptraums, so daß ein Mann Angst hat, zum Wasserlassen aus seiner Hütte zu gehen, weil es ihn das Leben kosten könnte. Manchmal ist eine Kugel einfach *nötig*, was der Spott und die Pose vorher verborgen hatten. Noch viel später, als ich Pettersun kennenlernte, erfuhr ich, zunächst unwillig, vielleicht immer unwillig, etwas darüber, was den Jäger antreibt, etwas über die unheimlichen Bande, die zwischen jenem entstehen können, der jagt, und jenem, der gejagt wird. Es ist leicht einzusehen, daß die dünne Trennlinie jederzeit überschritten werden kann, daß die Rollen wechseln können. Denn der Mann kann einen Fehlschuß tun, die Waffe kann versagen, die Treiber können fortlaufen, und die Dunkelheit kann sich herabsenken, das Reich des Tigers, das Land der Nacht. Und in den nächtlichen Wäldern ist das goldene Tier mit dem Nachtblick, mit den entblößten Waffen seines Mauls, mit den Klingen an den Füßen, mit seiner großen Kraft – die Kreatur, die fähig ist, Menschen zu fressen – kein hinterlistiger Feind. Es ist nicht meine Absicht, in diesen magischen Zirkel einzudringen. Und das nicht nur, weil mir der Mut fehlen würde, obwohl auch das zutrifft, sondern weil ich noch nie, sei es aufgrund eines Rituals oder aus bloßer Roheit, töten konnte, ohne es unbedingt zu müssen. Und glücklicherweise hatte ich noch niemals töten müssen, ob Tier oder Mensch. Nur aus diesem Grund kann ich überhaupt meine Geschichte erzählen – weil ich durch eine Art von mildernden Umständen in Sicherheit bin. Vielleicht.

Direkt vor dem Victoria Memorial in Kalkutta traf ich den dicken Mann. Ich bestreite meinen Lebensunterhalt zum Teil damit, daß ich gegen Bezahlung für andere Leute Nachforschungen anstelle, und meine Gedanken tummelten sich noch irgendwo zwischen hier und dem Jadu Ghar, während sich meine Füße schon zum Hotel wandten. Die orangefarbene Sonne, die tief über dem Maidan verblutete, dämpfte den Eindruck der Paläste und Slums. Der dicke Mann nahm mir die Sicht, blieb vor mir auf den Stufen stehen und stellte sich vor. Ich kann mich nicht mehr an den Namen erinnern, den er nannte, aber er kannte mich aus einem Artikel, in dem mein Foto abgedruckt gewesen war. Ich dachte schon verärgert, er würde mich wohl in eine Diskussion über etwas verwickeln, das ich geschrieben und wieder vergessen hatte, doch er sagte mir, Pettersun wäre tot.

»Wie bitte?« Ich war von der Plötzlichkeit schockiert, aber nicht überrascht, und die Frage war eher rhetorisch gemeint. Es war völlig klar, was passiert sein mußte, und ich hatte mich auch nicht geirrt.

»Ein Tiger hat ihn getötet. War 'ne komische Sache. Verdammt komisch. Ich hab' es sozusagen für meine Pflicht gehalten, es den Leuten mitzuteilen, denen, die ihn kannten.«

»Ich kannte ihn nie besonders gut.«

»Nein? Dann ist es ja gut. Trotzdem, war eine komische Sache.« Ich betrachtete die Leere seiner dunklen Silhouette und den bernsteinfarbenen Sonnenuntergang, der um ihre fetten Ränder strömte. Er wollte noch etwas sagen. »Komisch«, sagte er.

»Meinen Sie lustig oder eigenartig?«

»O nein, nicht lustig. Überhaupt nicht. Eigenartig. Ja, das ist es.«

»Warum?« fragte ich.

»Nun, er war nicht draußen, um ihn zu jagen. Er war im Bett.«

»Im ... *Bett* ...«

»Genau. Und das Vieh ist reingekommen, direkt in den Bungalow, und hat ihn in Stücke gerissen. Muß ziemlich übel ausgesehen haben, glaub' ich. Ja, verdammt übel.«

Es hörte sich auf einmal sehr unwahrscheinlich an. Affen, Ratten und Schlangen, die dringen in Häuser ein, aber soweit ich gehört hatte, noch nie ein Tiger. Der dicke Mann stand nur da und weidete sich an unser beider Entsetzen. Ich mußte fortfahren, mußte fragen.

»Wo ist es geschehen?«

»Im Norden«, sagte er und nannte eine kleine Stadt. »Ungefähr zehn Meilen von hier. Ein paar Dörfer. Einer der alten Ranger-Bungalows. Er lebte dort draußen im Dschungel. Hat nur viel getrunken, sonst hat er nichts getan. Dann ist da anscheinend so ein Biest aufgetaucht, ein Menschenfresser. Sie hatten von Pettersun gehört und sind zu ihm gekommen, um ihn zu fragen, ob er die Sache erledigen würde, und Pettersun sagte, nein, er wäre fertig damit. Aber er begann, sein Gewehr zu putzen. Sie erinnern sich doch an sein Gewehr, das mit den Elfenbeinintarsien ...«

»Ja, ich erinnere mich.«

»Dann gab es eine Panik, Sie wissen ja, wie die sind. Der Tiger ist überall. Im Dorf, im Nachbardorf. Auf einem Baum, in den Feldern, unten im Brunnen. In der nächsten Nacht wollte er raus, wenigstens hab' ich es so gehört. Mit Fackeln und Treibern, das übliche blutige Spektakel. Kurz vor dem Morgengrauen lag er da, mit einer Flasche Gin als Gesellschaft und – *patsch.* Einer seiner Treiber hat ihn gefunden und ist schreiend rausgelaufen. Es war ekelhaft.«

»Woher wissen Sie das alles?«

»Sie haben einen Arzt aus Chadnur herbeigerufen, der sich die Leiche ansehen sollte. Ich kenne Hari ganz gut. Nachrichten aus zweiter Hand, aber zuverlässig.«

»Es klingt unglaublich.«

Der dicke Mann schien nicht beleidigt. Er zuckte die Achseln. »Sicher. Aber die Zeitungen in Bombay haben es gebracht, ein oder zwei Artikel.«

»Und wie lange ist das jetzt her?«

»Ein paar Monate. Tja, so ist das Leben. Ich könnte was Kaltes zu trinken gebrauchen.«

Aus weit entfernten Moscheen begannen sich die gedämpften wilden Schreie des abendlichen Gottesdienstes zu erheben. Ich entschuldigte mich bei dem dicken Mann und ging fort, um allein zu trinken.

Unter den kreisenden Ventilatoren, die wie riesige Insekten unter der Decke hockten, verdaute ich langsam die Nachricht von Pettersuns Tod. Wie sonst sollte ein Jäger sterben, wenn nicht unter dem Huf oder der Klaue oder dem Fang des Wesens, über dem er so lange gestanden hatte, den Fuß auf den Hals gestützt, das Gewehr noch rauchend? In Indien geschossen. Obwohl er nicht auf Bettvorleger aus Tigerfell aus gewesen war.

Wie ich schon sagte, hatte ich ihn nicht sehr gut gekannt. Ich hatte ihn weder gemocht, Gott bewahre, noch bewundert, außer vielleicht wegen seines Mutes, über den ich aus anderen Quellen verschiedentlich Berichte erhalten hatte. Ich glaube, er hat mich in gewisser Hinsicht fasziniert; die verbotenen Früchte, die uns unsere Moral verwehrt und die für einen anderen Menschen nur eine Facette eines normalen Lebens sind. Ich hatte ihn auf einer üppigen Party in Bombay kennengelernt. Dort gab es jede Menge Männer in Pinguinkostümen und Frauen in Goldlamékleidern, und alle waren sie braun gewesen wie gegerbtes Leder. Neben ihnen sahen die kaffeebraunen Ober beinahe blau aus. Wir sprachen eine Weile über dieses und jenes; wir waren Teile einer Gruppe, die sich nach und nach auflöste, bis nur noch Pettersun und ich übrigblieben. Dann sagte er lächelnd, als hätte er auf diese Gelegenheit gewartet: »Sie können mich nicht besonders gut leiden, was?« Es war keine Frage, kein Angriff, sondern eine Feststellung. Ich sagte nichts. »Oder sagen wir lieber, Sie mögen das nicht, was ich tue. Orion, der Jäger. Der böse Mann, der die niedlichen Tiere umbringt.«

Ich zuckte die Achseln und machte mir Gedanken über einen möglichst eleganten Abgang, doch ich sah noch keine Chance. Einer der Kellner kam mit Drinks vorbei, und Pettersun nahm vier; den vierten reichte er mir.

»Danke«, sagte ich.

»Ja«, sagte er. Er trank den ersten seiner neuen Drinks in einem Zug aus, dann sagte er: »Beschimpfen Sie mich, wenn Sie wollen. Aber ich schieße nicht auf Menschen.«

»Nur auf Tiger«, sagte ich, bevor ich mich zurückhalten konnte.

»Nur auf Tiger? Ein Tiger ist niemals *nur* ein Tiger.«

»Zum Sport«, sagte ich.

»Nein«, sagte er. Er lächelte immer noch. Es verwirrte mich. Genoß er es? »So würde ich es nicht ausdrücken.«

Die Sache wurde mir lästig und ungemütlich.

»Nun«, sagte ich hilfsbereit, »ein Menschenfresser ist offensichtlich ...«

»Also bleiben Sie Ihren Prinzipien nicht treu«, sagte er, während er seinen zweiten Drink hinunterschüttete. »Sie glauben, ich wäre ein Makel auf Gottes grüner Erde, aber Sie trauen sich nicht, es mir zu sagen.«

»Mister Pettersun«, sagte ich, »was Sie tun, ist Ihre Sache.«

»Haben Sie Angst, ich könnte Sie schlagen, wenn Sie den Mund aufmachen? Ihnen das wohlgeformte Näschen brechen, ist es das? Ich werde es nicht tun. Ich bin ein friedliebender Mann. Ich mag Schnaps, vor allem, wenn er umsonst ist. Ich töte Tiger. Beachten Sie, ich sagte nicht, daß ich es *liebe*, Tiger zu töten. Das ist es. Das alles bin ich.«

»Entschuldigen Sie«, sagte ich. Als ich mich umwandte, drückte er mir das dritte Glas in die andere Hand, was mich festnagelte, denn er hatte es offensichtlich selbst trinken wollen. »Trinken Sie einen mit?« fragte er.

Ich stand da, in jeder Hand ein Glas, sah ihn an und fragte mich, was das alles sollte.

»Was wollen Sie?« fragte ich.

»Ich denke«, sagte er, »ich will mit Ihnen reden und Ihnen von genau der Sache erzählen, von der Sie nichts wissen wollen.«

»Mit anderen Worten, Sie wollen mir auf die Nerven gehen.«

»Nein.«

»Mich bekehren? Keine Chance.«

»Nein, sicher nicht«, sagte Pettersun. »An Bekehrungen habe ich keine Freude. Und Streitgespräche sind normalerweise witzlos, oder?« Ich blieb stehen, wo ich war, wider meinen Willen gefangen, weil er etwas gesagt hatte, was ich selbst auch glaubte. »Also, was kann es sonst sein?«

Ich trank aus dem Glas, das er mir gegeben hatte. Ich sagte: »Kämpft die betrunkene Eigenliebe um ihre Stimme?«

Er lachte. »Das stinkt mir hier«, sagte er. »Ich kenne

unten am Wasser ein Plätzchen, wo ein Mädchen mit Kobras auf den Tischen tanzt. Mögen Sie solche Sachen?«

»Ja, manchmal mag ich solche Sachen.«

An dem ›Plätzchen‹, wo das barfüßige Mädchen alle zwei Stunden tanzte, indem es das schwarze Haar wie einen Pferdeschweif herumwirbelte, die gemolkenen Schlangen um Arme und Hüften geknotet, tranken wir etwas Alkoholisches, das in *lassi* gerührt war. Ich war nicht ganz sicher, warum ich mit ihm hergekommen war. Im nachhinein wäre es leicht zu sagen, er brauchte eine Beichte; die letzte Zeremonie vor der Exekution. Wie mir einmal ein Bekannter sagte, habe ich etwas von einem Priester an mir, irgendwo, irgendwie, was mir selbst und unter besonderen Umständen auch anderen auffällt.

Wir schweiften vom vorherigen Thema ab. Ich kann mich nicht mehr an vieles erinnern, doch als er mit mir zu *reden* begann, entstand eine gewisse Klarheit, an die ich mich erinnern kann; vielleicht werde ich es niemals vergessen. Ich habe keine Sätze im Kopf behalten, wohl aber ihren Sinn. Denn in jenem Augenblick wurden mir die Geheimnisse der Jägerei offenbart, und ich war gerade betrunken genug, um sie über oder unter meinen geistigen und moralischen Barrieren vorbeischlüpfen zu lassen, und ich verstand, und ich verstehe immer noch, wenn ich auch niemals verzeihen werde. Wahrscheinlich um so weniger verzeihen, seit ich die Anziehungskraft, das religiöse Element, die außergewöhnliche Bindung sah, die entstehen konnte (wenigstens im Kopf des Menschen) und die danach wie eine Droge süchtig machte. Solange es sich um einen alten Trottel mit einem Gewehr und seinen Ansichten von Sport handelte, blieb die Sache sicher und unanständig distanziert. Doch die zauberische Dimension des Jagdrituals, geheimnisvoll und außergewöhnlich und, wie ich glaube, in vielen von uns vorhanden, ruft ein Schaudern hervor, dem man widerstehen muß – was sie im Grunde noch abstoßender macht – wie eine Venusfliegenfalle.

Ich kann mich auch noch daran erinnern, wie ich spät in der Nacht am Ufer entlang nach Hause torkelte, an das schwarze Wasser und die geisterhaften Apartmenttürme, an den Mond, der aussah wie Elfenbein, wie die Elfenbeinintarsien auf seinem Gewehr, von dem er ein Foto bei sich hatte, wie andere Männer Fotos von ihren Frauen und ihren Kindern bei sich haben, und wenn sie die nicht besitzen, dann wenigstens ein Bild von ihrem Hund.

Ich wachte am Morgen mit einem Kater auf und dachte, das Ganze sei doch reine Zeitverschwendung gewesen, lächerlich. Doch sehr bald schon fielen mir seine Lehren wieder ein – denn er hatte mich unter dem wilden Feigenbaum, in dessen Schatten das Mädchen tanzte, seine Philosophie gelehrt. Jäger und Gejagter, der Pirschende und die Beute, verbunden durch Gräser und Blätter, durch Schatten, durch Blutdurst und Angst – und durch Verlangen. Und wer spielte welche Rolle? Dann stand ich auf, steckte den Kopf in das lauwarme Wasserbecken, und ich dachte: Unfug. Ein Mann mit einem Gewehr. Welche Chance hatte so ein verdammter Tiger? Was glaubte denn Pettersun, wen er hereingelegt hatte? Aber er hatte nicht versucht, mich hereinzulegen. Er hatte nur gesagt, so und so ist das, für einige andere, und für mich. Recht oder Unrecht. So. Ich hatte nie viel Geduld mit Hemingway gehabt, doch eine Woche später las ich noch einmal *Der alte Mann und das Meer* auf der glutheißen indischen Veranda. Die Beziehung zwischen dem Fischer und dem wunderschönen großen Fisch am Haken war überflüssig, starrköpfig, mutwillig, gefühllos – egal, wie es die Verleumder nennen mochten –, und es blieb doch auf seine Weise eine ungeheuer treffende Beschreibung des Mysteriums, das Pettersun mir enthüllt hatte. Doch wenn es möglich ist, mit Ehrerbietung und Liebe und Bedauern zu morden, dann ist das nur um so mehr ein Grund, damit aufzuhören.

Ich traf Pettersun nicht wieder. Statt dessen sprach mich einige Monate später der dicke Mann auf den Stufen des

Memorials in Kalkutta an und sagte: »Ein Tiger hat ihn getötet. War 'ne komische Sache.«

So weit, so gut. Etwas mehr als zwölf Monate später, als ich einmal auf eigene Rechnung Nachforschungen anstellte, landete ich eher zufällig in Chadnur.

Nachdem ich meine beruflichen Angelegenheiten erledigt hatte, ging ich zum Krankenhaus hinüber. Ich trieb mich dort herum und grübelte darüber nach, ob ich wirklich und ernstlich der Sache nachgehen wollte. Aber irgend jemand fragte mich, wie sie das immer bei Europäern tun, wen ich suchte. Ich antwortete mit dem Namen des Arztes, den der dicke Mann auf so vertraute Weise ausgesprochen hatte: »Hari.«

Doktor Hari lud mich freundlich und leutselig auf einen sehr guten Kaffee in sein Büro ein, und ich brachte vorsichtig das Thema zur Sprache. Die Antwort war überhaupt nicht vorsichtig. Doktor Hari hatte für Pettersun die ganze Wut eines guten Arztes über einen ungehorsamen Patienten empfunden. »Wenn ihn nicht der Tiger erledigt hätte, dann hätte ihn seine Sauferei geschafft. Sein ganzer Körper war zerrüttet. Wenn er so weitergemacht hätte, wäre ihm höchstens noch ein Jahr geblieben, wenn nicht sogar noch weniger.«

»Also ist es wahr. Ich hörte, das Tier wäre ...«

»... in den Bungalow eingedrungen und hätte ihn im Bett angefallen? Allerdings. Haben Sie einen starken Magen?«

Pettersun war regelrecht ausgeweidet worden, Herz und Kehle herausgerissen; der Rest der Leiche war zerbissen, aufgerissen, buchstäblich zerschlitzt wie ein Sack. »Es war eine ziemliche Sauerei. Die Dorfbewohner sind an Tod und Unglücksfälle gewöhnt, aber sie hatten schreckliche Angst, und sie sind abergläubisch. Ich habe auch selbst schon einige Männer gesehen, die von Tigern oder Panthern getötet wurden. Aber noch niemals einen Körper in einem solchen Zustand – und überhaupt nichts gefressen.«

»Dann war er gar nicht auf den Tiger aus gewesen?«

»Nun, vielleicht. Im zweiten Dorf wurde ungefähr zehn Tage später ein Tiger gefangen – ein alter Tiger, der Menschenfleisch bevorzugte, was manchmal vorkommt, weil Menschen eine leichte Beute sind. Ich sollte vielleicht noch sagen, daß dieser Tiger nicht stark genug war, um einen menschlichen Körper so zuzurichten wie den von Pettersun. Natürlich, manchmal töten sie auch, ohne zu fressen, aber es gibt dann keine derartigen Mißhandlungen, kein Aufschlitzen, das fast schon wie eine Sektion aussieht. Und der übrige Raum war unberührt.«

»Wie ist er hereingekommen?«

»Die Tür stand auf. Er hatte sie aufgelassen – weit, wie eine Einladung, könnte man fast sagen. Sehr seltsam. Sehr unangenehm. Und traurig. Es gibt einige Dörfer in dieser Gegend, die uns allen Grund geben, Pettersun dankbar zu sein.«

Ich fühlte mich wie gestorben, die Spannung hatte sich gelöst. Ich wußte nicht, was zu hören ich erwartet hatte. Als ich dann ging, sagte Doktor Hari: »Natürlich hat ihn seine Trinkerei dazu gebracht, seltsame Dinge zu tun. Er hat zum Beispiel in Großbuchstaben etwas auf die Wand des Bungalows geschrieben. Eine Art Gedicht, moderne englische oder amerikanische Lyrik, reimlos. Über einen Tiger natürlich. Die Dorfbewohner weigern sich immer noch, nachts in die Nähe des Hauses zu kommen.«

Das Nächstliegende wäre jetzt gewesen, zum Bungalow hinauszugehen, also schob ich es beiseite. Pettersuns Tod lag inzwischen ein Jahr zurück, und er bedeutete mir nichts; er hatte nichts mit mir zu tun. Mein Interesse schien mir nicht nur makaber, wahrscheinlich war es das auch. Trotzdem, ich konnte nicht abreisen, ohne den Dingen auf den Grund gegangen zu sein. Ich besorgte mir schließlich einen Wagen und nahm den neuen Highway, der mich bis zu dem Dorf brachte, von dem mir der dicke Mann erzählt hatte. Von dort aus war es das Klügste, nach

Art der Kolonialzeit auf dem Pferderücken weiterzureisen, auf der staubigen Straße in das glühende, verfilzte, wuchernde Herz des Dschungels hinein. Hier lieferte ich mich fast völlig der Stimmung dieses Ortes aus – das dichte Herandrängen der massiven Bäume mit ihren breiten Blättern, die Bambusdickichte. Auf dem Weg begegneten mir einige Frauen, die im Sari-Stil gingen, wie ich es nannte. Sie waren in ihre farbenfrohen Gewänder gehüllt und trugen Körbe oder Töpfe auf dem Kopf. Sie waren schlank und stolz, und manchmal unbeschreiblich schön. Gelegentlich sah ich bergab in einem Tal, wo der Dschungel weiter und lichter wurde, ein Dorf liegen. Das Korn stand gut und aufrecht, Kinder rannten herum, und im sommerlichen Schlamm wälzten sich Büffelherden.

Als ich den Bungalow erreichte – und beinahe verpaßt hätte –, hatte sich der Himmel über den Bäumen vorübergehend in eine dunkelbraun glühende Mauer verwandelt. Der Dschungel war, wie bei Kipling, hereingelassen worden. Überall wucherten Lianen und hohes Gras, so daß ich kaum das schmutzigweiße Leuchten der Verandapfeiler erkennen konnte. Hinten um die Ecke lagen ein Küchenhaus und mehrere Hütten, doch auch diese waren überwachsen; die Dächer waren eingefallen.

Ich sah mich eine Weile um, während das Pferd völlig unbeteiligt am Gras zupfte. Die Türen des Hauses waren von Amts wegen versiegelt, und ich hatte keine Lust, sie im Dunkeln aufzubrechen. Weit und breit schien keine Gefahr zu drohen, doch da sich die Nacht über den Wald senkte, saß ich wieder auf und kehrte in das Dorf zurück. Dort wurde ich mit Neugierde, ja, fast mit Freude aufgenommen. Ich erwähnte weder den Grund meiner Anwesenheit noch daß ich beim Bungalow gewesen war. Ich handelte nur etwas um Reis und gewürztes Gemüse. Später tauchte ein fünfjähriger Junge auf, der in Hindi zu den Männern von seiner Frau und seiner Familie sprach, von der Kuh und der Ziege der Familie, von den Leiden seiner jüngsten Tochter. Es waren Erinnerungen an ein kurz zuvor gelebtes Leben. Solche Dinge sind in Indien nicht ungewöhnlich. Nach kurzem kam die Mutter des Kindes herein, beruhigte es und sagte ihm, alles würde wieder gut. Er würde bald seine früheren Verantwortlichkeiten vergessen, da dieses Leben und seine Verpflichtungen nach ihm verlangten. Nachdem das Kind hinausgebracht worden war, erwähnte ich Tiger, und sofort herrschte tiefes Schweigen. Die Männer sahen einander an. Schließlich sagte mir einer: »Es gibt hier keine Tiger. Sie sind fortgegangen.«

»Aber es steht fest«, sagte ich, »daß vor einem Jahr jemand in dieser Gegend von einem Tiger angefallen wurde ... ein ziemlich bekannter Jäger ... Porter, Potter oder so ähnlich.«

»Ja«, sagte ein anderer ernst. »Dieser Tiger wurde getötet. Jetzt gibt es keine mehr.«

Ich betrachtete ihre hageren, reglosen Gesichter. Einige von ihnen sahen so edel aus, alles ertragend. Draußen, jenseits des Fleckens nächtlicher Erde, schlief das verlorene Kind, das von Verpflichtungen belastet war, denen es nicht mehr nachkommen konnte, an der Brust seiner Mutter. Sie hatten ihr Essen mit mir geteilt und mir Obdach gewährt, und so konnte ich ihnen meine eigenen Wünsche nicht weiter aufdrängen. In jener Nacht, die ich hinter ihrer sicheren Einfriedung verbrachte, schlief ich nicht; ich lag wach und lauschte dem Rauschen der Blätter und der Sterne. Beim ersten Tageslicht brach ich auf. Ich führte das Pferd durch die endlos scheinenden Reihen der zum Melken bereitgestellten Ziegen und an Mädchen vorbei, die zum Brunnen gingen.

Der Bungalow inmitten des Dschungels hatte sich nicht verändert. Es war immer noch durch seine Bretter und Schlingpflanzen gesichert. Ich ließ das angepflockte Pferd zurück und stemmte ein Fenster auf, kletterte hindurch und stand in einem Raum, der einmal Pettersuns Schlafzimmer gewesen sein mußte. Das niedrige indische Bett mit dem abblätternden Lack und der gerissenen Bespannung stand immer noch pflichtgemäß an einer Wand. Die verrotteten Moskitonetze hingen herab wie Spinnweben. Einige Regale, ein Schreibtisch, ein Stuhl waren zurückgeblieben, aber nichts Schmückendes, falls es überhaupt jemals so etwas gegeben hatte. Der Raum besaß keinen typischen Eigengeruch. Er war eins geworden mit dem herandrängenden Dschungel und hatte seinen Geruch angenommen, seine Trockenheit und Feuchtigkeit. Sogar durch die Fundamente waren Lianen eingedrungen, die jetzt den Boden bedeckten, so daß möglicherweise vorhandene Flecken verborgen waren.

Das Gedicht, von dem mir Doktor Hari erzählt hatte, befand sich auf der Wand gegenüber dem Bett. Es war mit Farbe in Buchstaben geschrieben, die in alle Richtungen geneigt waren. In dem Dämmerlicht hatte ich Schwierigkeiten, auch nur einen davon zu entziffern. Als ich es geschafft hatte, fuhr mir mit kurzer Verzögerung das Wiedererkennen wie ein lähmender Schreck in die Glieder. Pettersun hatte folgendes geschrieben:

Dein entsetzliches Gebild hat
Auge? Oder Schöpferdrang – Wessen?
Nacht – die aus Wäldern bricht –
*Grauses Licht, Tiger! Tiger!**

Ich stand da, atmete hörbar, entsetzt, hörte die Rufe der Vögel und Affen im Dschungel, las schweigend die Worte, bis mir – natürlich! – das *Tiger! Tiger!* den Schlüssel gab. Es war nichts anderes als William Blakes Gedicht, aber auf bizarre Weise verkehrt; die letzte Zeile war zur ersten geworden, die zweite zur vorletzten, die zweite zur dritten, die erste zur letzten. Und innerhalb jeder Zeile hatte auch jedes Wort seinen Platz gewechselt. Das erste Wort stand jetzt an letzter Stelle, das letzte an erster, und so weiter. Kauderwelsch. Kein Wunder, daß Hari es für ein Avant-

* Nach einem Gedicht von William Blake – *Anm. d. Übers.*

gardestück gehalten hatte, ausgeheckt vielleicht von irgend jemand in Greenwich Village. Auch die Interpunktion war schwerlich von Blake.

»Ein Verrückter«, sagte ich laut, während ich gleichzeitig von heftigem Abscheu und Mitleid gepackt wurde. Ich hätte nicht geglaubt, daß ich eins von beiden mit dieser Stärke empfinden würde, wenn überhaupt. »Armer, verdammter, mordender Verrückter.« Und nachdem ich es ausgesprochen hatte, las ich auch den Unsinn an der Wand laut vor, in die Stille hinein, die der Bungalow im lauten Dschungel umschloß.

Während ich las, klickte irgend etwas in meinem Gehirn. Ich stolperte mit meinem Geist hinterdrein. Es war schwer zu fassen, es verschwand. Auf lächerliche Weise war diese irrwitzige Verkehrung des Gedichtfragmentes – sinnvoll. Als würde man mit verbundenen Augen im Dunkeln das Fell einer Katze berühren, ohne es zu erkennen, während einem der Instinkt trotzdem sagt: Ah, aber *dies* ist… Bevor noch der richtige Name auftauchte oder das Rätsel durch Licht gelöst würde.

Und dann, indem der Dschungel eingelassen worden war, war auch etwas anderes hereingekommen. Ich malte mir aus, wie der lohfarbene Schatten des nächtlichen Todes in einem Strahl olivgrünen Sonnenlichts vor dem Lianengeflecht stand und sich durch die offene Tür schob. Mir standen sämtliche Haare zu Berge, und mir rutschte vor Angst buchstäblich das Herz in die Hose. Ich mußte weg von hier! Ich floh durch das Fenster, riß mir Haut und Kleidung auf, verfolgt von eingebildeten Geistern. Pettersuns Geist.

Als ich mich wieder beruhigt hatte, bestieg ich das Pferd und ritt in die Richtung des zweiten Dorfes, von dem mir der dicke Mann und Doktor Hari erzählt hatten.

Die einfachste Erklärung für das, was mir dann passierte, liegt nahe: daß ich die Richtung falsch einschätzte, vom Weg abkam, herumstolperte und so die Dinge für mich noch schlimmer machte. Schließlich war ich in der gleichen Lage wie der in Liedern und Geschichten beschriebene, von Panik erfüllte verirrte Wanderer. Ich vermute, daß genau das geschah, obwohl ich mich normalerweise nur selten verirre, und wenn schon, dann finde ich schnell wieder den richtigen Weg. In diesem Fall aber war es anders. Die Fährte löste sich plötzlich auf, und als ich meine Spur zurückverfolgte (oder es wenigstens versuchte), gelang es mir nicht, den Weg wiederzufinden. Verschiedene Baumgruppen, Einfallswinkel des Lichtes, die ich mir gemerkt hatte und die mich hätten führen können, schienen auf mysteriöse Weise verändert, obwohl die grünliche Dschungelsonne schien, sich Schatten auftürmten und die Affen schrien wie ein paar Minuten zuvor. Wenn überhaupt, dann war mit meiner eigenen Wahrnehmung etwas nicht in Ordnung.

Ich beging dann den Fehler, meinen Irrtum dadurch korrigieren zu wollen, daß ich mich verbissen weiterkämpfte. Ich war sicher, daß ich den Weg bald wieder ausmachen, einen neuen entdecken oder einfach durch eine Lücke im Blattwerk brechen und in das Dorf einreiten würde. Doch nichts von alledem geschah. Zu guter Letzt zwangen mich die große Hitze und die Erschöpfung, anzuhalten, im Schatten abzusteigen und Wasser zu trinken. Dann schlief ich dummerweise für fast eine Stunde ein, wirklich ein idiotisches Verhalten. Es gibt ein Gesetz im Busch, daß die Raubtiere schlafende Tiere nicht angreifen, aber Pettersun hatte wahrscheinlich geschlafen, als er angefallen worden war ... Selig sind, die da glauben? Außerdem jagen Schlangen in dieser Wildnis, und manchmal auch durchreisende Menschen, die schlimmsten Raubtiere von allen.

Als ich total irritiert aufwachte, vor allem durch mich selbst verunsichert, gab ich meine Suche auf. Das zweite Dorf war wie verzaubert, es war verschwunden. Ich benutzte den Kompaß und ließ mich hin und wieder durch den Anblick der Nachmittagssonne leiten, die den Westen markierte, und wollte so zum ersten Dorf zurückkehren, das real war. Obwohl ich eine Weile herumgeirrt war und völlig die Richtung verloren hatte, lag diese Ansammlung von Hütten und Menschen und das reinkarnierte Kind direkt im Osten, und die Wege, die zum und vom Ort führten, waren gut. Ich hatte keinen Zweifel, daß ich bequem vor Sonnenuntergang dort ankommen würde.

Stunden später, als ich in Schweiß gebadet war, als das Pferd schon taumelte, als sich Lichtungen in dunkle Schatten hüllten und die kleinen Flecken des Himmels scharfe Stränge auf die Bäume warfen, breitete sich dumpfe Furcht in mir aus. Ich hatte nun das Gefühl, jegliche Orientierung verloren zu haben. Der Dschungel hatte mich gepackt, hatte mich zwischen seinen Schleiern und turmhohen Stämmen gefangen. Es gab keinen Rückweg, keinen Weg hinaus. Ich hielt sofort an und versuchte, meine Nerven zu beruhigen. Es war schwer.

Die rote Flamme erstarb, und das Grau eilte heran, und dann die Schwärze der Nacht. Ich saß von meinem Pferd ab, als die Geräusche des Tages nachließen und die Chöre der Frösche lauter wurden, die mich verhöhnten, denn diese schreckliche Welt war ihre Heimat. Und nicht nur ihre.

Das *Ramayana**, das von dem Brüllen wilder Tiere spricht, von überwucherten Pfaden, von Müdigkeit und Entbehrung in dieser Baumwelt, sagt, daß der Wald das Reich des Windes sei, das Reich von Dunkelheit, von Hunger und großen Schrecken.

Bis zum Morgen konnte ich nichts weiter tun. Ich hatte Wasser und ein paar Essensreste, um ein ausgiebiges Abend-*khana* abzuhalten. Allerdings besaß ich keine richtige Waffe, abgesehen von der Macht, Feuer zu machen, was ich sofort tun würde. Geschlafen hatte ich schon. Diese Nacht über würde ich wachen.

---

* Indisches Epos über die Heldentaten Ramas – *Anm. d. Übers.*

Ich überstand meine Nachtwache ganz gut. Vielleicht half mir die Müdigkeit dabei, denn ich erreichte schnell diesen überdrehten Zustand, in dem Schlaf überflüssig und als Erfindung von Zeitverschwendern erscheint. Außerdem blieb ständig eine leichte Angst. Leichte Angst, die wie ein Gewürz über die enorme, einschläfernde Schönheit der Nacht gestreut war. Nicht, daß ich hinter dem scharf umgrenzten, goldenen Lodern meines Feuers viel sehen konnte. Die Schönheit lag in der Dunkelheit, und nur Dunkelheit war da draußen, Schicht um Schicht, und nur die Ohren konnten Eindrücke vermitteln. Überall das beständige Gurren der Frösche und das Summen der nächtlichen Insekten, die ab und zu in Totenstille verfielen, wie es zu geschehen pflegt; nicht aus irgendeinem üblen Anlaß, wenigstens nicht aus Gründen, die für mich übel sein mußten. Einige Male machten auch aufgestörte Affen einen Riesenspektakel, der Adrenalinstöße durch meinen Kreislauf jagte. Nach jedem dieser Alarme ließ ich mich lächelnd wieder zurückfallen. Die Wälder, ›das Reich des Schreckens‹, sind zwar gefährlich, aber wirkliche Gewalt gibt es nur selten. Die Giftschlange, die sich wie ein zusammengerolltes Seil aus dem Blätterdach fallen läßt, die halbverhungerte große Katze, die sich von hinten durch die Büsche schleicht; all das beruht auf Erfindungen der Bücher und der Filmindustrie.

Von Zeit zu Zeit blickte ich auf die Uhr. Ich freute mich über die Zeitlosigkeit, die ich erreicht hatte; Minuten dehnten sich zu Stunden, und zwei Stunden konnten in einer Spanne verstreichen, die nur wie Minuten erschien. Diese Feierlichkeit, die ich erwähnte, steckte vielleicht hinter meinem Eindruck von meditativem Frieden, den der Sadhu* an Orten wie diesem sucht. Denn wirklich, hier konnte man die Tiefe und die Oberflächlichkeit aller Schöpfung fühlen, das unergründliche, unendliche, selige Nichts, das doch Alles ist und das den schwingenden Ur-

---

* Indischer Heiliger; Asket – *Anm. d. Übers.*

sprung der Seele enthält. Und ich freute mich darüber, daß ich das Klischee vermieden hatte, nämlich zu glauben, das Schicksal hätte mich an diesen Ort geführt. Der Glaube an einen dummen Zufall hielt mich aufrecht. Schließlich, konnte ich mir sagen, würde in kaum mehr als einer Stunde der Morgen grauen, und mit dem neuen Tag würde ich einen Weg in jede gewünschte Richtung finden.

Ich dachte überhaupt nicht an Pettersun, der mich unbeabsichtigt in die Situation gebracht hatte, in der ich mich zur Zeit befand. Er schien sehr weit von meinen Betrachtungen entfernt zu sein.

Das Licht kam, als bis zum Morgengrauen noch knapp eine Stunde Zeit war. Doch dies war kein Sonnenaufgang.

Es war ein einzelnes Licht, wie das meines eigenen Feuers. Ich kam sofort zu dem Schluß, gleichermaßen hoffnungsvoll und mißtrauisch, daß die Menschheit mit Fackeln eingetroffen wäre, und ich hatte keine Möglichkeit zu sagen, ob es Freund war oder Feind. Ich setzte mich aufrecht mit dem Rücken gegen einen Baum, vor mir mein Feuer, und versuchte, die Gestalten um den fremden Schein auszumachen.

Mein Unbehagen nahm schnell zu. Wer auch immer Fackeln trug – er spielte ein verwirrendes Spiel. Zunächst einmal näherten sich die Lichter nicht, sondern schienen mich von links einzukreisen. Die Flammen blitzten auf und erloschen, entsprechend den dazwischenstehenden Farnen oder Bäumen. Und falls es sich nicht um kleine Kinder oder Zwerge handelte, mußten die Fackelträger auf Knien kriechen.

Mein Blut bestand inzwischen aus reinem Adrenalin. Ich stand auf, bewegte mich so leise wie möglich von meinem Feuer weg und baute mich vor einem Baum in der Nähe wieder auf. Ich ahnte inzwischen, daß es Räuber waren, vielleicht sogar eine Wiederauferstehung der Würger von Kali Ma. Mein Pferd, das in der Nähe angepflockt war, schnaubte und rumorte im Unterholz. Vielleicht wäre es richtig, die Leine mit dem Taschenmesser durchzuschneiden, das ich zufällig bei mir trug und jetzt abwehrbereit festhielt, auf den Rücken des Pferdes zu springen und einen wilden Ausbruch durch den pechschwarzen Dschungel zu machen. Doch ein solch halsbrecherischer Ritt war gefährlich, und ich war nicht sicher, ob ich wirklich dazu bereit war. Täuschung, Lügen und eine Handvoll Rupien wären vielleicht die bessere Lösung.

Ich hatte mich schon fast zu dieser Entscheidung durchgerungen, als mir an den umzingelnden niedrigen Fackellichtern noch etwas anderes auffiel. Ich war wie betäubt, absolut nicht in der Lage, eine Flucht zu versuchen oder auch nur zu planen, denn all dies schien keine angemessene Reaktion angesichts der Tatsache, daß sie von nichts reflektiert wurden, nichts erleuchteten – obwohl die Lichter, vielleicht dreizehn oder vierzehn, eng zusammenblieben –, was bedeutete, daß sie überhaupt kein Licht *waren*.

Genau in diesem Augenblick teilten sich die Stränge der Pflanzen, und das lichtlose Licht flammte zwischen ihnen auf.

Ich kann mich erinnern, daß ich sagte: »Oh, mein Gott!« Leise, so als würde man es so von mir erwarten. Das war alles. Es war sinnlos, sonst noch etwas zu sagen oder zu tun.

Es gibt eine Art von Schrecken, die kein eigentlicher Schrecken mehr ist, sondern eine Art verfeinerten und weiterentwickelten Gefühls, das die Angst ausgebrütet hat – eine Art Ekstase, in der für Furcht genausowenig Raum ist wie für den Willen, Widerstand zu leisten, den Furcht doch gewöhnlich hervorruft. Ich hatte ein- oder zweimal Beschreibungen davon gehört. Nun fühlte ich es selbst.

Ich könnte an diesem Punkt Entschuldigungen vorbringen oder sinnlose Worte auftürmen, hoch wie ein Gebirge, um vom Gipfel aus ein Feuerwerk zu entzünden – beides Methoden, um der Nervosität zu begegnen. Denn was ich nun niederschreiben muß, wird man natürlich nicht glauben. Ich habe es nicht erfunden, habe es mir nicht in meinen Träumen ausgemalt. Ich glaube es selbst, aber das auch nur, weil ich es gesehen habe.

Was vor mir aufgetaucht war, war ein Tiger; es war Pettersuns Tiger, und ich wähle mit Bedacht dieses Possessivpronomen. Er hatte die Gestalt eines Tigers und die Aura eines Tigers: von dem steifen Stolzieren der Hinterhand, wie man es bei größeren Katzen immer findet, bis zu den scharfen, spielzeugartig modellierten Umrißlinien des Kopfes. Er hatte auch die Zeichnung eines Tigers; es war die Farbe von Aprikosen, mit Zebrastreifen durchsetzt, so als wären die Narben eines Kampfs sichtbar geworden. Er war länger und höher als jeder Tiger, den ich gesehen oder von dem ich gehört hatte; wenn er näher käme, was er zweifellos tat, erreichte sein Kopf fast die Höhe meines Kopfes. Doch es gibt immer wieder Ausnahmen in der Natur, es gibt immer wieder Menschen oder Tiere, die stärker oder größer als ihre Artgenossen sind. Das Licht aber war unerklärlich. Denn der Tiger, Pettersuns Tiger, brannte hell, hell wie ein Feuer, für das ich ihn fälschlicherweise gehalten hatte, und vor diesem Brand, der zu keiner Seite, der nirgendwohin ausstrahlte, schienen die schwarzen Streifen wie der Rost eines Hochofens, der dessen Gewalt nur mühsam in Zaum hielt.

Auch die Augen waren Feuer, oder wie Öffnungen ins Feuer des Innern; sie waren nicht grün, wie die Augen von Katzen nachts zu leuchten pflegen, sondern golden wie der übrige Körper. Die Augen sahen mich; vielleicht nicht mein Fleisch, vielleicht durchbohrten sie mich wie mit Röntgenstrahlen bis auf die Knochen. Trotz meiner ungeheuren Angst verstand ich soviel: Ich war keine Beute für das Wesen. Es würde auch eher zufällig töten, wie Pettersun – der Tod als Nebenprodukt dieses Dings an sich. Und doch, so war es nicht, es war nicht die Wahrheit… sogar in dieser extremen Situation wußte ich, daß ich einen Fehler begangen hatte, und wenn ich sterben würde, würde es geschehen, ohne daß ich den Trost einer Antwort bekäme. Und dann bewegte sich der Tiger. Er bewegte sich wie ein

Waldbrand, stürzte wie eine gerade, lichterloh brennende Linie auf mich zu. Mein Herz setzte aus. Und als der goldene Strom abdrehte und meinen Pfad kreuzte, setzte es wieder ein. Die Augen beachteten mich nicht, schienen nicht interessiert. Die Hundeohren waren aufgerichtet und lauschten, aber nicht auf mich, auf das Zittern meines Körpers und meines Geistes. Der entspannte Bogen des Schwanzes fegte durch die Gräser, die auf der Stelle hätten aufflammen müssen, die sich aber nur neigten und im Fallen meine Hände mit kühlem, kühlem Tau statt mit Funken besprenkelten.

Als ich aufschaute, sah ich, daß sich im Wald etwas rührte; schwache Umrißlinien deuteten die Dämmerung an. Alle anderen Lichter waren erloschen.

Ich gebe hier den Anfang von Blakes Gedicht wieder, obwohl es sehr bekannt ist, um diesen Schlußakt zu klären, so wie man bei der Lösung eines mathematischen Problems jeden Schritt sorgfältig aufzeichnet. Er lautet:

Tiger! Tiger! Burning bright,
In the forests of the night,
What immortal hand or eye
Could frame thy fearful symmetry?

Als die Morgenhitze die dunkle Hülle vom Dschungel nahm, begann ich genau in östlicher Richtung zu laufen, während ich das Pferd führte. Hätte ich noch, was aber nicht der Fall war, eines Beweises dafür bedurft, daß in dieser Umgebung etwas Außergewöhnliches geschehen war, so hätte ihn mir mein Pferd geliefert. Es schwitzte, schauderte, bockte, versuchte mich zu treten, schäumte und rollte mit den Augen – mein folgsames Reittier hatte sich seit gestern ziemlich verändert. Ich konnte es nur unter größten Schwierigkeiten führen. Es hatte offensichtlich nicht vor etwas Angst, das vor uns lag, sondern war nur verstört, was im wesentlichen meinem Zustand entsprach.

Nach etwa fünfzehn Minuten erreichte ich die Lichtung, auf der eine Ahnung von schmutzigem Weiß – ein Verandageländer mit seinen Pfosten – den Standort des Bungalows verriet. So nahe war ich ihm also die ganze Nacht über gewesen. Ich glaube aber nicht, daß mich das Wissen darum sonderlich erfreut hätte. Daß ich ihn jetzt wiederfand, setzte nur eine passende Fußnote unter die vorherigen Ereignisse.

Ich umging das Gebäude mit äußerster Vorsicht. Eigentlich wollte ich nichts damit zu tun haben, und als ich es hinter mir gelassen hatte, wurde der Drang fast unwiderstehlich, einfach davonzustürzen. Als ich das Dorf erreichte, wurde ich höflich, doch ohne Kommentar aufgenommen. Das Mal des Übernatürlichen war zweifellos für alle deutlich zu sehen, aber es war nicht ihres, und sie versuchten nicht, mich auszuhorchen oder zu beruhigen.

Eine Woche später, nachdem ich nach Chadnur zurückgekehrt war, hing ich im Hotel herum und wartete darauf, daß ich zu kochen aufhörte wie ein Kessel, den man von der Flamme genommen hat. Ich war zu sehr mit den Nerven fertig, um dem Chaos ins Auge zu sehen oder nach einer Lösung zu suchen. Ich hatte akzeptiert, daß ich mit okkulten Dingen in Berührung gekommen war, doch sie hatten mich physisch nicht verletzt. Flexibel und vernünftig, wie er normalerweise war, würde mein Intellekt sicher lernen, damit fertig zu werden; da war schon Land in Sicht. Die Zeit würde den Rest besorgen. Doch bis zu diesem Augenblick hatte die Zeit für mich alles nur schlimmer gemacht. Es war nichts so Alltägliches wie Appetit- oder Schlaflosigkeit. Ich schlief vielleicht sogar bereitwilliger ein als gewöhnlich. Und soweit meine Träume hektisch waren, so hatten sie doch nichts mit Tigern zu tun, sondern eher mit einer Vielfalt unwichtiger, dummer Dinge, die ein wacher Mensch ohne weiteres beiseite schieben würde – eine Fliege im Zimmer, ein dumpfes, unerklärliches Geräusch, der Versuch, sich an den Namen von jemandem zu erinnern, den man nie getroffen hat. Wenn ich wach war, aß ich und machte Gymnastik, und ich war nicht mehr so flatterig; plötzliche Geräusche ließen mich nicht mehr mit erschrecktem Ruf auffahren. Nein, es war nichts, das ich hätte packen, das ich hätte aufnehmen und untersuchen und so hätte bewältigen können. Und doch war mir, als hätte ich auf dem Drahtseil des Lebens das Gleichgewicht verloren. Ich wußte, daß ich gefallen war, und nun hing ich irgendwie mitten in der Luft.

Nach zwei Tagen ging ich zum Krankenhaus hinüber, suchte Doktor Haris Büro auf und bekam meinen Kaffee. Ohne darüber informiert zu sein, wußte er, wo ich gewesen war, doch er sagte nichts dazu. Erst als er mir die zweite Tasse einschenkte, machte er eine Bemerkung. »Sie sehen irgendwie nicht ganz aus wie Sie selbst. Kann ich etwas für Sie tun?«

»Höchstens, indem Sie mir ein Rezept für einen physischen Fußtritt ausstellen.«

»Aha, aha! Der Geistertiger im Urwald.«

Ich wunderte mich nicht, daß er davon gehört hatte. Ich war zu der Überzeugung gekommen, daß dieses prächtige Tier aus goldenem Feuer oft gesehen wurde, und Gerüchte erreichten gleichermaßen Gläubige und Skeptiker.

»Ja«, sagte ich. »Und es gibt ihn wirklich.«

»Na schön«, sagte er. »Warum auch nicht?«

»Sie sagten nicht: ›Haben Sie ihn gesehen?‹ Bedeutet das etwa, daß Sie ihn selbst gesehen haben?« Er lächelte nur. Ich dachte mir: Wahrscheinlich hat er ihn nicht gesehen. Ich sagte: »Sie können etwas für mich tun, wenn Sie wollen. Fragen Sie doch bitte Ihren Dorfgelehrten, ob er bereit ist, mir dies hier zu übersetzen.«

Hari nahm das Blatt Papier freundlich entgegen. Der ›Dorfgelehrte‹, sein Lieblingspatient, genas gerade unter den für ihn ungewohnten Bedingungen der Einsamkeit.

»Ich sehe ein, daß ich Ihnen ziemlich auf den Wecker gehe«, sagte ich. »Aber ich wäre ihm sehr dankbar, und ich würde ihn natürlich für seine Hilfe in jeder Form entschädigen, die er für angemessen hält.«

»Da mache ich mir auch keine Sorgen. Aber Ihr Hindi ist ausgezeichnet, und aus dem, was Sie geschrieben haben, weiß ich, daß Sie die Sprache sehr gut lesen können.«

»Dann sollte ich wohl eher sagen, ich brauche eine zweite Meinung dazu.«

Hari sah die kurze Anordnung von Worten an. Möglich, daß er meine Handschrift erkannte oder daß er einen Teil des Textes verstand. Er hob eine seiner geschwungenen langen Augenbrauen, eine dramatische Geste, wie mir wohl auffiel. Dann grinste er und sagte, er würde sehen, was er tun könnte. Am nächsten Abend, als die Flughunde zum Mond hinaufstürmten, suchte er mich auf dem Dach des Hotels auf und gab mir die Übersetzung. Sie sollte ein Glas eisgekühlte Kokosmilch kosten. Der Gelehrte hatte sich anscheinend geweigert, eine Bezahlung anzunehmen.

Ich las die Übersetzung nicht sofort. Ich wartete, bis ich allein war, dann wartete ich, bis es im Hotel still wurde, bis die Straßen still wurden, und dann, bis sich die Straßen und das Hotel mit dem Morgengrauen wieder belebten. Ich schalt mich einen Narren, faltete das Papier auseinander, las es und steckte es weg; dann holte ich es wieder hervor und las es noch einmal; und dann saß ich lange nur da, während sich das Fenster mit Licht füllte, und lauschte den Ziegen und den spuckenden Autos, den Fahrrädern und den Ochsenkarren und dem unbarmherzigen Hämmern meines Herzens, während ich langsam mein Gleichgewicht wiedergewann.

Als ich sie laut gelesen hatte, diese Worte an der Wand von Pettersuns Bungalow, hatten sich die Laute in meinen Kopf gestohlen und sich nach einigem Brüten offenbart. Sie waren einfach genug. Man brauchte nur das Wort ›eye‹ durch den Laut zu ersetzen, der ihm am nächsten kam: ›I‹. Und bei der alten Sprache, die das Wort ›thy‹ verwendet, liegt die Vermutung nahe, daß das Wort ›the‹ zu

›thee‹ geworden ist. Durch meine Erkenntnisse angeregt, hatte ich den verkehrten Vers mit den Veränderungen noch einmal niedergeschrieben. Er sah nun folgendermaßen aus: *Symmetry fearful thy frame could I? Or Hand Immortal – What? Night – thee; of forests. Thee in – Bright Burning Tiger! Tiger!** Und wieder, ein Stückchen näher, war dieses *Klick* des intuitiven Erkennens gekommen – das mit verbundenen Augen berührte Katzenfell. Aber es war noch nicht nahe genug. Und dann stieß ich auf das Offensichtliche. Ich übertrug die bizarren Sätze, wie sie waren, grob in Hindi und gab sie einem zweisprachigen Gelehrten, der sie frei und sorgfältig in unsere eigene Muttersprache zurückübersetzen sollte, in Blakes Muttersprache, in meine, in die Pettersuns. Und so bekam ich meine Antwort. Ich glaube, es war keine Anbetung. Obwohl Pettersun es wußte, wußte er es *nicht.* Obwohl er es wollte, wußte er nicht, daß er etwas wollte. Oder wenigstens nicht, was sein Wunsch war und wie er erfüllt werden könnte. Diese ungeheuerliche phantastische Geburt zu vollbringen, muß ihn in Stücke gerissen haben – das Tier in ihm, der strahlende Kern dessen, was er durch Verfolgung zu erlangen gesucht hatte, was er durch Töten zu erreichen versucht hatte; das Alter ego, die Bande, den magischen Kreis, Jäger und Gejagter; die Stelle, an der die Grenzlinie so schmal wird, daß einer die Rolle des anderen übernehmen kann. Für die Leute im Dorf ist das vielleicht einfach das Prinzip der Seelenwanderung. Er starb und kehrte als Tiger zurück, um sein *Karma* zu vollenden. Aber nein, er ist ebenso das Kind des Tigers, wie er ihm zur Geburt verholfen hat – und *sich selbst.* Das Eine hat es vorausgesehen, wenn Pettersun es nicht selbst gesehen

---

* Mit den Veränderungen ergibt sich etwa folgendes:
Dein entsetzliches Gebild – bin ich?
Wessen Schöpferdrang hat es gestillt?
Du bist die Nacht, die aus den Wäldern bricht,
Du bist im Tiger! Tiger! Tiger! bist im Licht.

hat. Das Eine sieht alles voraus. Und deshalb hat er, als er durch das Medium Blakes taumelte und nichts anderes kannte, das auf die Wand geschrieben, was mir der freundliche Brahmane übersetzte, sein Gebet an die Unendlichen Möglichkeiten:

Flawless and fearful One, could I assume thy form?
Or, Immortal moving Fate, what is my portion?
Thou art Night, thou art the forests' night.
Thou art within –
Bright burning Tiger! Tiger!

Makelloser, Schrecklicher, kann ich deine Gestalt annehmen?
Oder was, ewig bewegtes Schicksalsrad, was ist mein Los?
Du bist die Nacht, du bist die Nacht des Waldes.
Du bist im –
gleißenden, brennenden Tiger! Tiger!

Isaac Asimov

Ich liebe Miezchen

George und ich saßen an einem herrlichen Frühlingstag auf einer Parkbank, als eine ziemlich gewöhnliche getigerte Katze in unserer Nähe herumstrich. Ich wußte, daß es im Park verwilderte Katzen gab, denen man sich besser nicht näherte, aber dieses Exemplar hatte den fragenden Blick einer zahmen Katze. Da ich stolz auf die Tatsache bin, daß Katzen sich zu mir hingezogen fühlen, streckte ich die Hand aus, und wirklich, sie kam näher, roch daran und ließ sich den Kopf streicheln.

Ich war ziemlich überrascht, George hervorstoßen zu hören: »Elende kleine Bestie.«

»Magst du keine Katzen, George?«

»Würdest du das erwarten, angesichts meiner traurigen Geschichte?« sagte er mit einem tiefen Seufzen.

»Ich weiß, daß deine Geschichte traurig ist«, entgegnete ich. »Das ist in Anbetracht deines Charakters unvermeidlich, aber ich wußte nicht, daß Katzen darin eine Rolle spielten.«

»Das liegt daran«, sagte George, »daß ich dir nie von Andromache erzählt habe, meiner Cousine zweiten Grades.«

»Andromache?«

Ihr Vater (berichtete George) war ein klassischer Philologe, daher der Name. Er hatte auch ein wenig Geld, das er Andromache bei seinem frühen Tod hinterließ und das sie durch kluge Anlage beträchtlich vermehrte.

Mich bedachte er nicht in seinem Testament. Zur Zeit seines Todes war ich ein Kind von fünf Jahren, und er konnte mir schwerlich direkt etwas vermachen, aber eine großzügigere Seele hätte einen Treuhandfonds eingerichtet.

Als ich älter wurde, fiel mir jedoch ein, daß meine Cousine Andromache, die 22 Jahre älter war als ich, das Zeitliche wahrscheinlich vor mir segnen würde. Und es kam mir in den Sinn – denn ich war ein altkluger Bursche, nachdenklich und weitblickend –, daß ich in diesem Fall einen ansehnlichen Teil des Vermögens erben könnte.

Ja, vorausgesetzt, wie du vielleicht sagen könntest, daß ich mich bei ihr lieb Kind machte. Bitte versuche nicht, meine Worte vorwegzunehmen, denn das ist nicht die Wortwahl, die zu gebrauchen ich beabsichtigte. Was ich sagen wollte, ist, daß ich meine Aussichten erkannte, einen Teil ihres Besitzes zu erben, wenn ich ihr die Wärme und Zuneigung schenkte, die sie so reichlich verdiente.

Wie sich zeigte, benötigte meine Cousine Andromache Wärme und Zuneigung nicht nur reichlich, sondern verzweifelt. Als ich noch ein junger Bursche war und sie sich den Vierzig näherte, sah ich, daß sie eine überzeugte alte Jungfer war, unberührt von männlichen Händen. Selbst in meinem zarten Alter fand ich den Sachverhalt verständlich. Sie war groß und grobknochig, mit einem langen, unschönen Gesicht, großen Zähnen, kleinen Augen, strähnigem Haar und einer Figur, die nicht der Erwähnung wert war.

Einmal sagte ich aus natürlicher Neugierde, um festzustellen, wie unwahrscheinlich ein Ereignis sein mag und doch eintreten könnte: »Andromache, hat dir schon mal jemand einen Heiratsantrag gemacht?«

Sie richtete einen drohenden Blick auf mich und sagte: »Mir einen Heiratsantrag gemacht? Hah! Den möchte ich sehen, der mir einen Heiratsantrag macht!«

(Ich dachte damals, sie würde es in der Tat gern erleben, aber ich hatte frühzeitig den Wert der Diskretion erkannt und drückte meine Gedanken nicht in Worten aus.)

Sie fuhr fort: »Sollte jemals ein Mann den Nerv haben, mir einen Heiratsantrag zu machen, werde ich ihm zeigen, wo es langgeht. Ich werde ihn lehren, sich mit seinen sittenlosen Wünschen an eine ehrbare Frau heranzumachen.«

Ich verstand nicht recht, was an einem Heiratsantrag sittenlos sein sollte und warum ein Heiratsantrag eine ehrbare Frau beleidigen sollte, doch hielt ich es nicht für weise – oder auch nicht für sicher –, danach zu fragen.

Während der nächsten Jahre hoffte ich, daß irgendeine Person, pervers genug, um sich für Andromache zu interessieren, ihr tatsächlich einen Heiratsantrag machen würde, weil ich sehen wollte, was dann geschähe – während ich in sicherer Distanz blieb. Es bestand jedoch keine Aussicht, daß diese Hoffnung sich erfüllen würde. Nicht einmal ihr wachsender Reichtum schien sie für die männliche Hälfte der Bevölkerung zu einem heiratsfähigen Objekt zu machen. Allesamt, so schien es, wogen den Preis, der dafür zu bezahlen war, gegen den zu erwartenden Wohlstand auf, und allesamt wandten sich ab.

Eine objektive Einschätzung der Lage zeigte mir, daß dies genau meinen Wünschen entsprechen mußte. Eine Cousine Andromache ohne Ehemann und ohne Kinder würde weniger leicht geneigt sein, einen Vetter zweiten Grades als möglichen Erben auszuschließen. Da sie überdies ein Einzelkind gewesen war, hatten die Wechselfälle des Lebens ihr keine Verwandten gelassen, die ihr näherstanden als ich. So konnte ich mich in einer günstigen Ausgangslage sehen und brauchte mich nicht allzusehr anzustrengen, um sie meiner Zuneigung zu versichern. Ein kleines bißchen dann und wann, um meine Position als der rechtmäßige Erbe zu stärken, würde völlig ausreichen.

Als sie den vierzigsten Meilenstein passierte, mußte ihr jedoch der Gedanke gekommen sein, daß sie sich, wenn schon kein Mann es wagte, mit einem Heiratsantrag ihren Zorn auf sich zu ziehen, statt dessen eines nichtmenschlichen Gefährten bedienen könnte.

Sie hegte eine Abneigung gegen Hunde, weil sie von der Idee verfolgt wurde, daß es alle Hunde danach gelüstete, sie zu beißen. Ich hätte sie gern mit dem Hinweis beruhigt, daß kein Hund, so ausgehungert er auch sei, einen schmackhaften Bissen in ihr sehen würde, hatte aber das Gefühl, daß dies nicht zu ihrer Beruhigung dienen, sondern nur zu meinem Nachteil ausschlagen würde, und so hielt ich mich zurück.

Auch fand sie, daß ein Pferd als Tröster zu groß sei, ein Hamster dagegen zu klein, und schließlich überzeugte sie sich, daß sie am besten beraten wäre, wenn sie eine Katze zu sich nähme.

Daraufhin erstand sie ein kleines graues Kätzchen voll unbestimmtem Aussehen und überhäufte es hinfort mit ihrer ungeschickten Zärtlichkeit.

Mit einem abstoßenden Mangel an Originalität nannte sie die kleine Katze ›Miezchen‹, und dieser Name blieb dem Tier zeitlebens, trotz auffälliger Veränderungen der Größe und des Temperaments.

Damit nicht genug, nahm sie die Gewohnheit an, das Kätzchen zu herzen und zu liebkosen und in einem unangenehm heiseren Singsang zu krächzen:

»Ich liebe mein Miezchen, sein Fell ist so weich,
und wenn ich's nicht necke, dann kratzt es nicht gleich.
Ich streichle und kos' es, stell' sein Futter ihm hin,
und mein Miezchen liebt mich, weil ich gut zu ihm bin.«

Es war einfach widerlich.

Ich will dir nicht verbergen, alter Knabe, daß ich zuerst ziemlich beunruhigt war. Gedanken an vernarrte alte Jungfern, die ihr ganzes Geld ihren verzogenen, gleichgültigen Schoßtieren hinterließen, gingen mir durch den Kopf.

Und es kam mir die Idee – wem wäre sie nicht gekommen? –, daß das Kätzchen leicht entführt und ertränkt werden könnte, oder in den Zoo gebracht und an die Löwen verfüttert, aber dann würde Andromache bloß ein anderes erstehen.

Außerdem könnte sie mich der Täterschaft am Katzenmord verdächtigen. In Anbetracht der alten Jungfern eigenen Paranoia war es durchaus denkbar, daß sie sich in den Kopf setzen würde, ich sei hauptsächlich hinter ihrem Geld her, und daß sie viele Dinge in diesem Licht interpretieren und dabei der Wahrheit beängstigend nahe kommen könnte. Tatsächlich hegte ich den starken Argwohn, daß sie sich so etwas bereits in den Kopf gesetzt hatte.

Diese Umstände brachten mich auf den Gedanken, die Sache anders anzufassen. Warum nicht eine leidenschaftliche Liebe zum Kätzchen zur Schau stellen? Ich nahm die Gewohnheit an, alberne Spiele mit ihm zu treiben, eine Schnur vor seiner Nase baumeln zu lassen und schnell wegzuziehen, wenn es danach haschte, es zu streicheln (manchmal ein wenig mit Hintergedanken an seinem Hals) und es mit Leckerbissen zu füttern – manchmal sogar (wenn Cousine Andromache zusah) von meinem eigenen Teller.

Ich muß sagen, es wirkte. Andromache wurde allmählich weich. Vermutlich überlegte sie, daß ich schwerlich hinter Miezchens Geld her sein könne, denn es hatte keins, also schrieb sie es der reinen und lauteren Liebe zu, die ich allen Geschöpfen Gottes entgegenbrachte. Ich trug meinen Teil zur Kräftigung dieser Vorstellung bei, indem ich ihr in inbrünstigem Ton schilderte, wie groß und rein meine Tierliebe sei. Dies bewirkte immerhin, daß sie meine Zuneigung mit weniger Befürchtungen in bezug auf irgendwelche Hintergedanken meinerseits akzeptierte.

Das Dumme mit einem Kätzchen ist jedoch, daß es schließlich eine Katze wird. Ah, sagte das nicht schon Agden Nash? Also, ich muß sagen, daß meine besten Bonmots ständig gestohlen werden. Allmählich finde ich mich damit ab.

Ich weiß nicht, ich weiß nicht, alter Freund, ob du je eine Katze gehabt hast, aber mit dem Alter werden sie größer, egozentrischer, träger, geringschätziger gegen ihre Herren, völlig desinteressiert an allem außer Essen und Schlafen. Das letzte, was ihren verachtenswerten kleinen Gehirnen in den Sinn kommt, ist die Bequemlichkeit und der Seelenfriede der Person, die sie ernährt.

Damit nicht genug, wurde Miezchen ziemlich mürrisch. Ich hatte bis dahin immer geglaubt, daß Katzen vergleichsweise gutmütig seien, während die Kater sich durch Aggressivität auszeichneten. Es war jedoch klar, daß Miezchen trotz ihres Geschlechts die Charakteranlage eines Katers hatte – und zwar eines unverschnittenen. Überdies schien sie mich nicht leiden zu können und scheute keinen Umweg, um an mir vorbeizustreichen und mich verstohlen zu kratzen. Ich sage dir, alter Freund, ich war nahe daran zu glauben, daß die Bestie meine Gedanken lesen konnte.

In Anbetracht von Miezchens Veranlagung war es nicht überraschend, daß Andromache dahinwelkte. Eines Tages fand ich sie in Tränen, oder vielmehr den Tränen so nahe, wie ihr zähes und kantiges Temperament es gestattete.

»Ach, Vetter George«, sagte sie zu mir, »ich glaube wirklich, daß Miezchen mich nicht liebt.«

Miezchen lag bequem ausgestreckt zwei Schritte entfernt und sah Andromache mit einem Ausdruck hochmütiger Abneigung an – ihrem üblichen Ausdruck, der nur eine Veränderung erfuhr, wenn sie mich ansah: dann nahm sie einen Ausdruck entschlossenen Hasses an.

Ich rief das Tier zu mir, worauf es mich mit einem kalten Blick bedachte und blieb, wo es war. Ich ging hin und hob die Katze auf. Sie wog vierzehn Pfund, und die Aufgabe war nicht einfach, weil sie ihre rechte Vorderpfote (die gefährlichere) in eine Position brachte, aus der sie blitzschnell zuschlagen konnte.

Um das zu verhindern, hielt ich ihre beiden Vorderpfoten fest, worauf sie sich in einer Weise hängen ließ, daß ihr Gewicht sich zu verdoppeln schien. Ich glaube, daß nur Katzen und wahrhaft gehässige menschliche Kleinkinder das dahintersteckende Geheimnis kennen, und immer wieder überrascht mich, daß das Phänomen nicht von Wissenschaftlern untersucht wird.

Ich legte sie Andromache in den Schoß und sagte: »Siehst du, liebe Base, Miezchen liebt dich.«

Dabei hatte ich meine Aufmerksamkeit einen Augenblick von dem boshaften Teufel abgewandt, und Miezchen nutzte die Gelegenheit und biß mir in den auf sie weisenden Zeigefinger. Bis auf den Knochen. Dann sprang sie Andromache vom Schoß und stolzierte davon.

Andromache winselte: »Siehst du, sie liebt mich nicht!« Wie es ihrer Art entsprach, ignorierte sie meinen zerbissenen Finger.

Mit bitterer Miene sog ich am blutenden Finger. »Da siehst du, wie Katzen sind. Du solltest Miezchen jemandem schenken, den du haßt, und dir ein neues Kätzchen besorgen.«

»Nein, nein!«, sagte Andromache mit tadelndem Blick. »Ich liebe Miezchen. Gibt es denn keine Methode, einer Katze beizubringen, daß sie Zuneigung zeigt?«

Gern hätte ich eine schlaue Bemerkung des Inhalts gemacht, daß es leichter sein würde, meiner Base beizubringen, hübsch zu sein, und konnte das Verlangen nur unterdrücken, weil eine brillante Idee das Innere meines Schädels erhellt hatte.

Kurz zuvor hatte ich meine Freundschaft mit Azazel begründet, den ich dir gegenüber schon erwähnt haben mag – wirklich nicht? Na, gut denn. Du brauchst nicht *ad nauseam* hinzuzufügen, um deine Lateinkenntnisse zur Schau zu stellen.

Wie auch immer, warum sollte ich Azazels Fähigkeiten in dieser Hinsicht nicht nutzen? Welchen Sinn hatte es, einen zwei Zentimeter großen Außerirdischen von besonderen Fähigkeiten sozusagen auf Abruf zur Verfügung zu haben, wenn man keinen Gebrauch davon macht?

Ich sagte: »Liebe Base, ich glaube, ich könnte Miezchen beibringen, dir Zuneigung zu zeigen.«

»Du?« sagte sie mit unangenehmer Betonung. Es war

ein Wort, und eine Betonung, die sie früher schon gegen mich verwendet hatte, und oft dachte ich, wie direkt ich ihr das übelnehmen würde, wenn ich nur in der Lage gewesen wäre, es ohne Gefahr zu tun.

Aber der Einfall gefiel mir immer besser, als ich mir Andromaches Dankbarkeit im Fall des Gelingens ausmalte.

»Liebe Base«, sagte ich ernsthaft, »überlaß mir für einen Tag Miezchen – nur für einen Tag. Dann werde ich dir ein liebevolles Miezchen zurückbringen, dem nichts besser gefallen wird, als auf deinem Schoß zu sitzen und dir ins Ohr zu schnurren.«

Sie zögerte. »Wirst du auch freundlich zu ihr sein, solange du sie hast? Weißt du, eine Katze ist ein sehr empfindsames Geschöpf, und Miezchen ist besonders scheu und sanft.«

In der Tat! So scheu und sanft wie eine gereizte Bärin.

»Ich würde sehr gut auf sie achtgeben, Andromache«, murmelte ich einschmeichelnd.

Am Ende überwand ihre Sehnsucht nach einem zärtlichen Miezchen ihre Ungewißheit und Zweifel, und unter vielen Ermahnungen gab sie mir ihre Erlaubnis, das kleine Ding für einen Tag in meine Obhut zu nehmen und vor der grausamen Außenwelt zu beschützen.

Natürlich mußte ich zuerst einen Käfig kaufen, einen mit fingerdicken Gitterstäben. Dieser, so meinte ich, könnte Miezchen zurückhalten, falls es allzu zornig wurde, und wir zogen zusammen los.

In jenen Tagen wurde Azazel noch nicht so rasch zornig wie jetzt, wenn ich ihn anrufe. Damals war er noch neugierig.

Bei diesem Anlaß schlug seine Neugierde jedoch in Entsetzen um. Er schrie bis in den Ultraschallbereich. Es durchbohrte meine Trommelfelle wie ein Eispickel.

»Was ist los?« fragte ich, die Hände gegen die betroffenen Organe gepreßt.

»Diese Bestie!« Azazels Schwanz wies zu Miezchen. »Was ist das?«

Ich wandte mich zu Miezchen um. Sie hatte sich flach auf den Käfigboden hingeduckt. Ihre bösen grünen Lichter starrten Azazel blutgierig an. Ihr Schwanz zuckte langsam, und dann katapultierte sie sich gegen die Käfigstangen, die unter dem Anprall rasselten. Azazel kreischte wieder.

»Bloß eine Katze«, sagte ich begütigend. »Ein kleines Kätzchen.«

»Steck mich in die Tasche!« kreischte Azazel. »Steck mich in die Tasche!«

Das schien eine gute Idee zu sein. Ich steckte ihn in die Brusttasche meines Hemdes, wo er wie eine Stimmgabel zitterte, und Miezchen, verwirrt und erbost über sein Verschwinden, fauchte erbittert.

Endlich konnte ich aus dem Innern meiner Brusttasche zusammenhängende Worte vernehmen. »Bei meinem Schwanz!« ächzte Azazel. »Es ist wie ein Drakopathan – beinahe genauso. Das sind wilde Bestien, die beißen und zerreißen, aber nach seinem Aussehen ist dieses Katzending viel größer und wilder. Warum hast du mich ihm ausgesetzt, du Auswuchs einer Müllwelt?«

»O furchtloser Meister des Universums«, sagte ich, »weil ich im Zusammenhang mit diesem Tier, dessen Name Miezchen ist, eine Demonstration deiner unvergleichlichen Macht benötige.«

»Nein, nein!« Ein unterdrückter Aufschrei.

»Es geht darum, Miezchen zu einer besseren Katze zu machen. Ich möchte, daß Miezchen meine Base Andromache liebt, die das Tier besitzt. Ich möchte, daß Miezchen ihr Zuneigung und Zärtlichkeit und Liebe entgegenbringt ...«

Azazel spähte ängstlich über den Rand der Hemdentasche zu Miezchen hin. »Diese Kreatur kennt keine Liebe zu irgend jemand außer zu sich selbst. Das geht ganz offensichtlich aus ihrer C-Aura hervor.«

»Genau! Du mußt Liebe zu meiner Base Andromache hinzufügen.«

»Was soll das heißen, Liebe hinzufügen? Hast du niemals vom Gesetz zur Erhaltung der Emotion gehört, du subtechnologischer Tölpel? Du kannst Liebe nicht hinzufügen. Du kannst sie nur von einem Objekt innerhalb des emotionalen Zusammenhangs einer Kreatur auf ein anderes übertragen.«

»Tu das«, sagte ich. »Nimm von dem Überfluß an Liebe, mit dem Miezchen sich selbst beschenkt, und bilde eine starke Bindung an Andromache.«

»Von der Eigenliebe dieses Superdrakopathanen zu nehmen, ist eine allzu schreckliche Aufgabe. Ich habe Leute meines Stammes gesehen, die schon bei geringeren Aufgaben ihre Verstärker dauerhaft überanstrengten.«

»Dann nimm die Liebe von anderswo in Miezchen, o Allergrößter. Möchtest du, daß sich herumspricht, wie du vor einer so kleinen Herausforderung versagt hast?«

Eitelkeit war natürlich Azazels Hauptfehler, und ich sah ihm an, daß die erwähnte Möglichkeit ihm zu denken gab.

»Ich werde es versuchen«, sagte er schließlich. »Hast du ein Bildnis deiner Cousine? Ein sehr gutes?«

Ich hatte eins, obwohl zu bezweifeln ist, daß irgendeine Aufnahme von Andromache zugleich ähnlich und gut sein kann. Ohne auf diese philosophische Frage unnötige Zeit zu verschwenden, brachte ich ein großes Porträtfoto von ihr zum Vorschein, das immer an auffallender Stelle bei mir stand, wenn sie zu Besuch kam. Bei solchen Gelegenheiten mußte ich allerdings den Feigenbaum aus dem Wohnzimmer tragen, denn das Foto hatte die Tendenz, seine Blätter zum Welken zu bringen.

Azazel betrachtete es zweifelnd und seufzte. »Meinetwegen«, sagte er. »Aber denk daran, daß dies nicht Zauberei ist, sondern Wissenschaft. Ich kann nur innerhalb der Grenzen des Gesetzes zur Erhaltung der Emotion arbeiten.«

Aber was kümmerten mich Azazels Beschränkungen, solange er seinen Auftrag ausführte?

Am nächsten Tag brachte ich Miezchen zu meiner Cousine zurück. Miezchen war immer eine kräftige und böswillige Katze gewesen, aber ihre Gleichgültigkeit gegenüber anderen hatte eine gewohnheitsmäßige Apathie erzeugt, die ihre böse Natur in Grenzen hielt. Nun, da ihre jäh erwachte stürmische Liebe zu Andromache durch die Abwesenheit des Gegenstandes ihrer Zuneigung enttäuscht wurde, verwandelte sie sich in eine Dämonin. Sie machte mir deutlich, daß sie mich, wären nicht die Gitterstäbe ihres Käfigs, die unter ihrem Druck gefährlich nachzugeben schienen, in Fetzen reißen würde, und ich war überzeugt, daß sie dazu imstande wäre.

Miezchens Stimmung schlug jedoch vollständig um, als sie ihr Frauchen erspähte. Der spuckende, fauchende, kratzende Teufel wurde sogleich zu einem schnurrenden Bild ungehemmter Wiedersehensfreude. Miezchen wälzte sich auf den Rücken und entblößte einen muskulösen Bauch, der offensichtlich gestreichelt sein wollte.

Mit einem Ausruf des Entzückens steckte Base Andromache einen Finger durch die Gitterstäbe, um es zu tun. Darauf öffnete ich den Käfig, und Miezchen sprang heraus und segelte in Andromaches wartende Arme. Sie schnurrte so laut wie ein Lastwagen, der über Kopfsteinpflaster dahinrollt, und bemühte sich, die rauhe Zunge an der ledrigen Wange meiner Cousine zu wetzen.

Vor dem, was folgte, werde ich den Vorhang fallen lassen, weil es jeder Beschreibung spottet. Es genüge, zu sagen, daß Andromache zu dem garstigen Scheusal sagte: »Und du hast deine liebe Andromache-Mama so sehr vermißt?«

Ich sage dir, man konnte das kalte Kotzen kriegen.

Ich hielt jedoch beharrlich aus, denn ich wartete auf das, was ich hören wollte, und endlich blickte Andromache mit einem bleichen Glitzern in ihren trüben kleinen Augen auf und sagte: »Danke, Vetter George. Ich entschuldige mich, daß ich an dir zweifelte, und ich verspreche dir, daß ich dir dies meiner Lebtag nicht vergessen werde.«

»Es war mir ein Vergnügen, liebe Base«, sagte ich. »Und ich hoffe, dein Sterbetag liegt noch weit, weit in der Zukunft.«

Hätte sie sich in diesem Augenblick bereitgefunden, mir mit sofortiger Wirkung eine angemessene Summe zu übertragen, ich glaube, ich hätte damit wirklich die Wahrheit gesagt. In Grenzen wenigstens.

Eine Weile hielt ich mich von meiner Cousine fern, da ich mein Glück nicht strapazieren wollte. In der Vergangenheit war meine Anwesenheit in ihrer Nähe anscheinend immer geeignet gewesen, sie verdrießlich zu stimmen – ich weiß nicht, warum.

Hin und wieder rief ich sie jedoch an, um mich zu vergewissern, daß alles in Ordnung sei, und zu meiner Freude *war* alles in Ordnung. Zumindest trillerte sie mir jedesmal ins Ohr: »Ich liebe Miezchen«, und dann erzählte sie mir in allen übelkeiterregenden Einzelheiten das zärtliche Verhalten der Katze.

Dann, etwa drei Monate, nachdem ich Miezchen zurückgebracht hatte, rief meine Base an und lud mich zum Essen ein. Natürlich war Andromaches Wunsch unter den obwaltenden Umständen für mich ein Befehl, und ich eilte zur vereinbarten Zeit hinüber. Da sie am Telefon munter und freundlich gewesen war, hatte ich keine unguten Vorgefühle.

Noch hatte ich welche, als ich ihre Wohnung betrat, obwohl ich auf der Brücke, die sie auf dem spiegelglatten Parkett nahe der Wohnungstür heimtückischerweise liegen hat, ausglitt und beinahe tödlich gestürzt wäre. Sie begrüßte mich mit einem Ausdruck, der offenbar ein freundliches Lächeln sein sollte.

»Komm herein, Vetter George«, sagte sie. »Sag Miezchen guten Tag.«

Ich blickte zu Miezchen hin und schrak entsetzt zurück. Miezchen war, vielleicht aus lauter Liebe, noch mehr gewachsen und schien ohne den peitschenden Schwanz beinahe neunzig Zentimeter lang zu sein; ich schätzte ihr Gewicht auf fünfundzwanzig Pfund. Miezchens Augen glommen, die Schnauze war in einem stummen Fauchen geöffnet, die spitzen Zähne glänzten wie polierte Nadeln, und der Ausdruck schien unbeschreiblichen Abscheu zu signalisieren. Das Untier stand zwischen Andromache und mir, ganz so, als wolle es die alberne Frau vor jeder falschen Bewegung meinerseits schützen.

Ich wagte mich überhaupt nicht zu bewegen, denn wer konnte wissen, was diese monströse Kreatur als falsch betrachten würde?

Ich versuchte stark zu sein, aber in meiner Stimme lag ein deutliches Beben, als ich sagte: »Ist Miezchen ungefährlich, liebe Base?«

»Völlig ungefährlich«, sagte Andromache und kicherte in einer Art, die mich an ein rostiges Scharnier gemahnte, »denn sie weiß, daß du ein Verwandter bist und es gut mit mir meinst.«

»Fein«, sagte ich mit hohler Stimme, während ich überlegte, ob Miezchen womöglich meine Gedanken lesen könne. Ich entschied, daß sie das nicht konnte, sonst wäre ich in diesem Augenblick nicht mehr am Leben gewesen.

Andromache setzte sich auf die Couch und bedeutete mir, den Sessel zu nehmen. Ich wartete jedoch, bis auch Miezchen auf die Couch gesprungen war und den Kopf in wohliger Hingabe Andromache in den Schoß gelegt hatte, bevor ich es wagte, die mit dem Niedersitzen verbundenen Bewegungen auszuführen.

»Natürlich«, sagte Andromache, »ist mein liebes kleines Miezchen ein wenig unvernünftig, wenn es meint, jemand versuche mir Schaden zuzufügen. Vor ein paar Wochen warf der Zeitungsausträger, gerade als ich zur Tür hinausging, die zusammengefaltete Zeitung von der Straße herein. Sie traf mich an die Schulter. Es tat nicht wirklich weh, aber Miezchen war wie ein Blitz hinter ihm her. Hätte er nicht mit Höchstgeschwindigkeit in die Fahrradpedale getreten, ich weiß wirklich nicht, was ihm zugestoßen wäre. Jetzt will er nicht wiederkommen, und ich muß jeden Morgen ausgehen und die Zeitung an einem Kiosk kaufen. Aber es ist angenehm zu wissen, daß ich gegen jeden Totschläger und Einbrecher geschützt bin.«

Bei den Worten ›Totschläger und Einbrecher‹ schien Miezchen sich meiner zu erinnern, denn sie hob den Kopf und sah mich aus Augen an, in denen die Feuer der Hölle flammten.

Ich sah, was geschehen war. Haß ist schließlich negative Liebe.

Miezchen hegte einen unmäßigen Haß auf alles und jeden außer sich selbst und vielleicht meine Cousine. Um Miezchens Liebe zu Andromache zu verstärken, hatte Azazel nach dem Diktat des Gesetzes zur Erhaltung der Emotion Liebe von allen anderen Objekten abziehen müssen. Da diese Liebe aber bereits negativ gewesen war, wurde sie in der Folge noch negativer. Und da Azazel die Liebe nicht sparsam vermehrt hatte, mußten die Gefühle Miezchens gegenüber anderen sehr viel negativer werden. Kurzum, Miezchen haßte jetzt jeden und alles mit einem unbändigen Haß, der ihre Muskeln gestärkt und vergrößert, die Zähne und Krallen geschärft und sie in eine Mordmaschine verwandelt hatte.

Andromache plapperte weiter. »Letzte Woche«, erzählte sie, »waren Miezchen und ich zu einem Morgenspaziergang aufgebrochen und begegneten Mr. Walsingham mit seinem Dobermann. Ich hatte die Absicht, ihm auszuweichen und die Straße zu überqueren, aber der Hund hatte Miezchen gesehen und knurrte das kleine unschuldige Wesen an. Miezchen schien sich nichts daraus zu machen, aber ich ängstigte mich – ich kann Hunde überhaupt nicht leiden! –, und ich fürchte, daß ich einen kleinen Schreckensschrei ausstieß. Das alarmierte den Beschützerinstinkt meines lieben kleinen Miezchens, und sie warf sich sofort auf den Hund. Es war unmöglich, die beiden zu trennen, und der Hund ist, soviel ich weiß, noch immer beim Tierarzt in Behandlung. Mr. Walsingham versucht, Miezchen zu einem gemeingefährlichen Tier erklären zu lassen, aber natürlich war es der Hund, der die Initiative ergriff, und Miezchen handelte nur zu meiner Verteidigung.«

Sie herzte Miezchen und brachte ihr Gesicht tatsächlich nahe an die scharfen Reißzähne der Katze, ohne erkennbare Nervosität. Und dann kam sie auf den Grund der Einladung zum Essen zu sprechen.

Sie lächelte in gräßlicher Geziertheit und sagte: »Aber ich rief dich hierher, um dir eine Neuigkeit mitzuteilen, die ich dir persönlich sagen muß, und nicht am Telefon: Ich habe einen Verehrer.«

»Einen *was?*« Ich schrak ein wenig zusammen, und Miezchen sprang sofort auf die Beine und krümmte den Rücken. Ich erstarrte.

Ich habe seither darüber nachgedacht, und es scheint mir jetzt klar, daß das Gefühl, geliebt zu sein – und wenn auch nur von einer Katze –, Andromaches zähfaseriges Herz erweicht und sie bereit gemacht hatte, irgendein armes Opfer mit zärtlichem Blick zu betrachten. Und wer weiß, vielleicht hatte das Bewußtsein, geliebt zu werden, ihr inneres Wesen bis zu dem Punkt verändert, daß sie einem Mann, der unter besonderer Sehschwäche litt und zudem jeglichen Geschmacks ermangelte, marginal anziehend erschien.

Aber das war eine spätere Analyse. An dem Tag, als meine Cousine mir die Neuigkeit mitteilte, erfaßte mein scharfer Verstand rasch den entscheidenden Punkt: meine wohlhabende Verwandte mochte imstande sein, in ihrer Gefühlsverwirrung Bargeld und Besitztümer einem anderen zu vermachen.

Meine erste Regung war, aufzuspringen, meine Cousine zu packen und sie zu schütteln, bis ein Gefühl von Familienverantwortung in ihr Bewußtsein zurückkehrte. Meine zweite Regung, die einen Sekundenbruchteil später folgte, verbot mir, auch nur einen Muskel zu bewegen. Miezchens haßerfüllter Blick ruhte auf mir.

»Aber liebe Base«, sagte ich, »du erzähltest mir immer, daß, wenn irgendein Bursche dir mit einem Heiratsantrag käme, du es ihm zeigen würdest! Laß es ihm von Miezchen zeigen – das wird ihn kurieren.«

»O nein, Hendrik ist ein so *netter* Mann, und er liebt Katzen. Er hat Miezchen gestreichelt, und Miezchen *ließ* ihn. Da wußte ich, daß er in Ordnung ist. Miezchen hat ein gutes Gespür für den Charakter eines Menschen.«

Sogar Miezchen hätte Schwierigkeiten gehabt, es dem haßerfüllten Blick gleichzutun, den ich zu ihr hinüberschoß.

»Jedenfalls«, sagte meine Cousine, »wird Hendrik heute abend kommen, und ich glaube, er wird vorschlagen, daß wir den gegenwärtigen Zustand durch die Eheschließung legalisieren. Ich wollte dich dabei nicht ausschließen.«

Ich versuchte etwas zu sagen, brachte aber kein Wort hervor. Ich kann dir sagen, mir war zumute, als sei ich ausgeweidet worden, völlig entleert von meinen inneren Organen und nichts als hohle Haut.

Sie fuhr fort: »Du sollst auch wissen, Vetter George, daß Hendrik ein wohlhabender Herr ist, der im Ruhestand lebt. Es ist zwischen uns ausgemacht, daß meine geringen Ersparnisse in dem Fall, daß ich vor ihm sterben sollte, nicht an ihn fallen werden. Sie werden dir zukommen, lieber Vetter George, weil du derjenige bist, der Miezchen zu einem liebevollen und tüchtigen Gefährten und Beschützer für mich gemacht hat.«

Jemand hatte Sonne und Tageslicht wieder eingeschaltet, und meine inneren Organe waren wieder an Ort und Stelle. Im Handumdrehen stellte sich die Überlegung ein, daß, sollte Hendrik vor meiner Cousine Andromache dahinscheiden, sein Besitz sehr wahrscheinlich an *sie* fallen und schließlich auch auf *mich* übergehen würde.

»Liebe Base«, sagte ich im Brustton der Überzeugung,

»dein Geld bekümmert mich nicht. Nur deine Liebe und dein künftiges Glück liegen mir am Herzen. Heirate Hendrik, sei glücklich und lebe für immer. Das ist alles, was ich wünsche.«

Ich brachte das mit solcher Aufrichtigkeit vor, alter Freund, daß ich nahe daran war, es selbst zu glauben.

Und dann, am Abend...

Ich war natürlich nicht da, erfuhr es aber später. Hendrik – mindestens siebzig, etwas über einsfünfzig und hundertachtzig Pfund schwer – kam zu Besuch.

Sie öffnete ihm die Tür und hüpfte tändelnd davon. Er breitete die Arme aus, rief: »Mein Liebes!«, folgte ihr schwerfällig, glitt mit der Brücke aus und prallte, vom eigenen Schwung vorwärtsgetragen, gegen Andromache und brachte sie zu Fall.

Das war für Miezchen das Signal. Das Tier dachte, daß sein Frauchen überfallen würde. Als die kreischende Andromache das fauchende Miezchen endlich vom schreienden Hendrik fortziehen konnte, war jede Hoffnung auf einen romantischen Heiratsantrag an diesem Abend dahin. Fast war es sogar zu spät für alles, was den armen Hendrik betraf.

Zwei Tage später besuchte ich ihn auf Andromaches hysterische Bitten hin im Krankenhaus. Er war noch immer bis zu den Augenbrauen bandagiert, und eine Gruppe von Ärzten diskutierte die möglichen Strategien einer Hautverpflanzung.

Ich stellte mich Hendrik vor, der reichliche Tränen vergoß, seine Bandagen durchnäßte und mich bat, meiner schönen Cousine zu sagen, daß dies alles eine Strafe des Himmels gewesen sei, weil er seiner vor siebzehn Jahren verstorbenen ersten Frau, Emmeline, untreu geworden und von einer neuen Ehe geträumt habe.

»Sagen Sie ihr«, bat er mich, »daß wir immer die besten Freunde sein werden, aber ich wage nicht, sie wiederzusehen, denn ich bin nur von Fleisch und Blut. Ihr Anblick könnte liebevolle Gedanken erwecken, und ich würde dann wieder von einem Tiger angegriffen.«

Ich trug die traurige Botschaft zu meiner Base, die sich sogleich ins Bett legte und weinte, daß durch ihr Zutun der beste aller Männer für den Rest seines Lebens verstümmelt worden sei – was sicherlich zutraf.

Der Rest, alter Freund, ist eine einzige Tragödie. Ich hätte geschworen, daß Andromache außerstande sei, an gebrochenem Herzen zu sterben, aber eine Gruppe von Fachärzten behauptete, genau das sei es, woran sie leide. Das war sicherlich traurig, aber die Tragödie, von der ich sprach, war, daß sie Zeit hatte, ihr Testament zu ändern. Im neuen Testament brachte sie ihre tiefe Zuneigung zu mir zum Ausdruck, verbunden mit ihrer Gewißheit, daß ich viel zu edel sei, mich wegen ein paar Pfennigen zu grämen, so daß sie ihren gesamten Besitz im Wert von 300 000 Dollar nicht mir, sondern ihrem unglücklichen Hendrik hinterlassen wolle. Dies geschehe mit der Hoffnung, daß es ihn für sein Leiden entschädigen und zum Ausgleich der Arzt- und Krankenhausrechnungen dienen würde, die er ihretwegen habe tragen müssen.

Dies alles war in so ergreifender Form ausgedrückt, daß dem Notar, der mir das Testament vorlas, die Tränen kamen, und du kannst dir gut vorstellen, daß auch mir die Augen naß wurden.

Ich ging jedoch nicht völlig leer aus. Meine Cousine Andromache bestimmte in ihrem Testament, daß sie mir etwas hinterlassen wolle, was ich bei weitem höher schätzen würde als den erbärmlichen Mammon. Mit einem Wort, sie hatte mir Miezchen hinterlassen.

George saß da, starrte wie betäubt ins Leere, und ich konnte nicht umhin, ihn zu fragen, ob er Miezchen noch immer habe.

Er fuhr zusammen, konzentrierte seinen Blick mit einiger Anstrengung auf mich und sagte: »Nein, dem Himmel sei Dank. Noch am Tag der Übernahme wurde sie von einem Pferd zertrampelt.«

»Von einem Pferd?«

»Ja. Das Pferd starb am nächsten Tag an seinen Verletzungen; ein Jammer, denn es war ein unschuldiges Pferd. Im großen und ganzen kann ich aber von Glück sagen, daß niemand sah, wie ich den Käfig öffnete und Miezchen in die Pferdebox schleuderte.«

Seine Augen überzogen sich wieder glasig, und seine Lippen formten stumm die Worte: Drei-hundert-tausend-Dollar!

Dann wandte er sich mir zu und sagte: »Also, kannst du mir einen Zehner leihen?«

Was konnte ich anderes tun?

WARD MOORE

Der mit den Katzen sprach

Es soll Eltern geben, die so eitel, naiv oder schrullig sind, daß sie glauben, ihre Kinder oder Katzen tatsächlich verstehen zu können. Daß solche Eltern irren, beweist folgende Geschichte, die in dem alten Streit zwischen ›Veranlagung und Erziehung‹ eindeutig Partei für die Erziehung ergreift.

Ward Moore, der inzwischen verstorbene Autor dieser heiteren, noch fast unbekannten Geschichte, tat sich vor allem mit seinem großen Roman Bring the Jubilee *auf dem Gebiet der Science Fiction hervor. Diesem Werk gebührt der Rang solcher Alternativ-Weltklassiker wie L. Sprague de Camps* Lest Darkness Fall, *Keith Roberts* Pavane *oder Philip K. Dicks* The Man in the High Castle. *Moore war kein besonders produktiver Autor; er hat nur wenige Romane und eine Handvoll Kurzgeschichten geschrieben, doch mit* Lot *und* Lot's Daughter *gelangen ihm zwei der besten Atomkriegserzählungen der 50er Jahre. Der Roman* Greener Than You Think *ist der frühe Entwurf einer Öko-Katastrophe, und zusammen mit Avram Davidson verfaßte er unter dem Titel* Joyleg *den komischen Roman über einen unsterblichen Veteranen des Bürgerkriegs. Zu seinen weiteren Werken zählen* Caduceus Wild, *in Koproduktion geschrieben mit Robert Bradford, und der Mainstream-Roman* Breathe the Air Again.

Wie wahrscheinlich jedermann und jede Frau glaube ich, in allem, was ich tue, ganz normal und durchschnittlich zu sein, so zum Beispiel auch darin, daß ich im Alter von neunzehn Jahren mein erstes und vierundzwanzig Jahre später mein zweites Kind zur Welt brachte. Allerdings wäre ich nie so vermessen, mich zum Maßstab aller Dinge machen zu wollen. Von mir aus können andere Frauen ihre Kinder ruhig in anderen Zeitabständen bekommen.

Dennoch reagierte Stephanie ziemlich verstört – ›entsetzt‹ wäre ein zu schwaches Prädikat –, als sie hörte, daß ich Ben erwarte. (Natürlich wußten wir damals noch nicht, daß es ein Ben wird; es hätte auch eine Suzy sein können, oder sowohl als auch, obwohl weder in Jacks noch in meiner Familie eine Disposition für Zwillinge vorliegt.) Wie dem auch sei, sie machte gerade den Abwasch, was mir eigentlich nicht paßte, zumal ich Geschirr immer erst dann spüle, wenn es gleich anschließend wieder benutzt werden soll. Während sie also in ihrer methodischen Art, bei der keine Bewegung überflüssig ist, Teller und Tassen spülte, beschäftigte ich mich damit, die Katzen aus der Küche zu vertreiben. Stephanie kann Katzen nämlich nicht leiden, was ich unverständlich finde. Immerhin ist sie damit groß geworden. Jack und ich leben gern in Gesellschaft mit Katzen und haben das Haus immer voll davon. Für ihre Kinder hatte sich Stephanie einen Cockerspaniel zugelegt.

»Aber Mutter! Du bist doch schon viel zu alt dazu!«

Das war ich offenbar nicht. Aber ich versuchte gar nicht erst, der Tochter klarzumachen, daß Gravidität und Senilität einander nicht ausschließen. In Stephanies dreiundzwanzigjährigen Augen war ich reif für den Rollstuhl. Sie ist ein liebes Kind, eine gute Ehefrau (soweit ich das beurteilen kann), eine wunderbare Mutter und tüchtige Hausfrau. Sie liebt Ordnung, Pünktlichkeit und Rezepte, die keine Überraschungen in sich bergen. Ich erinnere mich, einmal Sojasauce mit Mürbeteig vermengt zu haben (als Endergebnis kamen Kekse dabei heraus, die wirklich einmalig schmeckten). Für Stephanie wäre eine solche Komposition ebenso undenkbar wie ein ungeschminkter Auftritt in der Öffentlichkeit oder die Hervorbringung eines Kindes wie Ben. Nicht, daß man mich mißversteht. Ich weiß meine Enkel durchaus zu schätzen. Aber so sauber, wohlerzogen und proteingepäppelt wie Peter und Ann war Stephanie in ihren jungen Jahren beileibe nicht. Wie dem auch sei, für eine Großmutter schickt sich wohl eher eine gewisse würdige Zurückhaltung; es geht noch an, daß sie gebrechlich ist, aber ›in guter Hoffnung zu sein‹ – unmöglich.

Ich kam dem grauen Kater zuvor – dem unigrauen und nicht etwa dem mit den weißen Pfoten; das ist sein Vater –, der gerade auf die Spüle springen wollte, nahm ihn auf den Arm und schaffte ihn nach draußen. Daß er so ungewohntermaßen davon abgehalten wurde, zu tun, was ihm gefiel, verärgerte ihn, und er machte sehr deutlich, daß er es ungehörig fand, im feuchten Unkraut abgesetzt zu werden, das vor der Küchentür wucherte.

Das Tal zeigte sich zu dieser Jahreszeit besonders schön, wie ich fand. Ich schaute hinauf zu den grünen Hügeln mit den blaßblauen Flecken, da, wo Schleierkraut blühte. Die Yuccas trieben bereits ihre glockigen Rispen. Es duftete nach feuchter Erde, voll von Samen und berstenden Knospen. Wer behauptet, daß die Jahreszeiten in Südkalifornien nicht deutlich voneinander abgesetzt sind, scheint in klimatisierten Bunkern zu hausen und nicht in der Lage zu sein, eine Eiche vom Holunderbeerstrauch zu unterscheiden.

»Und überhaupt, das kann doch nur zu Komplikationen führen«, fuhr Stephanie fort und spülte Messer und Gabeln unter klarem Wasser ab. »Meine Kinder werden einen Onkel oder eine Tante haben, der oder die jünger ist als sie selbst. Oh, Mutter, verzeih, aber das bringt mich jetzt echt aus der Fassung. Was sagt Vater eigentlich dazu?«

Stephanie hält ihren Vater für einen Mann, der im Grunde gediegen ist und im dunkelblauen Zweireiher herumlaufen würde, wenn er nicht unter meinem etwas unkonventionellen Einfluß stünde. Sie war gerade erst neun Jahre alt, als wir auf ein Hausboot umzogen, wo er sich als Perlenzüchter versuchte. Damals hatte sie allen Ernstes gefragt: »Warum arbeitet er nicht wie jeder andere Vater in irgendeinem Büro? Ich bin sicher, daß er das lieber täte, aber du läßt ihn nicht.« Dabei war Jack recht erfolgreich mit seinen Perlen, bis er schließlich die Lust daran verlor und nach Culver City ging, um dort als Statist in einem Spielfilm mitzuwirken, wozu er sich einen prächtigen schwarzen Bart wachsen ließ, dem ich immer noch nachtrauere. Ich wollte Stephanies Glauben an ihren Vater nicht erschüttern, suchte nach eingängigen, tröstlichen Ausreden und vermied es, Jacks launige Kommentare ihr gegenüber zu wiederholen. Ein Schock pro Tag war für unsere Tochter mehr als genug.

»Vielleicht ist jetzt ja endlich darauf zu hoffen, daß ihr von eurem wilden Abenteuertrip runterkommt und in die Zivilisation zurückkehrt.«

»Das glaube ich kaum, meine Liebe. Deinem Vater scheint die Ziegenzucht viel Spaß zu machen, und es wird wohl noch vier oder fünf Jahre dauern, bevor er Lust auf was anderes verspürt. Es wäre doch dumm, ausgerechnet jetzt, wo er gerade erst den alten Brunnen in Schuß gebracht, das Dach neu gedeckt und die Scheune repariert hat, das Haus aufzugeben, nur weil wir fruchtbar sind und uns mehren wie die Ziegen, Hühner und Kaninchen.«

»Oh, Mutter!«

Im Unterschied zu mir geht Stephanie regelmäßig zur Kirche, hält aber die biblische Sprache offenbar für nicht fein genug.

»Das Kind werde ich allerdings wohl in der Stadt zur Welt bringen und nicht auf Heu und Stroh. So alternativ wollen wir's dann doch nicht.«

»Aber du kannst das Kind doch nicht auf einer Farm großziehen.«

»Warum denn nicht? Dich habe ich in einer ehemaligen Konservenfabrik großgezogen, und zwar mit durchaus befriedigendem Ergebnis. Außerdem ist Ziegenmilch genau das richtige für Säuglinge. – Zugegeben, der nächste Kinderarzt wohnt fünfzig Meilen entfernt«, fügte ich hinzu, um ihrem Einwand zuvorzukommen, denn damit war zu rechnen, »aber wir haben ja immerhin Telefon und ein fahrtüchtiges Auto, und außerdem ... ach, Stephanie, fang doch nicht jetzt schon an, dir Sorgen zu machen.«

Daß meine Tochter sehr oft recht behält, hat mich schon immer irritiert; oft habe ich mich dann gefragt, ob an Konventionen und konservativen Ratschlägen womöglich nicht doch was dran ist. Nun, kurz nach ihrem Besuch fingen die Schwierigkeiten mit Ben an. Mein Blutdruck war alles andere als normal, und mein allgemeines Befinden ließ manches zu wünschen übrig. Ich durfte meine Speisen nicht mehr salzen, mußte das Rauchen einstellen und – was mir am schwersten fiel – meinen Kaffeekonsum auf eine Tasse pro Tag reduzieren. Der Arzt formulierte seine Warnung mit wohldosiertem Nachdruck, der Gehorsam verlangte, ohne Panik auszulösen. Drei Monate vor der Niederkunft mußte ich in Stephanies Haushalt umziehen und Jack mit all den Viechern und Katzen allein lassen. Endlich hatte ich Zeit und Muße, *Finnegans Wake* zu lesen, aber dennoch schaffte ich es nur bis Seite 44. Vielleicht wäre ein Buch von Gene Stratton Porter die geeignetere Lektüre gewesen.

Der kleine Ben rechtfertigte durchaus all das Kopfschütteln und Unken hinter vorgehaltener Hand. Bei der Geburt war er zum Erbarmen kümmerlich. Er schien nur aus Haut und Knochen zu bestehen, steckte aber voller Vitalität. Doch was ich anfänglich als schiefes Lächeln deutete, war der schmerzverzerrte Ausdruck im Gesicht anläßlich qualvoller Blähungen.

Es war kaum darauf zu hoffen, daß der kleine Leib jemals ein proportionierliches Verhältnis mit den übergroßen Händen und Füßen eingehen und das dürre Hälschen den schweren Kopf jemals zu halten imstande sein würde. Daß seine Eltern die beste Zeit zum Kinderkriegen längst überschritten hatten, teilte sich in seinem Aussehen unverkennbar mit. Ich fühlte mich schuldig und setzte um so entschlossener alles daran, daß er überlebte.

Die Chancen standen denkbar schlecht. Er spuckte alles aus, was wir ihm an Nahrung anzubieten hatten, doch dann durften wir eine Weile hoffen, als er die Milch einer bestimmten Ziege bei sich behielt und ein paar kostbare Gramm an Gewicht zulegte. Aber schließlich lehnte er auch diese Milch ab. Mit seinem Magen schien etwas nicht zu stimmen, etwas, das nur durch ärztlichen Eingriff zu beheben war.

Die Tage vor und die Stunden nach der Operation waren ein Graus. Aber Bens Vitalität triumphierte über Schock, Unterernährung und Schwäche. Er trank nun so gierig, als wüßte er, daß es gelte, den Mangel wettzumachen und darüber hinaus Vorrat anzulegen für den Fall einer neuerlichen Störung. Unsere Sorgen ließen allmählich nach, und wir wagten es, uns an seinen Fortschritten zu erfreuen. Die Ärmchen wurden runder, und die Beine, die er bislang immer nur ängstlich eingezogen hatte, fingen nun mächtig zu strampeln an. Der schüttere Flaum auf dem Kopf machte blonden Strähnen Platz, die zwar nicht gerade hübsch aussahen, aber immerhin als Zeichen dafür gelten konnten, daß die wichtigsten Organe ausreichend versorgt waren und genügend Kraft übrig blieb, um auch Augenbrauen und Fingernägel wachsen zu lassen.

Das Gesicht füllte sich, so daß die hellbraunen Augen nicht länger hervorquollen wie die eines cholerischen alten Mannes. Manchmal klappten träge die Lider mit den langen Babywimpern zu, doch meistens waren seine Augen weit geöffnet und voller Neugier auf das gerichtet, was ringsum geschah. Was sich am wenigsten veränderte, war sein Lächeln. Er blickte immer noch so drein wie in den Tagen, als sein Leben am seidenen Faden gehangen hatte: fröhlich, aber reserviert, als habe er noch nicht volles Vertrauen gefaßt.

Er aß, er lernte, sich auf die Seite zu wälzen, sich aufzurichten und zu krabbeln. Er aß, wurde immer pausbäckiger, brüllte, wenn er naß war oder hungrig, und schlief wie ein Engel. Wie ganz junge Eltern verbrachten Jack und ich Stunden damit, das Kind voller Bewunderung zu betrachten. Selbst Stephanie befand, daß Ben ein prächtiges, hübsches Kind sei – wenngleich immer noch ein wenig zurückgeblieben; es müßte doch längst schon laufen können.

»Das will überhaupt nichts heißen«, sagte ich. »Manche Kinder starten früh, andere lassen sich Zeit damit. Bei dir war's mit elf Monaten soweit, und Ben ist gerade mal ein Jahr alt. Es wäre ganz und gar nicht ungewöhnlich, wenn er erst sehr viel später laufen lernen würde.«

»Was regst du dich auf, Mutter? Ich habe doch nicht behauptet, daß er ... Wie auch immer, Peter und Ann konnten beide schon mit neun Monaten laufen.«

»Ich weiß.«

»Es scheint mir nur, daß Ben noch manches aufzuholen hat.«

»Was willst du damit sagen?«

»Nun, daß er sich in den ersten Wochen nach der Geburt nicht entwickeln konnte, nicht normal, meine ich, war nicht gerade gut. Schließlich hat er kaum was gegessen und all seine Energie gebraucht, um am Leben zu bleiben. Deshalb bleibt er wohl immer ein bißchen zurück. Na, vielleicht nicht immer. Vielleicht macht er irgendwann einmal einen Sprung nach vorn. Übrigens, Mutter, ich glaube, eine der Katzen ist zu ihm in die Wiege gestiegen.«

»Würde mich nicht wundern. Katzen liegen gern bei Kleinkindern, weil sie warm und sauber sind.«

»Aber, Mutter ...«

»Du wirst doch wohl nicht abergläubisch sein und es für möglich halten, daß Katzen Kleinkinder ersticken könnten? Als du in Bens Alter warst, hat auch immer eine Katze bei dir gelegen.«

»Wahrscheinlich rührt daher meine Abneigung«, sagte Stephanie und fügte unsicher hinzu, »ein Trauma ...«

Zu spät, um Stephanies Theorie zu widerlegen, aber doch ein wenig früher, als daß sie klar bestätigt worden wäre, fing Ben zu laufen an. Flink, wenn auch zunächst unbeholfen, wackelte er auf gespreizten Beinchen daher. Selten, daß er mal zu Boden ging und seinen Weg krabbelnd fortsetzte, wie das bei anderen Kindern zumeist der Fall ist, wenn sie ängstlich oder unsicher werden. Überhaupt schien Ben weder ängstlich noch seiner selbst nicht sicher zu sein. Seine hervorstechenden Eigenschaften waren vielmehr Hartnäckigkeit und Neugier. Furchtlos und unermüdlich erforschte er seine Umwelt. Blessuren, die er sich mitunter dabei einhandelte, konnten ihn nicht lange aufhalten.

Für Katzen hatte er von Anfang an sehr viel übrig. Natürlich hielten wir die jungen Kätzchen und säugenden Mütter von ihm fern. Um so mehr beschäftigte er sich mit unseren Katern, die äußerst geduldig und mit Nachsicht auf ihn reagierten. Einmal sah ich, wie Ben mit seinen winzigen Fäusten auf den Schädel des grauen Katers Tom eindrosch, ihm die Flanken quetschte und am Schwanz zerrte. Hätte ihm ein Erwachsener so zugesetzt, wäre Tom bestimmt auf Nimmerwiedersehen davongezogen. Doch Bens unsanfte Behandlung ließ er mit stoischer Gelassenheit über sich ergehen, bis er, gelangweilt oder womöglich auch in seiner Geduld erschöpft, außer Reichweite sprang, sich gähnend reckte und den malträtierten Schwanz leckte.

Stephanie war ständig in Sorge, daß Ben gekratzt, gebissen oder sogar infiziert werden könnte, zumal er immer wieder in den Mund nahm, was er an Fell und Hautfalten zu packen bekam. »Und, Mutter, was sind das für seltsame Laute, die er da von sich gibt? Es klingt wie Vogelgeträller.«

»*Rrrrr, rrrr*«, brabbelte Ben wie auf Kommando.

»Ach, das«, antwortete ich, stolz auf Ben, aber ein wenig verlegen, weil ich ahnte, wie meine Tochter auf das, was ich nun zu sagen hatte, reagieren würde. »Er spricht mit der Katze.«

»Was, zum Kuckuck, soll das heißen?«

»Es gibt da eine Erzählung von Mary Borden – oder vielleicht stammt sie auch von jemand anders. Jedenfalls geht es darin um eine sprechende Katze. Katzen haben ein sehr begrenztes Vokabular, und es scheint, als habe Ben ein paar Begriffe aufgeschnappt.«

»Das kann doch nicht dein Ernst sein.«

»*Rr, rr*«, sagte Ben.

»*Rrrrr-owr*«, gab Tom zu verstehen.

»Mutter, hör mir mal zu. Ich bin kein Kind mehr und habe mittlerweile akzeptiert, daß du und Vater sehr exzentrisch – oder sagen wir unkonventionell – seid. Es ist mir auch recht, daß es Leute gibt, die anders sind als die Norm. Aber, Mutter, glaube mir, Kinder leiden darunter. Sie mögen es nicht, wenn ihre Eltern derart ausgefallen reagieren.«

»Ich verstehe, Liebes. Aber, was soll ich machen? Ben spricht tatsächlich mit den Katzen.«

Und seine Möglichkeiten der Verständigung nahmen mit der Zeit immer mehr zu. Wie alle, die Katzen beherbergen und füttern, aus Erfahrung wissen, sind bei der Kommunikation mit diesen Tieren nur einige wenige grundlegende Laute sinnvermittelnder Qualität zu berücksichtigen. Ich zögere, das Wort ›Sprache‹ in diesem Zusammenhang zu gebrauchen, und nicht etwa nur deshalb, weil ich fürchte, all jene vor den Kopf zu stoßen, die darauf bestehen, daß sprachlicher Austausch ausschließlich unter Menschen möglich ist. Diese bei Katzen gebräuchlichen Laute sind mal längere, mal kürzere Variationen um den Stammlaut *rrr*, denen eine Reihe von Präfixen – wie *prrr* oder *mrrr* – vorangestellt oder etliche Suffixe – wie *rrrm* oder in der Frageform *rrmh?* – angehängt werden. Immerhin ist diese Sprache relativ reich an Flektionen und geeignet, durch Intonation, durch ein Heben und Senken der Laute subtile Unterscheidungen zu treffen. Zugegeben, ich selbst bin weit davon entfernt, die Katzensprache zu beherrschen, und doch blieb es nicht aus, daß ich einige der gängigsten Phrasen kennenlernte, so zum Beispiel das *Prrruh prrruh* in der Bedeutung von: »Komm schnell, ich hab' hier was, das dich interessieren könnte«, oder das *MrrrrROWrrrr!,* ein deftiger Fluch, der dem Rivalen Furcht einflößen soll und nicht zu verwechseln ist mit dem *Mrrrow, mrrrow, mrrrowh,* was soviel heißt wie: »Marmor, Stein und Eisen bricht, aber unsere Liebe nicht.«

Zweifellos bleiben viele Feinheiten dieser Sprache unverstanden, nicht nur von den Menschen, sondern auch von durchschnittlichen, verhätschelten, mit Milch und Mäusen vollgestopften Artgenossen. Sooft ich ein besonders dramatisches Fauchen aus der Kehle eines Katzentiers vernehme, das sich mit vollem Körpereinsatz müht, sein Verlangen zu artikulieren, muß ich mich unweigerlich fragen, ob das angesprochene Gegenüber den herrlichen Klang und den stimmigen Ausdruck tatsächlich zu würdigen versteht. Für unsereins ist die schnörkellose, ums Bein streichende und Milch erbettelnde Art der Katze als vermeintlich einzige Ausdrucksweise so selbstverständlich geworden, daß uns der Sinn für ihre poetisch-dichterischen Hervorbringungen verlorengegangen ist.

Ich möchte nicht den Eindruck erwecken, daß Ben ausschließlich seine Zeit damit verbrachte, Katzen nachzuschnurren und deren Sprache zu studieren. Oft spielte er schweigend ganz für sich allein – jene esoterisch amorphen Kleinkinderspiele, die volle Konzentration verlangen und dem logischen Regeldenken der Erwachsenen Hohn sprechen. Mitunter hockte er auch einfach nur da und experimentierte gurgelnd und grunzend mit Lauten, die er anscheinend um ihrer selbst willen hervorbrachte, jedenfalls ohne die erkennbare Absicht, ihnen einen Sinn zu unterlegen. Er spielte Auto oder Flugzeug, vertonte seine pantomimischen Übungen mit angemessenen Hintergrundgeräuschen, und abends vor dem Einschlafen, oder morgens, wenn er erwachte, summte er leise und vergnüglich vor sich hin. Mehrmals am Tag aber grüßte er die eine oder andere Katze mit einem frohgemuten *›Rrrrh!‹* oder verabschiedete sich, wenn diese, allzusehr von ihm strapaziert, das Weite suchte, mit einem leicht enttäuschten *›Rrrrrmh?‹*.

Nach und nach entwickelte er auch ein Verständnis für menschliche Verlautbarungen, obwohl er kaum Interesse daran zu haben schien, von unserer Sprache Gebrauch zu machen. Offenbar hielt er Englisch für ein Gebrechen oder zumindest für ein bedauernswert krudes Kommunikationssystem, das er anzuwenden gezwungen war, weil wir, seine Eltern, keine nuancierteren Ausdrucksmöglichkeiten besaßen. Es hatte den Anschein, daß er in dieser Sprache weder einen biologischen noch kulturellen Imperativ für sich entdecken konnte.

Auch nach Abzug meines mütterlichen Stolzes war ich überzeugt davon, daß Ben vor Intelligenz nur so sprühte. Er hatte eine schnelle Auffassungsgabe, war empfindsam und litt häufig unter Langeweile, die ein dumpfes Kind nicht kennt. Als sich aber sein zweiter Geburtstag näherte, mußte ich mir eingestehen, daß all seine Fähigkeiten – sei es im Umgang mit Bauklötzen oder im kommunikativen Austausch mit Katzen – nicht ausreichten, um seine muttersprachlichen Mängel auszugleichen. Ich wußte keinen Rat. Immerhin zeigte sich Stephanie sehr taktvoll: »Denken wir doch daran, daß auch Einstein ungewöhnlich spät zu sprechen begonnen hat. Erst mit zweieinhalb oder drei, wenn ich mich richtig entsinne.«

Wie dem auch sei, Bens Eigentümlichkeit war für mich kein Anlaß, in sorgenvolles Grübeln zu geraten. In diesem Jahr hatte es seit Mitte Januar nicht mehr geregnet. Das Frühlingsgras war bald verdorrt, und ständig wurde vor der Gefahr von Waldbränden gewarnt. Das Wild kam von den Bergen ins Tal in der Hoffnung, saftiges Grün zu finden. Aber auch dort war der Boden ausgetrocknet. Der Grundwasserspiegel sank immer tiefer. Es bahnte sich eine Katastrophe an. Vom Morgen bis zum Abend zeigte sich kein einziges Wölkchen am Himmel, und weil wir weitab vom Meer lagen, zog auch niemals Nebel auf, der für Tau und Abkühlung gesorgt hätte. Zu allem Überfluß kamen im Gefolge der Rehe und Hasen nun auch Kojoten ins Tal, die sich an den Jungtieren aus unserer Ziegenherde vergriffen.

Stephanie besuchte uns an jenem Tag, als Jack wieder einmal einen Ziegenkadaver gefunden hatte. Eindeutige Spuren wiesen darauf hin, daß der Räuber diesmal kein Kojote, sondern ein Berglöwe gewesen sein mußte. »Kojoten würden die Knochen blankknabbern. Ein Berglöwe frißt, solange das Fleisch warm und frisch ist; dann trollt er sich und überläßt den Rest den Bussarden.«

»Würdet ihr Hunde halten, Vater, hätten sie das Biest vertrieben.«

Jack ist felsenfest davon überzeugt, daß aus Stephanie, hätte sie diesen Peter Gordon nicht geheiratet, eine wahre Individualistin geworden wäre. Diese Doktrin unterschlägt jedoch eine lange Reihe konträrer Merkmale, die zurückgeht bis zu dem Moment, da Stephanie, gerade dreißig Sekunden alt, einen Schrei von sich gegeben hatte, der, was Lautstärke und Intonierung betraf, exakt dem Durchschnittsschrei eines neugeborenen Kindes entsprach. Jack grüßte seine Tochter mit stürmischer Umarmung und sagte: »Vielleicht hast du recht, mein Küken. Aber Hunde sind nun mal nicht mein Ding. Dieses blödsinnige Schnappen nach jedem Schatten ...«

»Immerhin ist es beruhigend, einen Wachhund auf dem Hof zu haben. Mutter würde sich bestimmt sicherer fühlen.«

»Ach was«, entgegnete ich. »Das Gekläffe würde nur den Kleinen aufwecken.«

»Oh, Mutter, auf jeder Farm gibt's einen Hund.«

»Mit einer Ausnahme«, sagte Jack. »Sei's drum, ich werde mich heute nacht mit der Flinte auf die Lauer legen. Wir haben Vollmond.«

Ben wackelte in Windeln und auf Schuhen in die Küche und reichte mir eine leere Haspel, die er nach Kräften zu lädieren versucht hatte. »Danke dir«, sagte ich. Mit ungläubiger Miene betrachtete er die Haspel noch eine Weile, legte sich dann auf den Rücken und trommelte mit den Beinen komplizierte Synkopen auf den Boden. Stephanie sah ihn an und sagte: »Mutter, du und Ben, ihr solltet besser zu mir nach Hause mitkommen, bis Vater die Bestie erlegt hat.«

Die Versuchung war groß, der Hitze zu entfliehen und das Land der schattenspendenden Markisen aufzusuchen, wo in Blumenkästen Farnbüsche wachsen, Regentonnen voller Wasser stehen, Verkehrslärm und Abgase die Szene beherrschen. Was mich davon abhielt, auf Stephanies Angebot einzugehen, war weniger Loyalität Jack und den Ziegen gegenüber, als vielmehr meine Bequemlichkeit. Ich hätte ein paar Sachen bügeln und den Koffer für mich und Ben packen müssen. Außerdem wäre Bens Aufenthalt in Stephanies blitzsauberem Haushalt unerträglicherweise begrenzt gewesen auf Wiege und Laufstall; er hätte wahrscheinlich Angst vor dem Spaniel gehabt und die Gesellschaft seiner Katzen schmerzlich vermißt.

»Nein, meine Liebe. Ich kann deinen Vater mit all der Arbeit nicht allein lassen.«

Ben brach sein Trommelsolo ab, kroch unter die Spüle und kam triumphierend mit einer Bratpfanne zum Vorschein, die er seit einer Woche nicht gesehen hatte.

»Ich komme schon allein klar. Du kannst ruhig mitgehen«, sagte Jack.

»Nein«, wiederholte ich. »Berglöwen machen mir keine Angst. Jedenfalls nicht mehr als vieles andere auch.«

»Dazu gibt's auch keinen Grund«, versicherte mir Jack im Hinausgehen. »An Menschen trauen sie sich nicht heran.«

Ben drosch mit der Pfanne auf einen Stuhl ein, stellte aber bald fest, daß sich mit dem Wasserkessel hübschere Geräusche produzieren ließen. Er blickte zu seiner Schwester auf in Erwartung eines lobenden Zeichens von ihr. Dann sah er mich an und strahlte übers ganze Gesicht.

»Na gut«, sagte Stephanie. »Wenn du nicht willst, bleib' ich hier. Wenigstens über Nacht.«

Sie lief jetzt zur Höchstform auf, telefonierte, um die Aufsicht über Peter und Ann zu regeln und ihrem Mann zu sagen, daß er sich keine Sorgen zu machen brauche (»Berglöwen sind im Grunde feige und laufen vor Menschen davon.« Woher hatte sie diese Information? War sie eine Auslegung von Jacks beiläufiger Bemerkung oder einfach nur frei erfunden?); sie lief durchs Haus und ließ sich auch durch die Hitze nicht abhalten, eine ihr genehme Ordnung zu schaffen. Mir war klar: Es würde Wochen dauern, bis die Dinge wieder so zurechtgerückt waren, daß ich finden konnte, wonach ich suchte.

»Ich bleibe bei dir und dem Kleinen im Schlafzimmer, bis Vater das Untier erlegt hat. Danach ziehe ich auf die Couch um.«

In Jacks Schießkünste hatte ich weit weniger Vertrauen als sie. Doch daß Stephanie bei mir war, stimmte mich zuversichtlich, obwohl ich allen Grund hatte, daran zu zweifeln, daß ausgerechnet sie etwas würde ausrichten können, falls sich ein Berglöwe, statt die Ziegenkoppel heimzusuchen, ins Haus verirrte. Immerhin wäre sie dann wahrscheinlich ein wenig besonnener als ich.

Die Sonne ging unter, und die Hoffnung auf halbwegs erträgliche Temperaturen spornte uns an, fürs Abendessen zu sorgen, während Jack die Hühner und Kaninchen fütterte und die Ziegen melkte. Ich schnappte mir Ben in einem günstigen Moment, da er anfing, müde zu werden, aber noch nicht zu müde war, packte ihn ins Bett und schenkte Stephanie kaum mehr als höfliche Aufmerksamkeit, als sie sagte: »Mutter, hältst du es wirklich für richtig, daß Ben immer noch an der Flasche nuckelt? Hoffentlich entwickelt er keine orale Fixierung.«

Jack brachte die Milch. Bevor ich sie in Literflaschen abfüllte, schöpfte ich den Schaum für die Katzen ab.

Stephanie sprach den Gedanken aus, der mir durch den Kopf ging: »Vater, angenommen, der Puma schert sich nicht um die Ziegen und kommt ins Haus ...«

»Warum sollte er? Er ist nicht auf Gesellschaft aus, sondern auf Beute. Wenn ihm eine unserer Katzen in die Quere käme, würde er sie wahrscheinlich aus Eifersucht oder Wut totbeißen. An deren Fleisch ist er jedenfalls nicht interessiert. Ziegen schmecken ihm viel besser, fast so gut wie Wildbret.«

»Dein Wort in seine Lauscher«, sagte ich.

»Falls es dich beruhigt, lade ich dir die zweite Flinte«, schlug er vor. »Aber sieh dich vor; wenn du damit schießt, wird dir tagelang die Schulter weh tun.«

Gegen neun Uhr bezog Jack Posten. Er trug seine Lederjacke, denn es wurde nachts nun deutlich kühler. Stephanie und ich blieben noch lange auf und tauschten Geschichten aus über Peter, Ann und Ben. Behutsam und mit viel Taktgefühl deutete sie an, daß es womöglich angeraten sei, Ben von einem Psychologen untersuchen zu lassen. Nicht, daß sie glaubte, mit ihm stimme etwas nicht; aber manches sei doch ziemlich verquer ...

»Zum Beispiel, daß er mit Katzen spricht?«

»Ich meine, daß er diese seltsamen Tierlaute von sich gibt, anstatt Wörter zu formulieren. Es wird, wie ich finde, langsam Zeit, daß sich ein Spezialist mit ihm befaßt. Bevor es zu spät ist. Das bist du ihm schuldig, Mutter.«

»Mir scheint, du bist der Meinung, daß er ins Irrenhaus müßte und daß ich ihn dort abliefern sollte, bevor er mir zu sehr ans Herz wächst.«

»Mutter! Wie kannst du so etwas Schreckliches behaupten? Aber ich will ganz offen sein – tatsächlich glaube ich, daß Kinder von bejahrteren Eltern besonders häufig gewisse Schwächen oder Defizite aufweisen. Wie zum Beispiel diese Pylorusstenose, mit der Ben zur Welt gekommen ist. Wer weiß, was er sonst noch hat. Es fällt jedenfalls auf, daß er sprachlich zurückgeblieben ist. Vielleicht kann man was dagegen unternehmen? Es hat keinen Zweck, die Augen zu verschließen ...«

»Das tue ich auch nicht. Erstens: als Ben gezeugt wurde, war ich zweiundvierzig und dein Vater fünfzig. Das ist doch nicht übermäßig alt. Sarah war neunzig und Abraham hundert, als sie Isaak ...«

»Ach, das ist doch ein biblisches Märchen.«

»Vergiß nicht, du bist christlich getauft, liebste Stephanie. Zweitens: daß an Ben manches ziemlich verquer sein soll, wie du behauptest, kann ich nicht bestätigen. Im Gegenteil, er ist recht aufgeweckt und versteht, was man ihm sagt. Und er weiß sich auch seinerseits verständlich zu machen, durch Gesten, Fingerzeig, Mimik oder indem er die Arme ausstreckt, an den Kleidern zerrt und so weiter. Er muß nicht reden, um verstanden zu werden.«

»Genau das ist der Punkt, Mutter. Siehst du nicht, daß ...«

»Nein«, fiel ich ihr ins Wort. »Mit der Zeit, nämlich dann, wenn es sich nicht umgehen läßt, wird er auch zu sprechen anfangen. Vorläufig gefällt es ihm, sich mit Katzen zu unterhalten. Was soll daran verkehrt sein? Zugegeben, deren Sprache ist begrenzt. Da gibt's keine Formulierungen wie ›zu deinem eigenen Wohl‹ oder ›wider Willen‹ oder ›harte Maßnahmen‹, ›Finanzausgleich‹, ›ernste Konsequenzen‹, ›Schadensbegrenzung‹, kurzum, keine jener tausendfachen Floskeln, die Menschen verlauten lassen, wenn sie Schandtaten im Schilde führen. Wenn wir alle die Sprache der Katzen sprechen würden, könnten wir auf Diplomaten und Anwälte verzichten; der Bundesanzeiger hätte das Format einer halben Seite, es gäbe keine überreizten Stimmbänder mehr, und Seifenopern würden wie Seifenblasen zerplatzen. Ich behaupte, Ben ist nicht zurückgeblieben, sondern der wahre *homo superior*, ein Mann der Zukunft, der, anstatt dummes Blabla von sich zu geben, mit Katzen zu sprechen versteht.«

»Ein hübsches Plädoyer, Mutter«, sagte Stephanie. »Laß uns zu Bett gehen.«

Ich tat kein Auge zu, und sicher konnte auch Stephanie nicht schlafen. Ben wälzte sich lange hin und her und fing schließlich zu wimmern an. Mir war klar: Ich mußte ihn trockenlegen; vorher würde er nicht einschlafen.

»Du kannst das Licht ruhig anmachen, Mutter. Ich bin wach.«

»Die Windeln kann ich auch im Dunkeln wechseln«, flüsterte ich zurück. »Daran bin ich gewöhnt. Das Licht würde ihn nur stören.«

Außerdem war es gar nicht dunkel. Der Vollmond stand strahlend am Himmel. Ich blickte durch das offene Fenster hinter Bens Wiege hinaus auf den kahlen Garten, in dem kein Hälmchen wuchs, weil wir kein Wasser zum Sprengen entbehren konnten. Dichtgedrängt in der Koppel sah ich die Ziegen, bewacht von Jack, der mit dem Rücken zur Scheunenwand auf einer Kiste hockte, das Gewehr griffbereit auf den Knien.

Wenn ich Ben nachts die Windeln wechsle, brabbelt er normalerweise ein wenig vor sich hin, bevor er wieder einschläft. Jetzt aber war er hellwach; vielleicht lag es an Stephanies Anwesenheit oder womöglich sogar an der Spannung, die in der Luft lag, seit Jack nach draußen gegangen war. Still, aber entschieden wehrte sich Ben gegen meine Versuche, ihn auf den Rücken zu legen. Er stand in seiner Wiege und schaute mit mir zum Fenster hinaus.

Ich wollte ihm gerade, ungeachtet der Einwände von Stephanie, eine Flasche warmmachen, als eine Katze über den Hof pirschte. Ein Kater auf Streifzug, dachte ich noch und wunderte mich über das trügerische Mondlicht, das alle vertrauten Umrisse zu vergrößern und zu verzerren schien.

Doch dann erkannte ich – denn so trügerisch konnte das Mondlicht gar nicht sein: Das Tier dort unten war dreimal so lang und so hoch wie ein ausgewachsener Kater. Sein Fell schimmerte wie Schwefel, und der Schwanz war über die Maßen lang und an der Spitze, die halb eingerollt dicht über den Boden entlangglitt, ebenso dick wie an der Wurzel.

Nur ja keine Panik, dachte ich und lief mit zitternden Knien ins Zimmer zurück, um die Flinte zu holen.

»Was ist los, Mutter?«

»Pssst«, sagte ich und trat wieder ans Fenster.

Ich hörte Stephanie aus dem Bett steigen und hoffte, daß sie beim Anblick des Berglöwen nicht zu schreien anfangen würde. Ben hielt sich am Seitenteil der Wiege fest und wippte vor Erregung auf und ab, ohne einen Laut von sich zu geben.

Das Tier war näher ans Haus herangeschlichen. Im Mondlicht funkelten die Augen wie dickes Milchglas. Warum nur merkte Jack nichts? Er hockte reglos und untätig im Hintergrund – eigentlich hätte er doch instinktiv spüren müssen, daß uns Gefahr drohte. Wieso hatte er den Eindringling noch nicht entdeckt? Ich wagte es nicht, nach ihm zu rufen, aus Angst, Jack würde womöglich hektisch reagieren und nicht umsichtig genug zielen. Wir am Fenster standen dicht über der Schußlinie. Und wie würde sich dann der Berglöwe verhalten? Darauf, daß Pumas feige sind, wollte ich mich nicht verlassen. Vielleicht war ausgerechnet dieses Exemplar eine Ausnahme von der Regel und besonders gierig auf zweijährige Kleinkinder. Vorsichtig schob ich den Flintenlauf über den Fenstersims.

Hinter mir schnappte Stephanie nach Luft; ich rechnete schon mit einem Schreikrampf. Mittlerweile schien auch Ben das Tier entdeckt zu haben, denn er hatte zu tanzen aufgehört und blickte stumm und aufmerksam nach draußen.

Ich versuchte, den Kopf der Raubkatze anzuvisieren, und wollte dann beide Läufe schnell nacheinander abfeuern, konnte aber die Waffe nicht ruhig halten, so sehr zitterte ich am ganzen Körper. Ich weiß nicht, ob mich Jagdfieber oder schiere Angst befallen hatte, jedenfalls war ich nicht in der Lage, abzudrücken.

»Laß mich, Mutter«, flüsterte Stephanie.

Sie nahm mir die Flinte aus den Händen und legte an. Der Berglöwe verharrte; eine seiner Tatzen schwebte in der Luft, die Schwanzspitze zuckte leicht hin und her, jetzt gab er ein perfektes Ziel ab. Ich sah zwar nicht, spürte aber deutlich, daß Stephanies Finger den Abzug berührte, und wartete auf den Schuß.

»Rrrrrr!« rief Ben, laut und gebieterisch. *»Rrrrrr! Rrrrrrr!«*

Nie hatte ich zuvor einen ähnlichen Laut von ihm gehört. Er klang furchtsam und dringlich, schien aber vor allem warnen zu wollen, und zwar vor einer großen, unmittelbaren Gefahr. Die große Katze richtete sich aus ihrer geduckten Haltung auf, neigte den Kopf zur Seite, fuhr mit dem Schwanz wie mit einer Sichel durch die Luft und sprang in weiten Sätzen davon. Als der Schuß endlich krachte, war von dem Tier nichts mehr zu sehen.

Wenig später kam Jack ins Schlafzimmer gestürzt. Ich hatte die Arme um meine Kinder geschlungen; zu dritt standen wir da und heulten, »laut genug, um sämtliche Tiere aus dem Tal zu jagen«, wie Jack befand. Über meine Bemerkung, daß Ben den Berglöwen gewarnt habe, machte er sich lustig und meinte: »Ich sagte doch, daß sie feige sind und sich von jedem Geräusch in die Flucht schlagen lassen. Ob man sie nun anbellt oder auf französisch anspricht, ist gehupft wie gesprungen.«

»Oh, Mama«, schluchzte Stephanie hysterisch. »Was redet er nur für wirres Zeug daher? Das ist doch Unsinn – warum denn französisch? Wir haben doch Ben, und der spricht Kätzisch. Oh, Mama ...«

Ich glaube, sie war zehn Jahre alt, als sie mich das letzte Mal ›Mama‹ genannt hatte und dann endgültig auf ›Mutter‹ übergegangen war. Ich tätschelte ihre Schulter, während Jack immer noch vor Wut schnaubte – zum einen, weil er uns eine Schußwaffe anvertraut hatte, zum anderen, daß er eingeschlafen war. Ben hörte zu weinen auf und tätschelte mich und seine große Schwester.

»Ma-ma«, sagte er.

Ich wußte, daß er von nun an nie mehr ein Katzenwort in den Mund nehmen würde.

LUCIUS SHEPARD

Der Pfad des Jaguars

Wegen der Schulden, die seine Frau bei Onofrio Esteves, dem Elektrohändler, gemacht hatte, sah sich Esteban Caax zum erstenmal seit knapp einem Jahr wieder gezwungen, in die Stadt zu gehen. Dabei war er ein Mann, der die Annehmlichkeiten des Landlebens über alles schätzte. Der beschauliche Tageslauf des Bauern gab ihm Kraft, und er empfand es als seine größte Freude, abends mit Freunden um ein Feuer zu sitzen und fröhlich zu plaudern oder nachts mit seiner Frau Incarnación zu schlafen. Puerto Morada dagegen, wo die Fruit Company das Sagen hatte, wo die Köter herumkläfften und aus den Cantinas amerikanische Musik plärrte, war ein Ort, den er wie die Pest mied. Und tatsächlich wirkten von seiner Hütte am Berg, dessen Hänge Bahía Onda nach Norden hin abschlossen, die verrosteten Blechdächer am Rande der Bucht wie die getrocknete Blutkruste, die man manchmal auf den Lippen eines Sterbenden sah.

An diesem besonderen Vormittag blieb ihm allerdings nichts anderes übrig, als in die Stadt zu gehen. Incarnación hatte ohne sein Wissen und auf Kredit bei Onofrio einen batteriebetriebenen Fernseher erstanden, und nun drohte der Händler damit, Estebans drei Milchkühe zu holen, falls er die achthundert Lempiras, die sie ihm schuldete, nicht bezahlte. Er weigerte sich, den Fernseher zurückzunehmen, hatte Esteban jedoch ausrichten lassen, daß er gewillt sei, über eine andere Form der Bezahlung mit ihm zu reden. Wenn Esteban die Kühe verlor, sank sein Einkommen unter das Existenzminimum, und dann war er wohl gezwungen, wieder seiner früheren Arbeit nachzugehen, die weit mehr Mühe machte als das Bauernleben.

Als er über den gewundenen Pfad zu Tal stieg, vorbei

an Hütten aus Stroh und Knüppelholz, die genauso aussahen wie seine eigene, durch dürres, bräunliches, von Bananenstauden überragtes Gestrüpp, da dachte er nicht an Onofrio, sondern an Incarnación. Der Leichtsinn war ihr angeboren, und das hatte er gewußt, als er sie heiratete; aber die Sache mit dem Fernseher war typisch für die Entfremdung, die eine immer tiefere Kluft zwischen ihnen schuf, seit die Kinder erwachsen waren. Es hatte damit angefangen, daß sie plötzlich vornehm tat und sich über Estebans bäuerliche Manieren lustig machte; inzwischen war sie die Anführerin einer Gruppe älterer Weiber, meist Witwen, die alle diesen Drang zum Höheren zeigten. Jeden Abend hockten sie um den Fernseher und versuchten sich gegenseitig mit scharfsinnigen Bemerkungen zu den amerikanischen Krimis zu übertrumpfen, die sie anschauten; und jeden Abend saß Esteban vor der Hütte und überlegte düster, was aus seiner Ehe geworden war. Er glaubte, daß Incarnacións Umgang mit den Witwen ein Fingerzeig für ihn sein sollte, ein Hinweis, daß sie es kaum noch erwarten konnte, den schwarzen Rock und den schwarzen Spitzenschal zu tragen, daß er ihr nun – da er seinen Zweck als Vater erfüllt hatte – im Wege stand. Obwohl sie erst einundvierzig war, drei Jahre jünger als Esteban, zog sie sich immer mehr von den Freuden der Sinne zurück. Sie schliefen nur noch selten miteinander. Sicher wollte sie damit auch ihren Ärger zum Ausdruck bringen, weil die Jahre es gut mit ihm gemeint hatten. Er sah aus wie einer der alten Patuca: hochgewachsen, mit scharfgemeißelten Zügen und weit auseinanderstehenden Augen. Seine Kupferhaut war praktisch noch ohne Falten, und sein Haar kohlschwarz. Bei Incarnación dagegen zeigten sich bereits graue Strähnen, und die klaren Linien ihres Körpers hatten sich unter Fettschichten aufgelöst. Er hatte nicht damit gerechnet, daß sie schön bleiben würde, und er hatte ihr klarzumachen versucht, daß er die Frau liebte, die sie war, und nicht nur das junge Mädchen, das sie gewesen war. Aber diese Frau in ihr erlosch allmählich, angesteckt von der gleichen Krankheit, die Puerto Morada befallen hatte, und vielleicht erlosch auch seine Liebe zu ihr.

Die staubige Gasse, in der sich der Elektroladen befand, verlief hinter dem Kino und dem Hotel Circo del Mar, und landeinwärts konnte Esteban die Glockentürme von Santa María del Onda über dem Hoteldach aufsteigen sehen wie die Hörner einer großen steinernen Schnecke. Als junger Mann hatte er dem Wunsch seiner Mutter nachgegeben, die ihn unbedingt als Priester sehen wollte. Drei Jahre hatte er im Kloster unter diesen Türmen verbracht und sich, angeleitet von Pater Gonsalvo, auf das Seminar vorbereitet. Es war der Teil seines Lebens, den er am meisten bereute, denn das akademische Wissen, das er sich angeeignet hatte, schien ihn zwischen zwei Welten zu werfen – er gehörte weder zu den Indianern noch zur modernen Gesellschaft der Weißen. In seinem Herzen hielt er an den väterlichen Lehren fest – den Grundsätzen der Magie, der Stammesgeschichte, den Natursagen –, und doch wurde er nie das Gefühl los, daß diese Weisheiten entweder abergläubisch oder schlicht unwichtig waren. Die Schatten der Türme lasteten auf seiner Seele wie auf dem gepflasterten Platz vor der Kirche, und ihr Anblick ließ ihn die Schritte beschleunigen und die Augen senken.

Weiter unten an der Straße stand die Cantina Atomica, ein Treffpunkt für die verwöhnten jungen Leute des Ortes, und gegenüber befand sich der Elektroladen, ein einstöckiges Haus in gelbem Stuck, mit Metallgitterläden, die nachts heruntergezogen wurden. Ein Wandgemälde, das vermutlich die Waren im Innern darstellen sollte, schmückte seine Fassade: blitzende Kühlschränke, Fernsehgeräte und Waschmaschinen, alle riesengroß im Vergleich zu den winzigen Männern und Frauen, die darunterstanden und ehrfürchtig die Hände in die Höhe reckten. Das eigentliche Warenangebot war längst nicht so imposant. Es bestand in der Hauptsache aus Radios und gebrauchten Küchenmaschinen. Wenige Leute in Puerto

Morada konnten sich mehr leisten, und diese wenigen kauften in der Regel anderswo ein. Onofrios Kundschaft war zumeist arm und hatte Mühe, die hohen Raten zu bezahlen. So gründete sich sein Wohlstand vor allem darauf, daß er den säumigen Zahlern die Geräte wieder abnahm und ein weiteres Mal verkaufte.

Raimundo Esteves, ein bleicher Jüngling mit feisten Backen, schweren Lidern und einem verdrießlichen Mund, lehnte an der Theke, als Esteban den Laden betrat. Raimundo grinste und stieß einen durchdringenden Pfiff aus. Ein paar Sekunden später tauchte sein Vater aus dem Hinterzimmer auf: ein klobiger Mann, der noch bleicher aussah als Raimundo. Schüttere graue Strähnen klebten auf dem fleckigen Schädel, und über seinem mächtigen Bauch spannte sich eine gestärkte *guayabera.* Strahlend streckte er die Hand aus.

»Wie schön, daß du kommst!« sagte er. »Raimundo! Bring uns Kaffee und zwei Stühle!«

So sehr Esteban diesen Onofrio verabscheute, er konnte es sich nicht leisten, ihn unhöflich zu behandeln. Deshalb nahm er die dargebotene Hand. Raimundo verschüttete Kaffee in die Untertassen, knallte die Stühle auf den Boden und machte ein finsteres Gesicht. Er fand es unter seiner Würde, einen Indianer zu bedienen.

»Weshalb läßt du mich den Fernseher nicht zurückgeben?« fragte Esteban, nachdem er Platz genommen hatte. Und er konnte sich den Zusatz nicht verkneifen: »Oder hast du es aufgegeben, mein Volk zu betrügen?«

Onofrio seufzte, als fände er es ermüdend, einem Schwachkopf wie Esteban diese Dinge zu erklären. »Ich betrüge dein Volk nicht. Ich gehe sogar über die Vertragsklauseln hinaus, wenn ich ihnen erlaube, die Waren zurückzubringen, anstatt gleich Klage bei Gericht zu erheben. In deinem Fall habe ich mir sogar überlegt, wie du den Fernseher behalten könntest, ohne die Raten fertig zu bezahlen. Das nennst du Betrug?«

Es war sinnlos, mit einem Mann zu diskutieren, dessen

Logik so einfach und zweckdienlich wie die von Onofrio war. »Sag, was du von mir willst!« meinte Esteban.

Onofrio befeuchtete seine Lippen, die wie rohes Mett aussahen. »Ich möchte, daß du den Jaguar von Barrio Carolina erlegst.«

»Ich jage nicht mehr«, entgegnete Esteban.

»Der Indianer hat Angst.« Raimundo war dicht hinter Onofrio getreten. »Ich wußte es doch.«

Onofrio scheuchte ihn weg und sagte zu Esteban: »Nun betrachte die Sache mal vernünftig! Wenn ich dir die Kühe wegnehme, bleibt dir gar nichts anderes übrig, als wieder auf Jaguarjagd zu gehen. Willigst du aber in meinen Plan ein, dann mußt du nur einen einzigen Jaguar töten.«

»Einen, der bis jetzt acht Jäger umgebracht hat.« Esteban setzte seine Tasse ab und erhob sich. »Es ist kein gewöhnlicher Jaguar.«

Raimundo lachte abfällig, und Esteban erdolchte ihn mit seinen Blicken.

»Sicher.« Onofrio setzte ein schmeichlerisches Lächeln auf. »Aber keiner der acht wandte deine Methode an.«

»Verzeihung, *Don* Onofrio«, entgegnete Esteban mit spöttischer Förmlichkeit. »Aber ich habe noch andere Dinge zu erledigen.«

»Ich erlasse dir die Schuld und zahle dir obendrein fünfhundert Lempiras«, sagte Onofrio.

»Warum?« wollte Esteban wissen. »Du nimmst es mir hoffentlich nicht übel, wenn ich an deiner wohltätigen Gesinnung zweifle?«

Eine Ader an Onofrios fettem Hals pochte, und sein Gesicht lief dunkel an.

»Aber egal«, fuhr Esteban fort. »Es ist zu wenig.«

»Also dann – tausend.« Onofrios gleichgültige Miene konnte über den Eifer in seiner Stimme nicht hinwegtäuschen.

Erstaunt und gespannt darauf, wie weit Onofrio in seiner Gier gehen würde, griff sich Esteban die nächstbeste Zahl aus der Luft. »Zehntausend«, sagte er. »Und im voraus.«

»Lächerlich! Dafür könnte ich zehn Jäger anheuern. Zwanzig!«

Esteban zuckte die Achseln. »Aber keinen mit meiner Methode.«

Einen Moment lang saß Onofrio da und rang die gefalteten Hände, als kämpfte er gegen eine fromme Anwandlung. »Also gut«, preßte er schließlich hervor. »Zehntausend.«

Plötzlich dämmerte Esteban, weshalb Onofrio so sehr an dem Jaguar von Barrio Carolina gelegen war, und er begriff, daß sein Lohn im Vergleich zu dem Gewinn, der dabei herausschaute, armselig gering erschien. Aber er war besessen von dem Gedanken, was zehntausend Lempiras für ihn bedeuteten: eine Herde Kühe, einen Kleinlaster, mit dem er seine Waren auf den Markt fahren konnte, oder – und diese Aussicht war das Verlockendste von allem – das kleine Stuckhaus im Barrio Clárin, in das sich Incarnación verliebt hatte. Vielleicht würde dieser Besitz sie wieder zugänglicher machen. Er bemerkte, daß Raimundo ihn mit einem wissenden Grinsen anstarrte; und selbst Onofrio, der immer noch wütend über die hohe Lohnforderung war, strahlte eine gewisse Zufriedenheit aus. Er rückte die *guayabera* zurecht und klatschte das ohnehin glatte Haar noch glatter an den Kopf. Esteban fühlte sich erniedrigt, weil sie ihn kaufen konnten, und um zumindest einen Rest von Würde zu wahren, wandte er sich ab und ging zur Tür.

»Ich werde darüber nachdenken«, meinte er lässig über die Schulter. »Und ich gebe euch morgen Bescheid.«

›Mordkommando in New York‹ mit einem glatzköpfigen amerikanischen Schauspieler in der Hauptrolle war an diesem Abend die Attraktion des Fernsehprogramms, und die Witwen saßen mit überkreuzten Beinen auf dem Fußboden und füllten die Hütte so vollständig aus, daß Incarnación das Holzkohle-Öfchen und die Hängematte nach draußen geschafft hatte, damit auch die Zuspätgekommenen noch etwas sahen. Als Esteban in der Tür stand, hatte er das Gefühl, daß ein Schwarm großer schwarzer Vögel sein Heim überfallen hatte, die nun mit umhüllten Köpfen dahockten und finstere Befehle aus dem Innern eines grauflackernden Edelsteins empfingen. Zögernd ging er durch die Schar und bahnte sich einen Weg zu den Regalen, die hinter dem Fernsehgerät an der Wand befestigt waren. Er griff ins oberste Fach und holte ein langes, in ölbefleckte Zeitungen gewickeltes Paket herunter. Aus dem Augenwinkel sah er, daß Incarnación ihn beobachtete, mit schmalen, zu einem Lächeln verzogenen Lippen, und dieses Zerrbild eines Lächelns brannte sich wie ein Mal in Estebans Herz ein. Sie wußte, was er vorhatte, und sie freute sich darüber! Nicht die Spur von Besorgnis! Vielleicht hatte sie von Onofrios Plan, den Jaguar zu töten, gewußt, vielleicht hatte sie sogar mit Onofrio zusammengearbeitet, um ihn in die Falle zu locken. Er rauschte so wütend an den Witwen vorbei, daß sie zu tuscheln anfingen, wanderte hinaus in seine Bananenpflanzung und setzte sich dort auf einen Stein. Die Nacht war wolkenverhangen, und nur eine Handvoll Sterne zeigten sich zwischen den dunklen Blattfetzen, die im Winde raschelten. Er hörte eine seiner Kühe muhen und sog den kräftigen Stallgeruch ein. Ihm war, als sei die feste Grundlage seines Lebens auf diese Einzeleindrücke geschrumpft, und er spürte große Bitterkeit bei dem Gedanken an seine Isolation. Sicher hatte er in seiner Ehe so manches falsch gemacht, aber er konnte sich einfach nicht erklären, womit er Incarnacións haßerfülltes Lächeln verdient hatte.

Nach einer Weile löste er die Zeitungen von dem Bündel und holte eine dünngeschliffene Machete hervor, von der gleichen Art, wie er sie zum Kappen der Bananenstauden benutzte. Aber diese hier diente ihm als Waffe gegen den Jaguar. Als er sie in der Hand hielt, überkam ihn neues Selbstvertrauen und ein Gefühl der Stärke. Es war vier Jahre her, seit er zum letztenmal gejagt hatte, aber er wußte, daß nichts von seiner Geschicklichkeit verlorengegangen war. Früher hatte man ihn als den größten Jäger der Provinz Nueva Esperanza bezeichnet, wie seinen Vater vor ihm, und er hatte die Jagd nicht aufgegeben, weil er zu alt oder zu schwach wurde, sondern weil die Jaguare schön waren und weil ihre Schönheit mit der Zeit mehr Gewicht bekam als die Gründe, die er für seine Jagd anführen konnte. So gab es für ihn auch keinen besseren Grund, den Jaguar von Barrio Carolina zu töten. Er bedrohte nur jene, die ihm nachstellten, die in sein Revier einzudringen versuchten, und sein Tod nützte niemandem außer einem ehrlosen Krämer und einem zänkischen Weib; er würde im Gegenteil die Pest von Puerto Morada weiter ausbreiten. Außerdem war es ein schwarzer Jaguar.

»Schwarze Jaguare«, hatte sein Vater ihm erklärt, »sind Geschöpfe des Mondes. Sie besitzen andere Eigenschaften und dienen magischen Zwecken, die wir nicht begreifen. Jage niemals einen schwarzen Jaguar!«

Sein Vater hatte nicht gesagt, daß die schwarzen Jaguare auf dem Mond lebten, sondern nur, daß sie seine Kraft nutzten; aber als Kind hatte Esteban von einem Mond mit Elfenbeinwäldern und Silberwiesen geträumt, durch die sich die Jaguare schlängelten wie schwarzes Wasser; und als er seinem Vater von den Träumen erzählte, hatte der gemeint, daß solche Träume das Abbild einer Wahrheit seien und daß er früher oder später erkennen würde, welche Wahrheit ihnen zugrunde lag. Esteban hatte nie aufgehört, an diese Träume zu glauben, auch nicht, als er in den Wissenschaftsprogrammen in Incarnacións Fernsehgerät die Aufnahmen der felsigen, luftleeren Landschaften sah: Jener Mond, seiner Geheimnisse beraubt, war nur ein weniger aufschlußreicher Traum, in dem Tatsachen festgestellt und die Realität auf das reine Wissen reduziert wurden.

Aber während er das dachte, erkannte Esteban plötzlich, daß er mit dem Erlegen des Jaguars alle seine Probleme lösen könnte: Wenn er sich von den Lehren seines Vaters losmachte, wenn er seine Träume, seine indianische Weltanschauung erstickte, dann gelang es ihm vielleicht, sich dem Standpunkt seiner Frau anzugleichen. Er stand schon zu lange zwischen den beiden Welten, und es wurde Zeit, daß er seine Wahl traf. Außerdem gab es keine echte Entscheidungsfreiheit. Er lebte in dieser Welt, nicht in der Welt der Jaguare; wenn ein Zauberwesen sterben mußte, damit er den Fernseher, die Kinobesuche und ein Stuckhaus im Barrio Clárin als Segen betrachten lernte, dann war diese Methode eben die richtige. Er schwang die Machete, durchschnitt die dunkle Luft und lachte. Incarnacións Leichtsinn, sein Jagdgeschick, Onofrios Habgier, der Jaguar, das Fernsehgerät ... all diese Dinge waren so eng miteinander verflochten wie die Elemente einer Zauberformel, die ihn dazu brachte, der alten Magie abzuschwören und den nüchternen Doktrinen anzuhängen, die Puerto Morada ins Verderben geführt hatten. Er lachte wieder, aber gleich darauf schalt er sich: Es war genau diese Denkweise, die er auszurotten gedachte.

Esteban weckte Incarnación früh am nächsten Morgen und zwang sie, ihn hinunter zum Elektroladen zu begleiten. Die Machete steckte in einer Scheide an seinem Gürtel, und er trug einen Rupfensack, der Essen und die Kräuter enthielt, die er für seine Jagd brauchen würde. Incarnación stapfte neben ihm her, schweigend, das Gesicht unter einem Schal verborgen. Als sie das Geschäft betraten, zwang Esteban Onofrio, den Stempel BEZAHLT unter die Rechnung zu setzen. Dann übergab er Incarnación die Rechnung und das Geld.

»Wenn ich den Jaguar töte oder von ihm getötet werde, gehört das alles dir«, sagte er grob. »Sollte ich binnen einer Woche nicht zurückkehren, dann kannst du annehmen, daß ich nie mehr komme.«

Sie wich einen Schritt zurück, und auf ihren Zügen spiegelte sich Besorgnis, als habe sie ihn in einem neuen Licht gesehen und die Folgen ihres Handelns begriffen. Aber sie tat nichts, um ihn zurückzuhalten, als er sich umdrehte und hinausging.

Auf der anderen Straßenseite lehnte Raimundo Esteves an der Mauer der Cantina Atomica und schäkerte mit zwei Mädchen in Jeans und Rüschenblusen. Die Mädchen schnippten mit den Fingern und tanzten zu den Klängen der Musik, die aus der Cantina drang, und für Esteban waren sie fremdartiger als das Geschöpf, auf dessen Fährte er sich begeben wollte. Raimundo erspähte ihn und wisperte den Mädchen etwas zu. Sie warfen einen Blick nach hinten und lachten. Esteban, bereits gereizt durch Incarnacións Verhalten, spürte, wie eine kalte Wut in ihm hochstieg. Er überquerte die Straße, eine Hand auf den Machetegriff gelegt, und starrte Raimundo an. Ihm war bis dahin nie aufgefallen, wie schlapp der Junge war, wie hohl und rückgratlos. Pickel bedeckten seine Kinnpartie, die feisten Wangen zeigten winzige Löcher, wie von einem Silberhammer gepunzt, und seine Augen huschten zwischen den Mädchen hin und her, weil er Estebans Blick nicht standhalten konnte.

Estebans Zorn wich Ekel. »Ich bin Esteban Caax«, sagte er. »Ich habe mit eigenen Händen ein Haus gebaut, meinen Acker bestellt und vier Kinder großgezogen. Heute werde ich den Jaguar von Barrio Carolina erlegen, damit ihr beide, dein Vater und du, noch fetter werdet, als ihr bereits seid.« Er musterte Raimundo von oben bis unten und fügte verächtlich hinzu: »Und wer bist du?«

Raimundos verquollenes Gesicht verkrampfte sich zu einer Haßgrimasse, aber er gab keine Antwort. Die Mädchen tanzten prustend durch die Tür der Cantina. Esteban konnte hören, wie sie die Geschichte drinnen erzählten. Johlen und Lachen. Er starrte Raimundo immer noch an. Ein paar andere Mädchen streckten unter Gekicher und Gewisper die Köpfe zur Tür heraus. Nach kurzer Zeit machte Esteban auf dem Absatz kehrt und ging. Hinter ihm brach nun ein ungehemmtes Gelächter los, und ein Mädchen rief spöttisch: »Raimundo? Wer bist du?« Andere Stimmen fielen ein, und bald wurde ein Gesang daraus.

Barrio Carolina war eigentlich kein Stadtteil von Puerto Morada. Es lag noch hinter Punta Manabique, an der südlichsten Spitze der Bucht. Es besaß einen Palmensaum und den herrlichsten Strand der ganzen Provinz, einen weißen Sandbogen, der in jadegrünes, seichtes Wasser überging. Vor vierzig Jahren hatte sich hier das Versuchsgut der Fruit Company befunden, ein Projekt von so gewaltigem Ausmaß, daß an Ort und Stelle eine richtige kleine Siedlung entstanden war: Reihen weißer Holzhäuser mit Schindeldächern und schattigen Veranden, eine ländliche Idylle, wie man sie sonst nur aus amerikanischen Zeitschriften kannte. Die Gesellschaft hatte getönt, das Projekt sei richtungweisend für das ganze Land, und sie hatte versprochen, ertragreiche Pflanzenarten zu entwickeln, welche der Gefahr einer Hungersnot ein für allemal ein Ende bereiten sollten. Aber im Jahre 1947 war eine Cholera-Epidemie an der Küste ausgebrochen, und man hatte die Siedlung geräumt. Mit der Zeit hatte sich zwar die Angst vor der Cholera gelegt, aber die Fruit Company mischte inzwischen kräftig in der Landespolitik mit und hatte es nicht mehr nötig, sich ein wohltätiges Image zu verschaffen. Man hatte das Projekt fallengelassen und sich nicht mehr um das riesige Gelände gekümmert, bis es – im gleichen Jahr, da sich Esteban von der Jagd zurückzog – von einer Planungsfirma erstanden wurde, die darauf eine große Feriensiedlung errichten wollte. Genau zu diesem Zeitpunkt war der Jaguar aufgetaucht. Zwar hatte er keinen der Arbeiter getötet, die Leute aber so in Angst und Schrecken versetzt, daß sie sich weigerten, auch nur einen Finger zu rühren. Daraufhin waren Jäger ausgeschickt worden, doch die hatte der Jaguar getötet. Der letzte Trupp war mit Automatikgewehren und allen möglichen technischen Hilfsmitteln ausgerüstet gewesen; aber der Jaguar hatte einen Mann nach dem anderen erwischt, und danach war auch dieses Projekt eingeschlafen. Seit kurzem ging das Gerücht, daß die Firma das Land wieder verkauft habe (Esteban wußte nun, an wen!) und daß erneut der Bau einer Ferienanlage im Gespräch sei.

Der Weg von Puerto Morada war heiß und ermüdend, und als Esteban ankam, setzte er sich unter eine Palme und aß eine Handvoll kalter Bananenscheiben in Backteig. Wellenkämme so weiß wie Zahnpasta rollten ans Ufer, und nirgends lag der Abfall der Zivilisation herum, nichts außer Palmwedeln, Treibholz und Kokosnüssen. Der Dschungel hatte alles bis auf vier Häuser überwuchert, und auch diese vier waren nur teilweise zu erkennen. Sie wirkten wie schimmlige Tore in einer schwarzgrünen Vegetationsmauer. Selbst im hellen Sonnenschein machten sie einen gespenstischen Eindruck: Die Trennwände waren zerfetzt, die Bretter grau verwittert, und von den Fassaden hingen Kletterpflanzen. Ein Mangobaum hatte eine der Terrassen erobert, und wilde Papageien fraßen seine Früchte. Esteban hatte den Barrio seit seiner Kindheit nicht mehr gesehen: Damals hatten ihn die Ruinen geängstigt, heute dagegen fand er sie reizvoll, da sie Zeugnis ablegten vom Sieg der Naturgesetze. Es bekümmerte ihn, daß er dazu beitragen würde, all dies in einen Ort zu verwandeln, wo die Papageien an Sitzstangen gekettet waren und die Jaguare nur noch als Tischdeckenmuster auftauchten; in einen Ort der Swimming-pools und der Touristen, die ihre Getränke aus Kokosnußschalen schlürften. Dennoch begann er nach dem Essen den Dschungel zu durchstreifen, und er entdeckte bald einen Pfad, den der Jaguar benutzte: eine schmale Fährte, die sich etwa eine halbe Meile zwischen den lianenverhangenen Häusergerippen hinwand und am Rio Dulce endete. Der Fluß, der die Dschungelwand durchschnitt, war von einem trüberen Grün als das Meer. Die Spuren des Jaguars zeigten sich überall entlang des Ufers, besonders ausgeprägt jedoch auf einem Grasbuckel, der etwa zwei Meter über das Wasser aufragte. Das machte Esteban stutzig. Der Jaguar konnte an dieser Stelle nicht trinken, und ganz sicher würde er hier nicht schlafen. Er sann eine Weile darüber nach, kehrte dann aber achselzuckend an den Strand zurück, und da er in dieser Nacht Wache halten wollte, legte er sich unter die Palmen und schloß die Augen.

Einige Stunden später – der halbe Nachmittag war um – weckte ihn eine Stimme. Eine hochgewachsene, schlanke Frau mit kupferfarbener Haut kam auf ihn zu. Ihr Kleid hatte den dunkelgrünen Farbton des Dschungels und war so knapp geschnitten, daß es ihren Brustansatz freigab. Zwar glaubte Esteban das Erbe der Patucas in ihrem Gesicht zu erkennen, aber die Züge waren viel feiner gemeißelt als bei den Frauen seines Stammes. Fast schien es, als trage die Fremde eine kunstvolle Maske – die Wangen zu zarten Höhlen geschliffen, die Lippen voll geformt, die Brauen eine Einlegearbeit aus stilisierten Elfenbeinfedern und Augen aus schwarzem und weißem Onyx –, der man am Ende einen Hauch von Menschlichkeit verliehen hatte. Ein feiner Schweißschimmer bedeckte ihre Brüste, und eine einzige schwarze Haarlocke fiel so raffiniert auf ihre Schulter, daß sie wie absichtlich an diese Stelle drapiert wirkte. Die Frau kniete neben ihm nieder und starrte ihn unbewegt an; und Esteban war verwirrt von der heißen Woge ihrer Sinnlichkeit. Die Meeresbrise trug ihm ihren Duft entgegen, eine süße Ausdünstung, die ihn an sonnengereifte Mangos denken ließ.

»Ich bin Esteban Caax«, sagte er, und schmerzhaft drang ihm der eigene Schweißgeruch in die Nase.

»Ich habe von dir gehört«, entgegnete sie. »Der Jaguarjäger. Bist du gekommen, um den Jaguar im Barrio zu töten?«

»Ja«, gestand er und schämte sich für die Antwort.

Sie nahm eine Handvoll Sand auf und ließ ihn nachdenklich durch die Finger rieseln.

»Wie heißt du?« wollte er wissen.

»Das erfährst du noch, falls wir Freunde werden«, erklärte sie. »Warum mußt du den Jaguar töten?«

Er erzählte ihr von dem Fernsehgerät, und dann schilderte er zu seinem eigenen Erstaunen die Probleme, die er mit Incarnación hatte, und den Versuch, sich ihrer Lebensweise anzupassen. Solche Themen waren nicht für die Ohren einer Fremden bestimmt, und doch drängte ihn etwas, ihr Vertrauen zu erringen. Unbestimmt fühlte er sich zu ihr hingezogen, und das brachte ihn dazu, seine Ehe schlimmer zu schildern, als sie war, denn obwohl er Incarnación nicht ein einziges Mal betrogen hatte, hätte er jetzt die Gelegenheit begrüßt, es zu tun.

»Es ist ein schwarzer Jaguar«, sagte sie. »Sicher weißt du, daß das keine gewöhnlichen Tiere sind, daß sie Teil eines Planes sind, in den wir nicht eingreifen dürfen.«

Esteban war verblüfft, die Worte seines Vaters aus ihrem Munde zu hören, aber er tat das als Zufall ab und erwiderte: »Vielleicht. Aber dieser Plan hat nichts mit mir zu tun.«

»O doch!« widersprach sie. »Du ziehst es nur vor, deine Augen zu verschließen.« Wieder nahm sie eine Handvoll Sand. »Wie willst du das schaffen? Du hast kein Gewehr. Nur eine Machete.«

»Und dies hier!« Er holte ein kleines Kräuterpäckchen aus seinem Sack und reichte es ihr.

Sie öffnete es und roch daran. »Kräuter? Du hast die Absicht, den Jaguar mit Drogen zu berauschen?«

»Nicht den Jaguar – mich!« Er nahm das Päckchen wieder an sich. »Die Kräuter verlangsamen den Herzschlag und lassen den Körper wie tot erscheinen. Sie führen eine Trance herbei, aber eine, die man im Nu wieder abschütteln kann. Wenn ich sie gekaut habe, lege ich mich an einer Stelle nieder, die der Jaguar auf seiner nächtlichen Jagd passieren muß. Er wird mich für tot halten, aber erst mit dem Fressen beginnen, wenn er sich vergewissert hat, daß mein Geist den Körper verlassen hat. Um dies festzustellen, wird er sich auf meinen Körper setzen, weil er so am besten spürt, wann der Geist aufsteigt. Sobald er dicht über mir ist, werde ich die Trance abschütteln und ihm die Machete zwischen die Rippen stoßen. Wenn meine Hand ruhig bleibt, ist er sofort tot.«

»Und wenn sie zittert?«

»Ich habe fast fünfzig Jaguare getötet«, sagte er. »Ich fürchte mich nicht mehr vor einer unruhigen Hand. Die Methode geht in unserer Familie vom Vater auf den Sohn über und stammt noch von den alten Patucas. Soviel ich weiß, hat sie nie versagt.«

»Aber ein schwarzer Jaguar ...«

»Ob schwarz oder gefleckt – das macht keinen großen Unterschied, Jaguare sind Geschöpfe des Instinkts, und einer ist wie der andere, wenn es ums Fressen geht.«

»Nun«, meinte sie, »Glück kann ich dir nicht wünschen, aber ich will auch nicht, daß dir etwas Böses zustößt.« Sie erhob sich und klopfte den Sand aus ihrem Kleid.

Er wollte sie bitten, bei ihm zu bleiben, aber der Stolz verbot es ihm, und sie lachte, als könnte sie seine Gedanken lesen.

»Vielleicht sehen wir uns wieder, Esteban«, sagte sie. »Es wäre schade, wenn nicht, denn zwischen uns liegt mehr, als wir heute ausgesprochen haben.«

Sie wanderte rasch den Strand entlang, bis sie nur noch eine kleine schwarze Gestalt war, die im Hitzeflimmern verschwand.

Als Esteban an diesem Abend nach einem guten Platz für seine Nachtwache suchte, stemmte er die Gittertür an einem der Häuser auf, die zum Strand hin lagen, und machte es sich auf der Veranda bequem. Chamäleons huschten in die Ecken, und ein Leguan glitt raschelnd von einem rostigen, in Spinnweben gehüllten Gartenstuhl, um gleich darauf durch ein Loch im Boden zu schlüpfen. Das Innere des Hauses war dunkel und bedrohlich; nur im Bad fehlte das Dach, und graugrünes Dämmerlicht sickerte durch das Lianengewirr in den Raum. In der gesprungenen Toilettenschüssel hatte sich Regenwasser gesammelt; darin schwammen tote Insekten. Unbehaglich kehrte Esteban auf die Veranda zurück, säuberte den Gartenstuhl und nahm darauf Platz.

Weit draußen am Horizont verschmolzen Himmel und Meer zu einem grausilbernen Dunstschleier. Der Wind hatte sich gelegt, und die Palmen wirkten reglos wie Statuen. Eine Kette von Pelikanen, die dicht über den Wellen dahinzog, schien einen Satz aus rätselhaften schwarzen Silben zu formen. Aber die düstere Schönheit der Landschaft drang nicht in sein Inneres. Er mußte unaufhörlich an die Frau denken. Das Schwingen ihrer Hüften unter dem Stoff des Kleides, als sie sich von ihm entfernte, kam ihm immer wieder in den Sinn, und sobald er seine Aufmerksamkeit den Problemen des Augenblicks zuwenden wollte, wurde die Erinnerung noch stärker. Er sah sie nackt vor sich, sah das Spiel ihrer Schenkelmuskeln, und das entflammte ihn so, daß er auf und ab zu gehen begann, ohne darauf zu achten, daß die knarrenden Bretter seine Anwesenheit verrieten. Er konnte die starke Wirkung, die sie auf ihn ausübte, nicht begreifen. Vielleicht, dachte er, weil sie den Jaguar verteidigt hatte, weil sie ihm ins Gedächtnis gerufen hatte, was er alles aufgeben wollte … und dann senkte sich die Erkenntnis auf ihn nieder wie ein eiskaltes Tuch.

Im Volksglauben der Patucas war verankert, daß ein Mensch, der einen einsamen, unvermuteten Tod erleiden sollte, von einem Todesboten besucht wurde, der ihn – anstelle von Verwandten oder Freunden – auf das Ereignis vorbereitete. Und Esteban war nun völlig sicher, daß die Frau eine solche Botin gewesen war, daß ihre Verführungskunst darauf abgezielt hatte, seine Seele auf den bevorstehenden Tod hinzuweisen. Er lehnte sich im Gartenstuhl zurück, wie betäubt von dem Gedanken. Ihr Wissen um die Worte seines Vaters, der eigenartige Beiklang ihres Gesprächs, ihre Andeutung, daß mehr zwischen ihnen lag – das alles fügte sich nahtlos in den alten Indianerglauben. Der Mond zog als Dreiviertelscheibe herauf und streute Silber auf den Sand des Barrio, und immer noch saß Esteban wie erstarrt da, festgewurzelt in seiner Todesangst.

Er betrachtete den Jaguar bereits ein paar Sekunden, ehe ihm seine Gegenwart überhaupt zu Bewußtsein kam. Zuerst schien es, als sei ein Fetzen des Nachthimmels in den Sand gefallen und werde dort von einer launischen Brise umhergeblasen. Aber bald erkannte er, daß es der Jaguar war, der geduckt dahinschlich, als verfolge er eine Beute. Plötzlich sprang er hoch in die Luft, drehte sich, schnellte herum und begann den Strand entlangzurennen – eine Schleife schwarzen Wassers, das über den Silbersand floß. Esteban hatte noch nie zuvor einen Jaguar im Spiel beobachtet, und das allein war Grund zur Verwunderung; was ihn aber am meisten verwunderte, war die Tatsache, daß sich hier seine Kindheitsträume verwirklichten. Er hätte ebensogut auf eine Silberwiese des Mondes starren und eines der dort lebenden Zaubergeschöpfe betrachten können. Seine Furcht zerbröckelte bei dem Anblick, und wie ein Kind drückte er die Nase ans Gitter, sperrte die Augen weit auf und bemühte sich, nicht einen einzigen Moment zu versäumen.

Schließlich schien der Jaguar müde vom Herumtollen und kam über den Strand auf den Dschungel zu. An seiner Ohrenstellung und dem zielbewußt schwingenden Gang erkannte Esteban, daß er sich nun auf die Jagd begab. Unter einer Palme, etwa zwanzig Schritte vom Haus entfernt, blieb er stehen, hob den Kopf und sog prüfend die Luft ein. Mondlicht sickerte durch die Palmwedel, ließ seine Flanken schimmern wie Wasser; seine gelbgrün funkelnden Augen waren wie Gucklöcher in eine grelle Welt des Feuers. Die Schönheit des Jaguars war herzzerreißend – die Verkörperung eines Perfektionsprinzips –, und Esteban, der diese Schönheit mit der flabbigen Blässe seines Auftraggebers verglich, mit dem Prinzip der Häßlichkeit, das ihn gezwungen hatte, sich zu dieser Tat anheuern zu lassen, bezweifelte, daß er sich je dazu würde überwinden können, den Jaguar zu erlegen.

Die Frage ging ihm den ganzen nächsten Tag im Kopf herum. Er hatte gehofft, die Frau würde wiederkommen, denn er glaubte nun nicht mehr, daß sie eine Botin des Todes war – diesen Gedanken hatte ihm wohl die unheimliche Atmosphäre des Barrio eingeflößt –, und er ahnte, daß er sich von ihr überreden ließe, falls sie noch einmal die Partei des Jaguars ergriff. Aber sie tauchte nicht auf, und als er am Strand saß und zusah, wie die Abendsonne durch orangerote und violette Wolkenschichten tiefer sank, bis das Meer glühte und funkelte, da begriff er aufs neue, daß er keine Wahl hatte. Ob der Jaguar nun schön war oder nicht, ob die Fremde ihm eine Botschaft aus dem Jenseits bringen sollte oder nicht – er mußte diese Dinge behandeln, als spielten sie nicht die geringste Rolle. Der Sinn seiner Jagd bestand ja gerade darin, Hysterien dieser Art zu verleugnen, und er hatte sein Ziel unter dem Einfluß alter Träume aus den Augen verloren.

Er wartete bis zum Mondaufgang, ehe er die Kräuter zu sich nahm, und legte sich dann unter die Palme, wo der Jaguar in der Nacht zuvor Rast gemacht hatte. Eidechsen wisperten in den Gräsern, und Sandflöhe sprangen ihm ins Gesicht. Er spürte sie kaum, da die Kräuter zu wirken begannen und er immer tiefer in Mattigkeit versank. Die Palmwedel, die im Mondlicht ein aschfahles Grün zeigten, raschelten und wiegten sich, und die Sterne zwischen ihren gefiederten Rändern flimmerten heftig, als würde die Brise ihre Flammen fächerförmig ausbreiten. Er wurde eins mit der Landschaft, schmeckte die Gerüche von Salzwasser und fauligem Laub, die vom Strand herüberwehten, ließ sich mit ihnen treiben. Als er jedoch den weichen Schritt des Jaguars vernahm, war er sofort hellwach. Durch zusammengekniffene Lider sah er ihn ein Dutzend Schritte entfernt sitzen, ein mächtiger Schatten, der den Hals in seine Richtung reckte und seine Witterung aufnahm. Gleich darauf begann er den Jäger zu umkreisen, schnürte ihn mit immer engeren Zirkeln ein, und wann immer er aus Estebans Blickfeld verschwand, mußte er ein Prickeln der Angst unterdrücken. Und dann trug ihm der Wind von der Küste her den Geruch des Raubtiers zu.

Ein süßes, schweres Aroma, das ihn an sonnengereifte Mangos denken ließ.

Angst quoll in ihm auf, und er versuchte sie zu verdrängen, sich einzureden, daß der Geruch nicht das sein konnte, was er glaubte. Der Jaguar knurrte, ein messerscharfer Laut, der die Harmonie von Wind und Brandung zerschlitzte, und in der Erkenntnis, daß der Jaguar seine Furcht gerochen hatte, sprang Esteban hoch und schwang die Machete. In einem Strudel von Eindrücken sah er den Jaguar zurückschnellen. Er schrie auf, schwang erneut die Machete und rannte dann auf das Haus zu, in dem er die Nacht zuvor seine Wache gehalten hatte. Er glitt durch die Tür und stolperte in den vorderen Raum. Hinter ihm ertönte ein Krachen, und als er sich umdrehte, sah er einen Moment lang eine massige schwarze Form, die in einem mondhellen Gewirr aus Lianen und zerbrochenen Holzrahmen zappelte. Sofort stürzte er ins Bad, setzte sich mit dem Rücken zur Toilettenschüssel und stemmte beide Füße gegen die Tür.

Das Toben des Jaguars verstummte, und einen Moment lang glaubte er, das Tier habe aufgegeben. Der Schweiß floß ihm in kalten Rinnsalen die Rippen entlang; sein Herz hämmerte. Er horchte mit angehaltenem Atem, und es schien, als halte außer ihm die ganze Welt den Atem an. Die Stimmen des Windes, der Brandung und der Insekten vereinigten sich zu einem schwachen Brodeln. Das Mondlicht warf einen fahlen Glanz durch das Schlingpflanzengeflecht über seinem Kopf, und ein Chamäleon saß neben der Tür, erstarrt inmitten von Tapetenfetzen. Er stieß einen Seufzer aus und wischte sich den Schweiß aus den Augen. Er schluckte.

Dann explodierte die obere Türfüllung, zerschmettert von einer schwarzen Tatze. Morsche Holzsplitter flogen ihm ins Gesicht, und er schrie auf. Der schlanke Keil der Jaguarschnauze schob sich mit Gebrüll durch die Öffnung. Ein Tor aus schimmernden Fängen vor einem samtigen roten Schlund. Halb gelähmt, fuchtelte Esteban kraftlos mit der Machete herum. Der Jaguar zog sich zurück, zwängte eine Pfote durch das Loch und krallte nach seinem Bein. Mehr zufällig als absichtlich traf er das Tier mit der Klinge, und die Pfote verschwand. Er hörte ein Poltern im vorderen Raum und Sekunden später ein schweres Klatschen gegen die Wand in seinem Rücken. Der Kopf des Jaguars erschien über ihm; er umklammerte mit den Vorderpfoten den Mauerrand und versuchte einen Halt zu finden, von dem er sich abstoßen konnte. Esteban rappelte sich hoch und schlug mit dem Buschmesser um sich. Lianen zerfetzten. Der Jaguar ließ sich heulend zurückfallen. Eine Zeitlang strich er an der Mauer entlang und knurrte leise. Dann herrschte Stille.

Als das erste Sonnenlicht durch die Schlingpflanzen fiel, verließ Esteban das Haus und wanderte den Strand entlang nach Puerto Morada. Er ging mit gesenktem Kopf, verzweifelt, und dachte über die düstere Zukunft nach, die ihn erwartete, wenn er Onofrio das Geld zurückgab: das endlose Streben, einer immer bösartigeren Incarnación zu gefallen, die Jagd auf immer armseligere Jaguare, die immer weniger Geld einbrachten. Die Niedergeschlagenheit hielt ihn so im Bann, daß er die Frau erst bemerkte, als sie ihn anrief. Sie lehnte etwa zehn Meter entfernt an einer Palme und trug ein dünnes weißes Kleid, durch das er ihre dunklen Brustwarzen erkennen konnte. Er zog seine Machete und wich einen Schritt zurück.

»Weshalb hast du Angst vor mir, Esteban?« fragte sie und kam auf ihn zugeschlendert.

»Du hast mir das Geheimnis meiner Jagderfolge entlockt und mich dann umzubringen versucht«, sagte er. »Ist das kein Grund zur Angst?«

»Ich kannte in jener Gestalt weder dich noch deine Methode. Ich wußte nur, daß du mich erlegen wolltest. Aber nun ist die Jagd zu Ende, und wir können wie Mann und Frau sein.«

Er hielt die Machete abwehrend vor sich. »Was bist du?« fragte er.

Sie lächelte. »Ich heiße Miranda und gehöre zum Volk der Patuca.«

»Die Patucas besitzen weder schwarzes Fell noch Fänge.«

»Ich gehöre zum alten Volk der Patuca«, erklärte sie. »Wir haben diese Macht.«

»Bleib mir fern!« Er hob die Machete, als wollte er zustoßen, und sie hielt ein kleines Stück außerhalb seiner Reichweite an.

»Du kannst mich töten, wenn das dein Wunsch ist, Esteban.« Sie breitete die Arme aus, und ihre Brüste preßten sich gegen den Stoff des Kleides. »Du bist im Moment stärker als ich. Aber hör mich zuerst an!«

Er senkte die Machete nicht, aber seine Furcht und sein Zorn wichen einem sanfteren Gefühl.

»Vor langer Zeit«, begann sie, »gab es einmal einen großen Heiler, der voraussah, daß die Patucas eines Tages ihren Platz in der Welt verlieren würden, und so öffnete er mit Hilfe der Götter ein Tor in eine andere Welt, wo der Stamm weiterleben und gedeihen konnte. Aber viele Stammesmitglieder hatten Angst und wollten ihm nicht nachfolgen. So steht das Tor seit damals offen für alle, die nachkommen wollen.« Sie umfaßte mit einer Geste die Häuserruinen. »Das Tor befindet sich im Barrio Carolina, und der Jaguar ist sein Wächter. Aber bald werden die Seuchen dieser Welt den Barrio überschwemmen, und dann müssen wir das Tor für immer schließen. Unsere Jagd ist zwar zu Ende, aber es wird stets Jäger und stets Habgier geben.« Sie trat einen Schritt näher. »Wenn du dem Klang deines Herzens lauschst, wirst du wissen, daß ich die Wahrheit spreche.«

Er glaubte ihr halb, aber er hatte zugleich das Gefühl, daß ihre Worte eine härtere Wahrheit beschönigten. Eine Wahrheit, die in das andere Leben paßte wie seine Machete in die Scheide.

»Was ist?« fragte sie. »Was beunruhigt dich noch?«

»Ich glaube, daß du gekommen bist, um mich auf den

Tod vorzubereiten«, sagte er. »Und daß dein Tor nur in den Tod führt.«

»Weshalb ergreifst du dann nicht die Flucht vor mir?« Sie deutete nach Puerto Morada. »*Dort* ist der Tod, Esteban. Die Schreie der Möwen sind der Tod, und wenn die Herzen von Liebenden im Augenblick der höchsten Ekstase stehenbleiben, ist das auch der Tod. Die Welt ist nichts anderes als eine dünne Schicht des Lebens, die sich über das Fundament des Todes breitet wie ein Algenteppich über einen Felsblock. Vielleicht hast du recht, vielleicht liegt meine Welt jenseits des Todes. Aber wenn ich für dich der Tod bin, Esteban, dann liebst du den Tod.«

Er wandte die Blicke dem Meer zu, weil er nicht wollte, daß sie sein Gesicht sah. »Ich liebe dich nicht«, sagte er.

»Die Liebe erwartet uns«, entgegnete sie. »Und irgendwann werden wir uns in meiner Welt vereinen.«

Er drehte sich wieder zu ihr um, bereit zu widersprechen, aber er brachte kein Wort heraus. Ihr Kleid war in den Sand gefallen, und sie lächelte. Die Geschmeidigkeit und Reinheit des Jaguars spiegelte sich in jeder Linie ihres Körpers; ihr Schamhaar war so absolut schwarz, daß es wie eine Höhle in ihrem Fleisch wirkte. Sie kam näher, schob die Machete beiseite. Ihre Brüste streiften ihn warm durch den groben Stoff seines Hemdes; ihre Hände umfaßten sein Gesicht, und er ertrank in ihrer heißen Ausdünstung, geschwächt von Angst und Verlangen.

»Wir sind eine Seele, du und ich«, sagte sie. »Ein Blut und eine Wahrheit. Du kannst mich nicht zurückweisen.«

Tage vergingen; wie viele, das konnte Esteban nicht sagen. Nacht und Tag waren unwichtige Ereignisse in seiner Beziehung zu Miranda und dienten nur dazu, ihrer Liebe einen geisterhaften oder einen sonnigen Anstrich zu geben; und jedesmal, wenn sie sich liebten, war es, als tauchten in seinen Sinnen tausend neue Farben auf. Er war noch nie so erfüllt gewesen. Manchmal, wenn er die gespenstischen Häuserfassaden im Barrio betrachtete, glaubte er, daß sich dort in der Tat schattige Wege verbargen, die in eine andere Welt führten. Aber wann immer Miranda ihn zu überzeugen versuchte, daß er mit ihr fortgehen solle, weigerte er sich. Er konnte seine Angst nicht überwinden und hätte nie eingestanden – nicht einmal sich selbst –, daß er sie liebte. Er versuchte an Incarnación zu denken, in der Hoffnung, daß er damit seine Bindung zu Miranda unterhöhlen und nach Puerto Morada zurückkehren könnte. Aber er entdeckte, daß er seine Frau immer nur als schwarzen Vogel sah, der vor einem flimmernden grauen Juwel hockte. Miranda allerdings erschien ihm gelegentlich nicht weniger unwirklich. Einmal, als sie am Ufer des Rio Dulce saßen und das Spiegelbild des Mondes – der nun fast voll war – auf dem Wasser schwimmen sahen, deutete sie hin und sagte: »So nahe ist meine Welt, Esteban. Greifbar nahe. Du magst denken, daß der Mond dort oben die Wirklichkeit ist und dies hier nichts als ein Reflex – aber die stärkste Realität birgt doch die Oberfläche, die den Spiegeleffekt hervorruft. Sie schildert die Realität am eindringlichsten. Du hast Angst, diese Oberfläche zu durchdringen, und doch besitzt sie kaum Substanz. Du würdest den Übergang nicht einmal bemerken.«

»Du redest wie der alte Priester, der mich in Philosophie unterrichtete«, sagte Esteban. »Seine Welt – sein Himmel – war auch Philosophie. Ist es das, woraus deine Welt besteht? Aus einer Idee, einer Vorstellung? Oder gibt es dort Vögel und Dschungel und Flüsse?«

Ihr Gesicht glich einer Teilfinsternis, halb vom Mondlicht erhellt, halb im Schatten verborgen, und ihre Stimme verriet nichts von ihren Gefühlen. »Nicht mehr und nicht weniger als hier«, sagte sie.

»Was bedeutet das?« fragte er ärgerlich. »Warum gibst du mir keine klare Antwort?«

»Wenn ich dir meine Welt beschreiben sollte, würdest du mich für eine abgefeimte Lügnerin halten.« Sie schmiegte den Kopf an seine Schulter. »Früher oder später wirst du alles verstehen. Wir haben einander doch nicht gefunden, um uns gleich wieder unter Schmerzen zu trennen.«

In diesem Moment schien ihre Schönheit etwas zu verschleiern wie zuvor ihre Antwort; eine dunklere beängstigende Schönheit, die noch tiefer lag. Und doch wußte er, daß sie recht hatte, daß kein Beweis von ihr ihn gegen seine Furcht zu überzeugen vermocht hätte.

Eines Nachmittags – ein Nachmittag von so gleißender Helle, daß man nur mit zusammengekniffenen Augen aufs Meer hinausschauen konnte – schwammen sie zu einer Sandbank, die sich als schmale weiße Inselsichel gegen die grünen Wellen abhob. Esteban prustete und spritzte, aber Miranda schwamm, als sei das Wasser ihr Element. Sie schoß unter ihm hinweg, kitzelte ihn, zerrte ihn an den Füßen und schnellte davon, ehe er sie festhalten konnte. Sie wanderten über den Sand, drehten mit den Zehen Seesterne um, sammelten Schnecken zum Abendessen, und dann entdeckte Esteban jenseits der Sandbank einen Hunderte von Metern breiten Fleck, der unter dem Wasser dahinwanderte – ein riesiger Schwarm von Königsmakrelen.

»Schade, daß wir kein Boot haben«, meinte er. »Makrelen schmecken besser als Schnecken.«

»Wir brauchen kein Boot«, entgegnete sie. »Ich werde dir eine alte Fischfangmethode zeigen.«

Sie zeichnete ein verwirrendes Muster in den Sand, und als sie damit fertig war, watete sie mit ihm ins seichte Wasser. Dort blieb sie ein paar Schritte von ihm entfernt stehen und sah ihn an.

»Schau ins Wasser, das zwischen uns ist!« befahl sie. »Aber wirf keinen Blick nach oben und rühr dich nicht, ehe ich es dir sage!«

Sie begann in einem stockenden Rhythmus zu singen, einem Rhythmus, der ihn an die rauhen Brisen dieser Jahreszeit erinnerte. Die meisten Worte waren ihm fremd, aber einige erkannte er als den Dialekt der Patuca. Nach einer Weile überkam ihn ein Schwindelgefühl, so als ragten seine Beine mit einemmal hoch und spindeldürr auf. Er blickte wie aus großer Höhe herab, und die Luft, die er atmete, war dünn. Dann tauchte ein winziger dunkler Fleck im Wasser zwischen ihm und Miranda auf. Er erinnerte sich an die Sagen, die sein Großvater vom alten Volk der Patuca erzählt hatte; daß es ihnen – mit Hilfe der Götter – möglich gewesen sei, die Welt schrumpfen zu lassen, um Feinde ganz nahe heranzuholen oder große Entfernungen im Nu zu überbrücken. Aber die Götter waren tot, sie hatten keine Macht mehr in dieser Welt. Er wollte einen Blick zum Ufer hin werfen, um zu sehen, ob er und Miranda sich in Kupferriesen verwandelt hatten, die höher als die Palmen aufragten.

Miranda brach ihren Gesang ab. »Jetzt«, sagte sie, »mußt du die Hand auf der meerzugewandten Seite des Schwarms ins Wasser tauchen und sanft die Finger bewegen. Ganz sanft! Achte darauf, daß die Oberfläche ganz ruhig bleibt!«

Aber als Esteban sich anschickte, ihrem Befehl nachzukommen, glitt er aus und fiel platschend um. Miranda schrie auf. Als er aufschaute, walzte sich ein Wall jadegrünen Wassers auf sie zu, durchsetzt von den schlanken, dunklen Schatten der Makrelen. Ehe er sich rühren konnte, rollte die Woge über die Sandbank hinweg, drückte ihn in die Tiefe, schleifte ihn am Grund entlang und warf ihn schließlich an Land. Der Sand war übersät von zappelnden Fischen. Miranda lag im seichten Wasser und lachte ihn aus. Esteban lachte ebenfalls, aber nur, um seine neuerwachte Furcht vor dieser Frau zu verbergen, die Zugang zu den Kräften toter Götter hatte. Er wollte ihre Erklärung nicht hören; er wußte, daß sie ihm sagen würde, die Götter lebten in ihrer Welt fort, und das hätte ihn noch mehr verwirrt.

Später am selben Tag, als Esteban die Fische säuberte und Miranda sich auf die Suche nach Bananen begeben hatte – den kleinen, süßen Früchten, die am Flußlauf wuchsen und gekocht besonders gut schmeckten –, holperte von Puerto Morada her ein Land-Rover den Strand herauf; das orangerote Feuer der untergehenden Sonne tanzte auf seiner Windschutzscheibe. Er hielt neben Esteban, und Onofrio kletterte vom Beifahrersitz. Hektische rote Flecken lagen auf seinen Wangen, und er wischte sich mit einem Taschentuch den Schweiß von der Stirn. Raimundo stieg an der Fahrerseite aus und lehnte sich gegen die Tür. Er starrte Esteban haßerfüllt an.

»Neun Tage und kein Wort!« begann Onofrio schroff. »Wir dachten, du seist tot. Wie steht es mit der Jagd?«

Esteban legte den Fisch hin, den er gerade schuppte, und stand auf. »Ich habe versagt«, erklärte er. »Ich werde dir das Geld zurückgeben.«

Raimundo kicherte – ein dumpfer, erstickter Laut –, und Onofrio lachte spöttisch. »Unmöglich«, meinte er. »Incarnación hat es bereits für ein Haus im Barrio Clárin ausgegeben. Du mußt den Jaguar töten.«

»Ich kann es nicht«, entgegnete Esteban. »Ich werde dir den Betrag irgendwie zurückerstatten.«

»Der Indianer hat den Mut verloren, Vater.« Raimundo spuckte in den Sand. »Laß mich und meine Freunde Jagd auf den Jaguar machen!«

Die Vorstellung, wie Raimundo mit seinen tölpelhaften Freunden durch den Dschungel trampelte, war so absurd, daß Esteban ein Lachen nicht unterdrücken konnte.

»Nimm dich in acht, Indianer!« Raimundo hieb mit der flachen Hand auf das Wagendach.

»Nimm lieber du dich in acht!« entgegnete Esteban. »Aller Voraussicht nach wird der Jaguar Jagd auf dich machen.« Esteban griff nach seiner Machete. »Und wer immer den Jaguar verfolgt, bekommt es zudem mit mir zu tun!«

Raimundo holte etwas vom Fahrersitz und kam um die Kühlerhaube des Autos herum. Er umklammerte ein silbrig glänzendes Repetiergewehr. »Ich nehme deine Herausforderung an«, sagte er.

»Tu das Ding weg!« befahl Onofrio im Tonfall eines Erwachsenen, der die Drohung eines Kindes nicht besonders ernst nimmt. Aber der Ausdruck in Raimundos Zügen war alles andere als kindlich. Ein nervöses Zucken verunstaltete das plumpe Profil seiner Wange, seine Halssehnen sprangen vor, und seine Lippen waren zu einem bösartigen Grinsen verzerrt. Es schien, dachte Esteban – der eigenartig fasziniert von dieser Verwandlung war –, als werfe ein Dämon seine Maske ab; unter dem weichen, schlaffen Trugbild kam das wahre Gesicht zum Vorschein, hart und hager.

»Dieser Hurensohn hat mich in Julias Gegenwart beleidigt!« Raimundos Schußarm zitterte.

»Euer persönlicher Streit kann warten«, entschied Onofrio. »Hier geht es um Geschäfte.« Er streckte die Hand aus. »Gib mir das Gewehr!«

»Wenn er den Jaguar nicht töten will, welchen Nutzen hat er dann noch?« fragte Raimundo.

»Vielleicht können wir ihn dazu überreden, daß er seine Ansicht ändert.« Onofrio strahlte Esteban an. »Was meinst du? Soll ich meinem Sohn erlauben, seine Ehre wiederherzustellen, oder wirst du unseren Vertrag einhalten?«

»Vater!« Raimundos Blicke wichen zur Seite aus. »Er ...«

Esteban rannte auf den Dschungel zu. Das Gewehr brüllte auf, eine glühende Klaue riß ihm die Flanke auf, und er stürzte kopfüber zu Boden. Einen Moment lang wußte er nicht, wo er war; aber dann ordneten sich nach und nach die Eindrücke. Er lag auf der verletzten Seite, und sie pochte wie verrückt. Sand verkrustete ihm Mund und Augenlider. Er krümmte seinen Körper um die Machete, die er irgendwie festgehalten hatte. Stimmen über ihm und Sandflöhe, die ihm ins Gesicht sprangen. Er widerstand dem Drang, sie wegzuscheuchen, und lag reglos da. Das Pochen seiner Wunde und sein Haß entsprangen der gleichen rohen Gewalt.

»... schleppe ihn zum Fluß!« sagte Raimundo, und seine Stimme zitterte vor Erregung. »Jeder wird denken, daß ihn der Jaguar umgebracht hat.«

»Idiot!« fauchte Onofrio. »Vielleicht hätte er den Jaguar doch noch getötet, und dir wäre eine süßere Rache sicher gewesen. Seine Frau ...«

»Die Rache war süß genug«, entgegnete Raimundo.

Ein Schatten fiel über Esteban, und er hielt den Atem an. Er brauchte keine Kräuter, um diesen fahlen, fetten Jaguar zu täuschen, der sich über ihn beugte und ihn herumrollte.

»Paß auf!« schrie Onofrio.

Esteban ließ sich herumdrehen und stieß mit der Machete zu. Die Verachtung für Onofrio und Incarnación sowie sein Haß auf Raimundo lenkten den Stoß, und die Klinge grub sich tief in Raimundos Seite, stieß knirschend gegen einen Knochen. Raimundo schrie auf und wäre gestürzt, aber das Buschmesser hielt ihn aufrecht. Seine Hände umflatterten die Machete, als wolle er sie bequemer zurechtrücken, und seine Augen waren weit und ungläubig aufgerissen. Ein Schauder durchlief den Griff der Waffe – er wirkte geradezu sinnlich, wie das Zucken verströmter Leidenschaft –, und Raimundo sank in die Knie. Blut quoll ihm aus dem Mund und verlieh seinen Lippen einen pathetischen Zug. Er kippte nach vorn, fiel aber nicht flach hin, sondern blieb in kniender Haltung, das Gesicht in den Sand gepreßt – wie ein Araber beim Gebet.

Esteban riß die Machete frei, weil er einen Angriff von Onofrio befürchtete, aber der Elektrohändler zwängte sich bereits in seinen Land-Rover. Der Motor sprang an, die Räder wirbelten, und der Wagen holperte los, wendete am Saum der Brandung und fuhr zurück nach Puerto Morada. Ein orangerotes Feuer glomm auf dem Rückfenster, als säße ihm nun der Geist, der ihn in den Barrio gelockt hatte, im Nacken.

Schwankend kam Esteban auf die Beine. Er löste das Hemd von der Wunde. Sie blutete stark, aber es war nur ein Streifschuß. Er vermied es, Raimundo anzusehen, und ging hinunter ans Wasser, wo er auf die Wellen hinausstarrte. Seine Gedanken zogen mit ihnen dahin, Wogen der Emotion.

Die Dämmerung war hereingebrochen, als Miranda zurückkam, beide Arme beladen mit Bananen und wilden Feigen. Sie hatte den Schuß nicht gehört. Er berichtete, was geschehen war, während sie einen Brei aus Bananenblättern und Kräutern auf seine Wunde strich. »Das wird wieder gut«, meinte sie nach einem Blick auf die Verletzung. »Aber das hier ...« – sie deutete auf Raimundo – »das hier nicht. Du mußt mit mir kommen, Esteban. Die Soldaten werden dich töten.«

»Nein«, entgegnete er. »Sie werden herkommen, aber es sind Patucas mit Ausnahme des Kommandanten, doch der ist ein versoffenes Wrack von einem Mann. Ich bezweifle, daß sie ihn überhaupt verständigen. Sie werden sich meine Geschichte anhören, und wir finden sicher eine gütliche Lösung. Egal, welche Lügen Onofrio auftischt, sein Wort hat gegen das meine nicht das geringste Gewicht.«

»Und dann?«

»Vielleicht muß ich eine Zeitlang ins Gefängnis, oder sie verbannen mich aus der Provinz. Aber töten werden sie mich nicht.«

Sie saß eine Weile wortlos da, und das Weiß ihrer Augen leuchtete im Halbdunkel. Schließlich erhob sie sich und ging fort, den Strand entlang.

»Wohin willst du?« rief er ihr nach.

Sie drehte sich um. »Du sprichst so gleichgültig davon, daß du mich verlieren wirst ...«, begann sie.

»Es ist mir nicht gleichgültig!«

»Nein!« Sie lachte bitter. »Mag sein. Du hast solche Angst vor dem Leben, daß du es Tod nennst und lieber ins Gefängnis oder Exil gehst, anstatt es zu leben. Das ist wohl kaum Gleichgültigkeit.« Sie starrte ihn an, und ihr Ausdruck war ihm auf diese Entfernung ein Rätsel. »Ich werde dich nicht verlieren, Esteban«, fügte sie hinzu. Sie setzte sich wieder in Bewegung, und als er diesmal nach ihr rief, drehte sie sich nicht mehr um.

Das Dämmerlicht vertiefte sich, ein langsames Einsickern von Schatten, die aus der Welt ein graues Negativ machten, und auch Esteban spürte, wie das Grau ihn erfaßte, bis seine Gedanken nur noch ein Echo des dumpfen Rauschens waren, mit dem die Flut auslief. Die Dämmerung schleppte sich hin, und er hatte das Gefühl, daß die Nacht nie mehr hereinbrechen würde, daß die Gewalttat einen Nagel durch die Substanz seines unentschlossenen Lebens getrieben hatte, daß sie ihn für immer festhielt in diesem aschgrauen Moment, an diesem verlassenen Strand. Als Kind hatte er sich vor der Möglichkeit gefürchtet, an einen einsamen Ort verzaubert zu werden, aber nun empfand er die Aussicht als Trost für Mirandas Verschwinden, als Erinnerung an ihre magischen Kräfte. Trotz ihrer Abschiedsworte glaubte er nicht an ihre Rückkehr – ihre Stimme hatte so traurig und endgültig geklungen –, und das weckte in ihm Erleichterung und Verzweiflung zugleich, Gefühle, die ihn am Gezeitenrand des Meeres auf und ab wandern ließen.

Der Vollmond ging auf, der Sand des Barrio brannte silbern, und bald danach kamen vier Soldaten in einem Jeep von Puerto Morada herüber. Es waren gnomenhafte, kupferhäutige Männer, in schmucklosen, nüchternen Uniformen, deren dunkles Blau dem Nachthimmel glich. Obwohl sie nicht eng mit ihm befreundet waren, kannte er doch jeden von ihnen mit Namen – Sebastian, Amador, Carlito und Ramón. Im Licht der Scheinwerfer wirkte Raimundos Leiche – erschreckend bleich, das Blut in seinem Gesicht zu bizarren Strudeln getrocknet – wie ein exotisches Wesen, von den Wellen an Land gespült, und die Inspektion der Männer verriet eher Neugier als den Willen, Spuren zu sichern. Amador stöberte Raimundos Gewehr auf, zielte damit in Richtung Dschungel und fragte Ramón, was das Ding seiner Ansicht nach wert sei.

»Vielleicht zahlt dir Onofrio einen anständigen Preis dafür«, meinte Ramón, und die anderen lachten.

Sie entfachten ein Feuer aus Treibholz und Kokosnußschalen und kauerten um die Flammen, während Esteban seine Geschichte erzählte. Er erwähnte weder Miranda noch ihre Verwandtschaft zum Jaguar, weil diese Männer – durch den Staatsdienst dem eigenen Stamm entfremdet – vorsichtig in ihrem Urteil geworden waren und ihn vielleicht als Spinner betrachten würden. Sie hörten schweigend zu; das Feuer verlieh ihren Gesichtern einen rotgoldenen Schimmer und blinkte auf ihren Gewehrläufen.

»Onofrio wird mit seiner Anklage bis in die Hauptstadt gehen, wenn wir nichts unternehmen«, meinte Amador, als Esteban fertig war.

»Ich schätze, das tut er so oder so«, meinte Carlito. »Und dann hat Esteban nichts zu lachen.«

»Aber wenn sie einen Untersuchungsbeamten nach Puerto Morada schicken«, gab Sebastian zu bedenken, »und der sieht, wie es um Hauptmann Morales steht, lösen sie ihn garantiert ab, und dann haben wir nichts zu lachen.«

Sie starrten in die Flammen, wälzten das Problem hin und her, und Esteban nutzte die Pause und fragte Amador, der droben auf dem Hügel ganz in seiner Nähe wohnte, ob er Incarnación gesehen habe.

»Sie wird staunen, daß du noch lebst«, sagte Amador. »Ich sah sie gestern beim Schneider, wo sie einen neuen schwarzen Rock vor dem Spiegel anprobierte.«

Es war, als wickelte sich ein schwarzer Fetzen von Incarnacións Rock um Estebans Gedanken. Er senkte den Kopf und ritzte mit seiner Machete Linien in den Sand.

»Ich hab' es!« erklärte Ramón. »Ein Boykott!«

Die anderen brachten ihre Verwunderung zum Ausdruck.

»Wenn niemand mehr bei Onofrio kauft, was dann?« fragte Ramón. »Er wird sein Geschäft verlieren. Angesichts dieser Drohung kann er es nicht wagen, die Regierung einzuschalten. Er muß zulassen, daß sich Esteban auf Notwehr beruft.«

»Aber Raimundo war sein einziger Sohn«, gab Amador

zu bedenken. »Vielleicht ist in diesem Fall der Kummer stärker als seine Habgier.«

Wieder schwiegen sie. Esteban war es ziemlich gleichgültig, zu welchem Entschluß sie gelangten. Ihm dämmerte allmählich, daß eine Zukunft ohne Miranda nur noch uninteressante Alternativen für ihn bereithielt. Er wandte den Blick zum Himmel und stellte fest, daß die Sterne und das Feuer im gleichen Rhythmus zuckten, und er malte sich aus, daß jeder einzelne von einer Gruppe gnomenhafter, kupferhäutiger Männer umringt war, die über sein Schicksal beratschlagten.

»Ah!« meinte Carlito. »Ich weiß, was wir machen. Wir werden den Barrio Carolina durchkämmen – die ganze Gruppe –, und *wir* werden den Jaguar töten. Dieser Verlockung kann Onofrio in seiner Gier sicher nicht widerstehen.«

»Das dürft ihr nicht!« entgegnete Esteban.

»Aber warum nicht?« wollte Amador wissen. »Mag sein, daß wir den Jaguar nicht töten können, aber bei so vielen Verfolgern ergreift er sicher die Flucht.«

Ehe Esteban antworten konnte, brüllte der Jaguar. Er kam den Strand entlang geduckt auf das Feuer zu, eine schwarze Flamme, die über den glühenden Sand huschte. Seine Ohren waren zurückgelegt, und Tropfen silbernen Mondlichts glommen in seinen Augen. Amador packte sein Gewehr, stützte sich auf ein Knie und feuerte: Gut zehn Schritte links vom Jaguar spritzte der Sand auf.

»Laß das!« rief Esteban und stieß ihn zurück.

Aber auch die anderen hatten zu schießen begonnen, und eine Kugel traf den Jaguar. Er schnellte hoch wie in jener ersten Nacht im Spiel, aber diesmal stürzte er beim Landen und schnappte fauchend nach seiner Schulter. Er kam wieder auf die Beine und humpelte dem Dschungel entgegen, die rechte Vorderpfote stärker belastend. Begeistert von ihrem Erfolg, rannten ihm die Soldaten ein Stück nach und schossen erneut. Carlito ließ sich auf ein Knie sinken und zielte sorgfältig.

»Nein!« schrie Esteban. Und im gleichen Moment, als er seine Machete nach Carlito schleuderte, in dem verzweifelten Versuch, Miranda vor noch größerem Schaden zu bewahren, da erkannte er die Falle, die nun zugeschnappt war, und die Folgen, die er zu tragen hatte.

Die Klinge fuhr Carlito in den Oberschenkel, und er stürzte zur Seite. Er schrie auf, und als Amador sah, was geschehen war, rief er nach den anderen und begann blindlings auf Esteban zu feuern. Esteban rannte auf den Dschungel zu, dem Pfad des Jaguars entgegen. Eine Gewehrsalve krachte hinter ihm, Kugeln pfiffen ihm um die Ohren. Jedesmal, wenn seine Füße im weichen Sand ausrutschten, schienen die mondhellen Hindernisse im Barrio zur Seite zu torkeln, als bemühten sie sich, ihm den Weg zu versperren. Und dann, als er den Saum des Dschungels erreicht hatte, wurde er getroffen.

Die Kugel schien ihn nach vorn zu stoßen, sein Tempo noch zu beschleunigen, aber irgendwie gelang es ihm, auf den Beinen zu bleiben. Er torkelte mit rudernden Armbewegungen den Pfad entlang, und der Atem kreischte in seiner Kehle. Palmettowedel klatschten ihm ins Gesicht, Lianen wickelten sich um seine Beine. Er spürte keinen Schmerz, nur eine eigenartige Taubheit, die tief unten im Kreuz pulsierte; er stellte sich vor, daß sich die Wunde wie der Schlund einer Seeanemone öffnete und schloß. Die Soldaten riefen seinen Namen. Sie würden ihm folgen, aber zögernd, da sie den Jaguar fürchteten, und er hoffte, daß er den Fluß überqueren konnte, ehe sie ihn einholten. Als er jedoch an den Fluß kam, sah er den Jaguar warten.

Er saß geduckt auf dem Grasbuckel, den Hals weit über das Wasser gebeugt, und unter ihm, an die fünf Schritte vom Ufer entfernt, schwamm das Spiegelbild des Vollmonds, groß und silbern, ein makelloser Lichtkreis. Aus der Schulter des Jaguars quoll scharlachrotes Blut, wie eine frisch angeheftete Rose, und das verstärkte den Eindruck, daß er ein Prinzip verkörperte: Diese Gestalt wählte ein Gott, eine universale Macht. Der Jaguar sah

Esteban ruhig an, grollte tief in der Kehle und sprang in den Fluß. Er spaltete und zerbrach das Spiegelbild des Mondes und verschwand in der Tiefe. Die Wellen legten sich, das Abbild des Mondes formte sich von neuem. Und in seinem Licht sah Esteban die Silhouette einer schwimmenden Frau. Sie entfernte sich mit jedem Zug, wurde immer kleiner, bis sie nur noch wie ein eingraviertes Zeichen auf einem Silberteller erschien. Er sah nicht nur Miranda, er sah alle Mysterien und alle Schönheit entschwinden, und er merkte, wie blind er gewesen war, weil er die Wahrheit nicht erkannt hatte, die in der Wahrheit des Todes steckte und darüber hinaus in der Wahrheit einer anderen Welt verborgen war. Nun aber lag die Wahrheit unverhüllt vor ihm. Sie sang zu ihm aus seiner Wunde, und jede Silbe war ein Herzschlag. Sie stand geschrieben im Wassergekräusel, sie raunte aus den Bananenblättern, sie seufzte im Wind. Sie war überall, und er hatte sie immer gekannt: Wenn du leugnest, daß es Geheimnisse gibt – auch das Geheimnis, das die Maske des Todes trägt –, dann leugnest du das Leben, und du wirst als Gespenst durch deine Tage wandeln, ohne je das Äußerste zu berühren. Das tiefe Leid, die absolute Freude.

Er sog die modrige Dschungelluft ein und mit ihr eine Welt, die nicht mehr die seine war; er spürte darin das Mädchen Incarnación, seine Freunde und Kinder, ländliche Nächte... all seine verlorene Süße. Seine Kehle schnürte sich zu wie beim Aufquellen von Tränen, aber das Gefühl verschwand rasch, und er begriff, daß die Süße der Vergangenheit eingeschlossen war im Duft der Mangos, daß neun Tage – eine magische Anzahl von Tagen, die Anzahl, die man braucht, um die Seele zur Ruhe zu singen – zwischen ihm und Tränen lagen. Befreit von diesen Banden, spürte er, daß er eine kaum merkliche Verwandlung durchlief, ein Loslösen, und er erinnerte sich, daß er damals ganz ähnlich empfunden hatte, als er durch das Portal von Santa Maria del Onda rannte, hinter sich dunkle Mauern, Spinnwebkatechismen und Generationen von Schwalben, die nie jenseits der Klostermauern geflogen waren; als er sein Meßdienergewand auszog und quer über den Platz den Berg hinauf zu Incarnación eilte. Sie war es gewesen, die ihn damals fortlockte, so wie ihn seine Mutter in die Kirche gelockt hatte und wie ihn Miranda jetzt zu sich lockte. Und er lachte, als er erkannte, wie leicht diese drei Frauen den Strom seines Lebens abgelenkt hatten, wie sehr er in dieser Hinsicht anderen Männern ähnelte.

Die seltsame Blume der Taubheit in seinem Kreuz schickte Ranken in die Arme und Beine, und die Rufe der Soldaten waren lauter geworden. Miranda hob sich als winziger Punkt gegen eine silberne Unendlichkeit ab. Einen Moment lang zögerte er, weil er von neuem ein Aufwallen der Furcht spürte. Dann erschien Mirandas Gesicht vor seinem inneren Auge, und all die Gefühle, die er neun Tage lang unterdrückt hatte, durchströmten ihn und spülten die Angst hinweg. Es war ein silbernes, makelloses Empfinden, das ihn taumeln und ganz leicht werden ließ; es erinnerte an Donner und Feuer, verschmolzen zu einem Element, und es brodelte in ihm hoch. Er fühlte sich überwältigt von dem Drang, es auszudrücken, in eine Form zu pressen, die seine Macht und seine Reinheit widerspiegelte. Aber er war kein Sänger, kein Dichter. Es gab nur eine Ausdrucksmöglichkeit für ihn. In der Hoffnung, daß er nicht zu spät kam, daß sich Mirandas Tor noch nicht endgültig geschlossen hatte, tauchte Esteban in den Fluß und spaltete das Spiegelbild des Mondes; und er schwamm – die Augen vom Schock des Eintauchens fest geschlossen – mit der letzten Kraft des Sterblichen eilends hinter ihr drein.

Lilian Jackson Braun

Der Fehltritt von Madame Phloi

Von Anfang an verspürte Madame Phloi gegenüber dem Mann, der im Apartment nebenan einzog, eine instinktive Abneigung. Er war fett, und seinen Hosenaufschlägen entströmte der unangenehme Geruch eines Hydranten.

Das erste Mal begegneten sich die beiden im altersschwachen Aufzug, der in den zehnten Stock des betagten Gebäudes hochschlingerte, das einmal ein vornehmes Haus gewesen war, mittlerweile jedoch fast auseinanderfiel. Madame Phloi war durch den Stadtpark gebummelt, hatte Gras gekaut und verblichene Schmetterlinge gejagt, und als sie und ihre Begleiterin für die langsame Fahrt nach oben in den Aufzug traten, war die Kabine fast vollständig vom neuen Nachbarn ausgefüllt.

Der fette Mann und die Madame boten einen Gegensatz, der in diesem Wohnhaus mit der glänzenden Vergangenheit und der fehlenden Zukunft nichts Ungewöhnliches darstellte. Er war massig, abstoßend und nachlässig gekleidet. Madame Phloi war eine langbeinige Aristokratin mit blauen Augen, deren cremefarbenes, rehbraunes Fell sich an den Beinen in ein tiefes Braun verfärbte.

Die Madame mißbilligte fette Menschen. Sie hatten keinen Schoß, und was soll man mit einem Menschen ohne Schoß schon anfangen? Nichtsdestotrotz erwies sie ihm die allgemein übliche Liebenswürdigkeit, seinen Hosenaufschlag zu beschnuppern, sprang jedoch augenblicklich einen Satz zurück, zuckte mit der Nase und atmete durch den Mund.

»Machen Sie, daß diese Katze von mir weg kommt!« schrie der fette Mann und stampfte donnernd mit den Füßen auf, um Madame Phloi zu verscheuchen. Ihre Begleiterin zog an der Leine, obwohl es dafür keinen Bedarf gab – die Madame hatte sich bis in eine sichere Ecke des Aufzugs zurückgezogen, der erbebt war und ächzend weiter nach oben fuhr.

»Mögen Sie keine Tiere?« fragte die sanfte Stimme am anderen Ende der Leine.

»Scheußliche, hinterhältige Biester sind das!« meinte der Fette wütend. »Wo ich zuletzt gewohnt habe, hat sich irgendeine miese Katze in mein Zimmer geschlichen und meinen Sittich aufgefressen.«

»Das tut mir aber leid. Wirklich. Um Madame Phloi und Thapthim brauchen Sie sich jedoch keine Sorgen machen. Außerhalb des Apartments sind sie immer an der Leine.«

»Sie haben *zwei* davon? Na, das ist ja wunderbar! Halten Sie sie mir ja vom Leib, sonst breche ich ihnen ihr verdammtes Genick. Das letzte Mal habe ich als Vierzehnjähriger einer Katze den Hals umgedreht; ich weiß aber noch genau, wie es gemacht wird.«

Dann stieß der fette Mann mit dem langen schwarzen Kasten in der Hand nach Madame Phloi, die sich nichts hatte zuschulden kommen lassen und mit zurückgelegten Ohren und völlig verkrampft in ihrer Ecke saß. Ihr sträubte sich das Fell, und sie versuchte davonzustürzen. Auch als ihre Begleiterin sie in ihre schützenden Arme nahm, war Madame Phlois Körper noch angespannt und zitterte.

Doch erst bei ihrer sicheren Ankunft daheim in ihrem bescheidenen, aber großzügig mit Kissen ausgestatteten Apartment entspannte sich Madame Phloi. Mit steifen Beinen spazierte sie zum sonnigen Fleck auf dem Teppich, an dem Thapthim schlief, und leckte ihm über den Kopf. Dann putzte sie sich selbst am ganzen Körper – damit sie den Geruch des fetten Mannes in ihrem Fell loswurde. Thapthim wurde nicht wach.

Dieses verschlafene, überhaupt nicht ehrgeizige, liebenswürdige Geschöpf – ihr Sohn – war Madame Phloi, die selbst so feinfühlig und temperamentvoll war, ein Rätsel. Sie versuchte nicht, ihn zu verstehen; sie liebte ihn, das war alles. Stunden verbrachte sie damit, ihm seine Pfoten, seine Brust und andere Teile seines Körpers zu putzen, die er mit Leichtigkeit auch mit seiner eigenen Zunge hätte erreichen können. Gab es etwas zum Fressen, kaute sie ganz langsam, damit auf ihrem Teller etwas für ihn zum Nachtisch übrigblieb, und immer schlang er die Sonderportion mit Heißhunger in sich hinein. Wenn er schlief, was meistens der Fall war, wachte sie an seiner Seite und saß in großspuriger, königlicher Haltung neben ihm, bis sie vor Erschöpfung zu wanken begann. Dann rollte sie sich zu einem kleinen Bündel zusammen und döste, ein Auge offen, vor sich hin.

Thapthim war wirklich liebenswert. Er gefiel anderen Katzen, großen und kleinen Hunden, Menschen, und sogar in eingeschränkter Weise ausgesprochenen Katzenhassern. Sein Gesicht glich einer schönen Blume, er hatte blaue Augen, war sanft und vertrauensvoll. Schon als kleines Kätzchen hatte er bereitwillig geschnurrt, wenn er von einer Hand berührt wurde – ganz gleich, zu wem diese Hand gehörte. Schließlich wurde er derart liebenswürdig, daß er schon schnurrte, wenn irgend jemand von der anderen Seite des Zimmers aus zu ihm herüberschaute. Darüber hinaus kam er, sobald er gerufen wurde, und schlang dankbar alles in sich hinein, was man ihm auf seinem Teller servierte, und wenn man ihm sagte, er solle von irgendwo herunterkommen, dann tat er das auch.

Seine weise Mutter schätzte dieses Verhalten, das so gar nicht zu einer Katze passen wollte, überhaupt nicht. Es war ein Zeichen für eine gewisse Charakterschwäche, und daraus würde nichts Gutes erwachsen. Sie versuchte, selber mit gutem Beispiel voranzugehen. Wenn das Essen serviert wurde, schnupperte sie hochmütig am Teller und spazierte davon, ganz gleich, wie sehr das Mahl sie verlocken mochte. Jede Katze mit einem Funken Respekt vor sich selbst machte das so. Ein paar Minuten später kam sie dann zurück und ließ sich dazu herab, zu speisen, doch nie mit offenem Enthusiasmus.

Darüber hinaus sprang eine richtige Katze weg, wenn sich ihr Menschenhände entgegenstreckten, ließ den Betreffenden hinter sich herjagen und zierte sich ein Weilchen, bevor sie zuließ, daß man sie fangen und liebkosen konnte. Thapthim, das muß man leider sagen, beantwortete jeden freundlichen Annäherungsversuch damit, daß er sich herumwälzte, schnurrte und schmachtend hochschaute.

Von Kindesbeinen an waren ihm die in der Wohnung geltenden Regeln vertraut:

Nicht im Schrank bei den Töpfen und Pfannen schlafen. Auf dem Tisch mit dem Tintenfaß zu sitzen ist erlaubt. Auf dem Tisch mit der Kaffeekanne zu sitzen ist immer verboten.

Die traurige Wahrheit bestand darin, daß Thapthim diese Regeln befolgte. Madame Phloi hingegen wußte, daß eine Regel eine Herausforderung darstellte und daß es eine Sache der Selbstachtung war, gegen sie zu verstoßen. Zu gehorchen bedeutete, seine Würde zu opfern... Es hatte den Anschein, als ob ihr Sohn die wahren Werte des Lebens niemals erkennen würde.

Sicher, Thapthim wurde seines guten Charakters wegen in der aus Tintenfässern und Kaffeekannen bestehenden Welt der Menschen angehimmelt. Doch Madame Phloi brachte man gleichermaßen Bewunderung entgegen – und das aus den richtigen Gründen heraus. Ihr bezeigte man aufgrund ihrer Unabhängigkeit Respekt, man bewunderte sie wegen der klugen Methoden, mit denen sie sich durchsetzte, und liebte den schwarzen Fleck auf ihrer weißen Brust, den Knick in ihrem Schwanz und den argwöhnischen Blick ihrer ritterspornblauen Augen. Sie hatte größere Ähnlichkeit mit einer echten Siamkatze als ihr Sohn. Ihr Gesicht war klein und wirkte munter. Indem sie herausfordernd den Kopf hob, einen mit herzerweichenden, leicht ärgerlichen Augen anstarrte, war sie imstande, einem ein Porterhousesteak unter dem Besteck wegzustehlen.

Bis zu dem Zeitpunkt, an dem der fette Mann und sein schwarzer Kasten nebenan einzogen, war Madame Phloi nie einer unfreundlichen Seele begegnet. In ihrer Wohnung im zehnten Stock hatte sie sich zu zwei Menschen, einem Mann und einer Frau, gesellt – freundlichen, namenlosen Kreaturen, die viel aus und ein gingen. Der Mann war ein leichtes Opfer für kleine Zwischenmahlzeiten; ein leichtes Tapsen gegen seinen Fußknöchel bewirkte immer, daß er einen Löffel Hüttenkäse hervorzauberte. Die Frau diente in kalten Nächten als Wärmeflasche und tat der Madame umgehend den Gefallen, den Bauch zu streicheln oder die Wangenknochen zu massieren, wann immer die Madame das wollte. Sie murmelte der Madame auch mit sanfter Stimme so schmeichelhafte Dinge zu, daß sie vor Vergnügen die Augen zusammenkniff.

Doch das Leben bestand nicht nur aus Liebe und Hüttenkäse. Madame Phloi hatte eine regelmäßige Arbeit. Sie paßte offiziell auf den Haushalt auf und behielt dabei auch die Umgebung im Auge.

Sechs Fenster mußten bewacht werden, denn um das Abwasserrohr des Gebäudes herum führte ein breiter Sims an den Fensterbänken des zehnten Stocks entlang; dieser diente den Tauben als Promenade. Dort stolzierten sie entlang, durchstöberten ihr Gefieder und ignorierten die Madame, die auf dem Sims saß und sie leidenschaftslos, aber genau durch das Fliegengitter hindurch beobachtete.

Während am Tag das Aufpassen ihr Job war, war es nach Einbruch der Dunkelheit das Lauschen, und das erforderte noch größere Konzentration. Madame Phloi horchte nach Geräuschen in den Wänden, hörte, wie die Ameisen nagten, wie das Wasser aus den Rohren sickerte und zuweilen der alte Putz aufplatzte; meistens jedoch belauschte sie die Geister von Generationen verstorbener Mäuse.

Kurz nach dem Vorfall im Aufzug beschäftigte sich Madame Phloi eines Abends wieder einmal damit, zu lauschen; Thapthim schlief, und die anderen beiden blätterten ruhig die Seiten ihrer Bücher um, als ein befremdliches und schreckliches Geräusch aus der Wand drang. Die Ohren der Madame schnellten aufmerksam in die Höhe, dann legten sie sich flach gegen den Kopf.

Ein endloses, gellendes Kreischen kam aus der Wand; nie zuvor hatte die Madame etwas Ähnliches gehört. Der Lärm ließ das Blut gefrieren und marterte die Trommelfelle. Er war so schmerzhaft schrill, daß Madame Phloi den Kopf zurückwarf und sich mit einem durchdringenden Geheul beschwerte. Das schmerzhafte Kreischen weckte sogar Thapthim. Alarmiert schaute er sich um, schüttelte wild den Kopf und schlug sich mit den Pfoten gegen die Ohren, um den verletzenden Krach loszuwerden.

Auch die anderen hörten es.

»Hör dir das an!« sagte die Frau mit der sanften Stimme.

»Es muß der Kerl nebenan sein«, sagte der Mann. »Das ist ja unglaublich!«

»Ich kann mir nicht vorstellen, daß ein so grober Mensch etwas so Hervorragendes zustande bringen kann. Ist das nicht Prokofjew?«

»Nein. Ich glaube, es ist Bartók.«

»Heute im Aufzug hatte er seine Geige dabei. Er versuchte, Phloi damit eins auf den Kopf zu geben.«

»Er ist nicht ganz richtig im Kopf… Schau dir nur die Katzen an – offensichtlich machen sie sich nichts aus Geigen.«

Madame Phloi und Thapthim stürzten aus dem Zimmer und stießen zusammen, als sie unter das Bett schossen, um sich zu verstecken.

Es war nicht das einzige Geräusch, das in jenen aufwühlenden Tagen aus dem angrenzenden Apartment drang, nachdem der fette Mann dort eingezogen war. Am folgenden Abend hörte Madame Phloi, die gerade ins Wohnzimmer gekommen war, um mit dem Lauschen zu beginnen, durch die Wand ein gedämpftes, klimperndes Geräusch, das von einem äußerst gesprächig klingenden

Zwitschern begleitet wurde. Das war Musik in ihren Ohren; sie ließ sich auf dem Sofa nieder, um sie zu genießen, und schob ihre braunen Pfoten fein säuberlich unter ihren cremefarbenen Körper.

Es dauerte jedoch nicht lange, und ihre Zufriedenheit wurde gestört. Wie Donner toste die Stimme des fetten Mannes durch die Wand.

»Schau dir nur an, was du da angerichtet hast, du dreckiges Stinktier!« brüllte er. »Genau in meine Geige! Mach, daß du wieder in deinen Käfig kommst, sonst schlag' ich dir den Schädel ein!«

Hektisches Flügelschlagen war zu hören.

»Komm sofort vom Fenster da herunter, sonst brech' ich dir sämtliche Knochen!«

Diese Drohung bewirkte lediglich ein wildes Zwitschern.

»Halt den Schnabel, du dämlicher Trottel! Halt den Schnabel und mach, daß du in diesen Käfig kommst, sonst…«

Ein gewaltiges Splittern und Krachen ertönte, und bis auf ein gelegentliches klägliches ›Piep!‹ war alles ruhig.

Madame Phloi war fasziniert. Als sie am nächsten Tag wieder ihren Wachposten einnahm, schienen ihr die Tauben eher langweilige Unterhaltung zu bieten. Sie hatte die Familie an jenem Morgen auf die übliche, ihr eigene Art geweckt, indem sie aufmerksam auf ihre Stirnen starrte, während sie noch schliefen. Dann vergnügte sie sich mit Thapthim in der Badewanne beim Hockeyspiel mit einem Tischtennisball. Es folgte eine Schüssel voller Makrelen, und nach dem Frühstück bezog die Madame wieder ihren Posten am Wohnzimmerfenster. Alle waren den Tag über weg, man hatte jedoch noch das Fenster geöffnet und ein kleines Kissen auf die kühle Fensterbank aus Marmor gelegt.

Jetzt saß Madame Phloi da – ein kleines, aber waches Fellbündel, das in der willkommenen Sommerluft schnupperte, alles sah und alles wußte. So wußte sie zum Beispiel, daß die Person, die in diesem Augenblick gerade durch den Flur im zehnten Stock ging, alte Tennisschuhe trug und leicht hinkte, daß sie an der Tür zu ihrem Apartment stehenbleiben, ihren Eimer hinstellen und sich mit einem Nachschlüssel Zutritt verschaffen würde.

Sie machte sich kaum die Mühe, ihren Kopf zu drehen, als der Fensterputzer eintrat. Er gehörte zu ihrem regelmäßigen Hofstaat an Bewunderern, roch freundlich, obwohl der Geruch an feuchte Keller und Wischlappen denken ließ, und was er sagte, war vernünftig. Er gab sich nicht diesen mit Fistelstimme geäußerten Torheiten hin, mit denen manche Leute die Intelligenz der Madame beleidigten.

»Hüpf da runter, Kätzchen!« sagte er mit melodischer Stimme. »Charlie muß das Fliegengitter herausnehmen. Schau, ich hab' dir auch etwas Käse mitgebracht.«

Er hielt ihr eine bescheidene Portion Käse hin, und Madame Phloi unterzog sie einer genaueren Untersuchung. Unglücklicherweise war es die falsche Sorte, und sie schüttelte wählerisch ihre Pfote.

»Du bist eine ganz schön anspruchsvolle Katze«, lachte Charlie. »Nun gut, dann setz dich hierher und schau Charlie beim Fensterputzen zu. Wehe, du springst auf den Sims hinaus! Ich werde nicht hinter dir herlaufen. Nein, Madame! Dieser alte Sims bröckelt ja schon. Eines Tages werden die Tauben einmal fest mit ihren Füßen auftreten, und weg ist er! ... He, schau nur die Scherben da draußen! Irgend jemand hat ein Fenster eingeschlagen.«

Charlie setzte sich auf die Marmorfensterbank und zog den oberen Teil des Schiebefensters bis auf seinen Schoß herunter. Während Madame Phloi sorgfältig jede seiner Bewegungen verfolgte, schlenderte Thapthim ins Zimmer, gähnte, streckte sich und verschlang den Käse.

»So, jetzt wird Charlie das Fliegengitter wieder einsetzen, und ihr beide könnt weiter diese verrückten Tauben beobachten. Auch das Fliegengitter fällt ja allmählich auseinander! Der ganze Bau hier scheint zusammenzubrechen.«

Er vergaß nicht, das Kissen wieder auf die kühle, harte Fensterbank zu legen, und ging weiter, um das nächste Fenster zu putzen. Die Madame setzte sich wieder auf ihren Posten und nahm ganz am Rand des Kissens Platz, damit Thapthim den größten Teil davon für sich haben konnte.

Die Tauben waren an diesem Morgen spät dran. Wahrscheinlich hatte der Fensterputzer sie verscheucht. Als Madame Phloi geduldig auf den ersten Besucher wartete, der mit graublauem Flügelschlag heruntterglitt, bemerkte sie die winzige Öffnung im Fliegengitter. Jedes Loch, so klein es auch sein mochte, stellte eine Versuchung dar; Madame Phloi mußte einfach beweisen, daß sie sich hindurchwinden konnte, so eng der Schlitz auch war, und ob es einen guten Grund dafür gab oder nicht.

Sie wartete, bis Charlie aus dem Apartment hinausgehinkt war, dann fing sie an, mit ihrer Nase gegen das Fliegengitter zu drücken, zunächst mit Schwung, dann mit Hartnäckigkeit. Zentimeter um Zentimeter löste sich das verrostete Gitternetz vom Rahmen, bis die gesamte Ecke lose herabhing und Madame Phloi hindurchgleiten konnte – Nase und Ohren, die schlanken Schultern, die zierlichen Vorderfüße einer Prinzessin, der gertenschlanke Rumpf, die mageren Flanken, Stahlfedern gleichende Hinterbeine, und schließlich der stolze braune Schwanz. Das erste Mal in ihrem Leben befand sie sich auf der Taubenpromenade. Ein köstlicher Schauder überkam sie.

Auf der anderen Seite des Fliegengitters beobachtete der lethargische Thapthim, den die seltsame Wendung in den Ereignissen wachgerüttelt hatte, seine wagemutige Mutter mit etwa einem halben Zentimeter weit herabhängender, rosafarbener Zunge. Kurz berührten sich die beiden durch das Fliegengitter hindurch mit ihren Nasen, dann bewegte sich die Madame auf ihrer Erkundungsreise weiter voran. Vorsichtig und mit gezierten Schritten wagte sie sich vor – diese Tauben hatten wirklich keine allzu reinlichen Gewohnheiten.

Der Sims war etwa einen halben Meter breit. Behutsam näherte sich Madame Phloi dem Rand; die Nase auf dem Boden, den Schwanz in die Höhe gestreckt. Zehn Stockwerke tiefer gab es sich bewegende Objekte, jedoch nichts von Interesse, wie sie entschied. Mit zierlichen Bewegungen spazierte sie am äußersten Rand des Simses entlang, um die Scherben zu meiden, dann riskierte sie es, in Richtung des Apartments des fetten Mannes vorzustoßen, angetrieben von einer Neugier, die sie fast vergessen hatte.

Sein Fenster stand auf, kein Fliegengitter versperrte die Sicht; artig spähte Madame Phloi hinein. Der Länge nach auf dem Boden ausgestreckt lag der fette Mann da, schnarchte, hob und senkte seinen dicken Bauch in einer Art Rhythmus. Einen Menschen auf dem Fußboden zu sehen war für die Madame immer ein Grund zur Beunruhigung, denn sie sah diesen als Domäne der Katzen an. Besorgt leckte sie sich über die Nase und starrte den fetten Mann aus ungeheuer großen Augen an, deren Iris auf hypnotische Weise etwas neben der Mitte lag. In einer dunklen Ecke des Zimmers schlug etwas mit den Flügeln und kreischte protestierend; der fette Mann wurde wach.

»Schttt! *Mach,* daß du hier rauskommst!« rief er und kam unsicher auf die Beine.

Mit drei Sätzen legte Madame Phloi die Distanz auf dem Sims zu ihrem eigenen Fenster zurück, zwängte sich durch das Fliegengitter und befand sich in Sicherheit. Nachdem sie sich umgesehen hatte, um nachzuschauen, ob der fette Mann imstande war, sie zu verfolgen, und beruhigt feststellte, daß das nicht der Fall war, putzte sie Thapthim die Ohren, sich selbst die Pfoten und setzte sich hin, um auf die Tauben zu warten.

Wie jede normale Katze lebte Madame Phloi nach der Regel, alles dreimal zu machen. Dreimal widersetzte sie sich jeder Neuerung, bevor sie sie akzeptierte, dreimal versuchte sie, ein Hindernis zu überwinden, bevor sie aufgab, dreimal probierte sie etwas Neues aus, bevor sie davon abließ. Infolgedessen unternahm sie noch zwei weitere Ausflüge auf die Taubenpromenade und überzeugte schließlich Thapthim davon, sich ihr anzuschließen.

Gemeinsam spähten sie über den Rand auf die Welt unter ihnen. Das Gefühl der Freiheit war berauschend. Unbekümmert setzte Thapthim einer niedrig fliegenden Taube nach und landete auf dem Rücken seiner Mutter. Sie ohrfeigte ihn dafür. Im Gegenzug versetzte er ihr einen Schlag auf die Nase. Sie balgten sich, wälzten sich auf dem Sims hin und her und hatten den tiefen Abgrund neben sich völlig vergessen; ausgelassen kniffen sie sich gegenseitig in ihre Hinterteile und fauchten sich mit heiseren Freudenlauten an.

Plötzlich und instinktiv kam Madame Phloi auf die Beine und duckte sich, um sich zu schützen. Der fette Mann hatte sich aus dem Fenster gebeugt.

»Hierher, miez, miez, miez!« sagte er mit diesem Fistelstimmenton, den sie so sehr verabscheute, und hielt ihnen auf einer Untertasse irgendeinen Leckerbissen hin. Die Madame erstarrte, Thapthim jedoch richtete seine wunderschönen, vertrauensvollen Augen auf den Fremden und spazierte den Sims entlang auf ihn zu. Schnurrend und freundlich mit dem Schwanz wedelnd, tappte er in die Falle. Alles geschah in Sekundenschnelle: die Untertasse wurde zurückgezogen, ein langer, schwarzer Kasten schlug wie ein Hockeyschläger nach Thapthim und fegte ihn vom Sims in den leeren Raum. Beim Fallen gab er nicht den kleinsten Laut von sich.

Als die beiden lachend und plaudernd heimkamen, die Arme voller Pakete, wußten sie sofort, daß jemand fehlte. Keiner grüßte sie an der Tür. Madame Phloi kauerte niedergeschlagen auf der Fensterbank und starrte auf ein Loch im Fliegengitter; Thapthim war nicht zu sehen.

»Schau dir das Fliegengitter an!« rief die sanfte Stimme.

»Ich wette, er ist auf den Sims hinausgeklettert!«

»Kannst du dich hinauslehnen und nachschauen? Sei bloß vorsichtig!«

»Halt du Phloi fest, ja?«

»Siehst du ihn?«

»Nicht die kleinste Spur! Es liegen eine Menge Glasscherben herum, und das Fenster nebenan ist eingeschlagen.«

»Meinst du, dieser Mann …? Mir wird übel.«

»Keine Sorge, Liebling! Wir werden ihn schon finden … Oh, die Klingel geht! Vielleicht bringt ihn ja jemand nach Hause.«

Charlie stand vor der Tür. Nervös und unbehaglich trat er von einem Bein auf das andere. »Entschuldigen Sie, meine Herrschaften«, sagte er. »Vermissen Sie eines Ihrer Kätzchen?«

»Ja! Haben Sie es gefunden?«

»Der arme Kerl!« meinte Charlie. »Ich fand ihn direkt unter Ihren Fenstern – dort, wo die Sträucher so dicht zusammenstehen.«

»Er ist tot!« stöhnte die sanfte Stimme.

»Ja, Ma'am. Es ist ein weiter Weg bis unten.«

»Wo ist er jetzt?«

»Ich habe ihn hinunter in den Keller gebracht, Ma'am, und werde richtig gut für ihn sorgen. Ich glaube nicht, daß Sie den armen Kerl sehen wollen.«

Immer noch starrte Madame Phloi auf das Loch im Fliegengitter und wartete auf Thapthim. Um sicherzugehen, überprüfte sie von Zeit zu Zeit auch die anderen Fenster. Als die Zeit verstrich und er immer noch nicht zurückkam, suchte sie hinter den Heizkörpern und unter dem Bett nach ihm. Neugierig spähte sie durch die offene Tür in den Schrank, in dem die Töpfe und Pfannen aufbewahrt wurden. Sie versuchte sich einen Weg in den Wandschrank zu bahnen und schnüffelte überall an der Haustür herum. Schließlich stand sie mitten im Wohnzimmer und rief mit hoher, klagender Stimme laut nach ihm.

Etwas später am gleichen Abend stattete Charlie dem Apartment einen weiteren Besuch ab.

»Ich wollte Ihnen nur berichten, Ma'am, wie gut ich für ihn gesorgt habe«, sagte er. »Ich habe eine Kiste geholt, die genau die richtige Größe hat. Eine weiße Kiste. Und ich habe ihn in ein Stück alten blauen Vorhangstoff eingewickelt. Die Farbe paßt richtig gut zu seinem Fell. Dann habe ich den kleinen Kerl direkt unter Ihrem Fenster hinter den Büschen begraben.«

Und immer noch suchte die Madame nach ihm, immer wieder kehrte sie zurück und betrachtete den Sims, von dem Thapthim verschwunden war. Sie verschmähte jegliche Nahrung, ließ jeden Versuch, sie zu trösten, abblitzen. Die ganze Nacht über saß sie mit großen Augen da und wartete im Dunkeln.

Das Wohnzimmerfenster war jetzt fest verschlossen. Als sie am folgenden Tag allein im einsamen Apartment zurückblieb, machte sie sich jedoch an den Fliegengittern im Schlafzimmer zu schaffen. Ein Gitter war neu und ein hoffnungsloser Fall; das zweite Fliegengitter war jedoch leicht angerostet, und bald bahnte sie sich vorsichtig ihren Weg durch einen Schlitz, der immer länger wurde, als sie sich auf den Sims hinauskämpfte.

Sie lavierte zwischen den Glasscherben hindurch, bis sie sich der Stelle näherte, von der Thapthim verschwunden war. Und dann passierte alles ein zweites Mal. Der fette Mann war wieder da und streckte ihr eine Untertasse entgegen.

»Hierher, miez, miez, miez!«

Madame Phloi duckte sich und wich zurück.

»Will das Kätzchen etwas Milch?« Erneut diese gräßliche Fistelstimme; dieses Mal wich sie jedoch nicht zurück. Nur wenige Zentimeter außerhalb seiner Reichweite kauerte sie sich auf dem Sims zusammen.

»Braves Kätzchen! Braves Kätzchen!«

Vorsichtig kroch Madame Phloi auf die Untertasse in der ausgestreckten Faust zu, verstohlen streckte der fette Mann die andere Hand aus und schnalzte mit den Fingern, als wenn er einen Hund rufen würde.

Diagonal wich die Madame zurück – halb in Richtung auf ihr Zuhause, halb auf den gefährlichen Rand zu.

»Hierher, Kätzchen! Komm hierher, Kätzchen!« säuselte er und lehnte sich weiter nach draußen. Leise sagte er dabei: »Du dreckiger Schleicher! Dich erwische ich schon noch, und wenn es das letzte ist, was ich jemals tun werde. Warst wohl hinter meinem Vogel her, wie?«

Madame Phloi erkannte die Gefahr mit all ihren Sinnen. Ihre Ohren legten sich zurück, ihre Schnurrbarthaare krümmten sich, und ihr weißer Bauch drückte sich gegen den Sims.

Sie bewegte sich ein kleines Stück auf ihn zu, der fette Mann schnappte nach ihr. Sie zuckte einen Schritt zurück, mit ungerührtem Blick schaute sie in sein schwitzendes Gesicht. Dann bemerkte sie, wie er verstohlen die Untertasse beiseite stellte und langsam seinen fetten Bauch weiter aus dem Fenster schob.

Ein weiteres Mal bewegte sie sich fast bis in seine Reichweite, wieder griff er mit seinen mächtigen Armen und Händen nach ihr.

Mit einer sanften Bewegung sprang die Madame beiseite.

»Jetzt bist du dran, du stinkende Katze!« rief er und kniete sich auf die Fensterbank. Dann warf er sich auf Madame Phloi. Sie rutschte ihm durch die Finger, und er landete mit seinem ganzen Körpergewicht auf dem Sims.

Ein Stück davon bröckelte unter ihm weg. Der fette Mann brüllte auf; krampfhaft versuchte er, sich in der Luft festzuhalten – im selben Augenblick raste ein cremefarbener brauner Strich davon. Der Mann gab sehr häßliche Geräusche von sich, als er fiel.

Madame Phloi lag derweil bereits zusammengerollt auf ihrem Teppich im Wohnzimmer, genoß die warmen Sonnenstrahlen und putzte sich unschuldig ihren schönen braunen Schwanz.

Pamela Sargent

Der Pferch im Gebirge

Pamela Sargent ist Herausgeberin und Autorin und zählt als diese zu den besten ihrer Generation. Großes Echo fanden ihre Anthologien Women of Wonder; More Women of Wonder; The New Women of Wonder *und der gemeinsam mit Ian Watson veröffentlichte Titel* Afterlives. *Von der Kritik einhellig gelobt wurden ihre Romane* Cloned Lives; The Sudden Star; The Golden Space; Watchstar; Earthseed; The Alien Upstairs; Eye of the Comet; Homeminds; The Shore of Women *und* Venus of Dreams. *Sammlungen ihrer Kurzgeschichten sind unter den Titeln* Starshadows *und* The Best of Pamela Sargent *erschienen. Ihre jüngste Veröffentlichung ist der Roman* Venus of Shadows. *Sie lebt in Binghamton, New York.*

In der folgenden Geschichte bietet sie uns eine neue Perspektive auf das durch Krieg herbeigeführte menschliche Elend. Sie schildert eine Katastrophe, die so gewaltig und entsetzlich ist, daß selbst die Vögel und die Luft und die Tiere auf der Erde davon betroffen sind – nicht zuletzt natürlich die Katzen.

Mewleen hatte einen zerschlagenen Spiegel am Wegrand entdeckt. Mit der Pfote tupfte sie auf glitzernde Scherben, schaute aufmerksam hin und miaute.

Hrurr leckte eine seiner hellen Pfoten und fragte sich, ob Mewleen es wohl schaffen würde, die Sperre zu durchbrechen. Das mochte ihr ja gerade noch gelingen, aber er bezweifelte, daß sie dann auch hindurchkriechen könnte. Die Bruchstücke des Spiegels waren zu klein. Er schüttelte sich und ging zu ihr hin.

Aus einer scharfkantigen Scherbe starrte ihm ein Kater mit dickem Fell entgegen. Hrurr duckte sich tiefer; sein

Gegenüber tat dasselbe. Er maunzte; der andere öffnete den Mund, doch die Sperre ließ keinen Laut hindurchdringen. Neben dem hellen Fremden tauchte eine zweite, schwarzweiße Katze auf, als Mewleen näher rückte.

»Sie sieht genauso aus wie du«, sagte Hrurr. »Hat sogar den weißen Fleck am Kopf.«

»Natürlich. Das ist die Mewleen aus der anderen Welt.«

Hrurr kniff die Augen halb zusammen. Er hatte solche Katzen früher schon gesehen; sie befanden sich hinter Sperren, blieben immer außer Reichweite in ihrer eigenen Dimension, und er fragte sich, ob sie es da wohl besser hatten.

Mewleen setzte sich. »Willst du wissen, was ich denke, Hrurr? Manchmal stecken wir alle zwischen den Welten, dann nämlich, wenn wir aus vielen Möglichkeiten eine auszuwählen haben, wenn sich mehrere Wege vor uns auftun. Schlägst du den einen ein, läuft dir eine fette Maus in die Quere, nimmst du den anderen, taucht ein Zweibeiner auf, gibt dir Milch und ein warmes Plätzchen zum Schlafen. Gehst du den dritten Weg, mußt du Kohldampf schieben und die Nacht im Kalten verbringen. Solange du dich nicht entschieden hast, sind alle diese Möglichkeiten gleichermaßen real. Aber wenn du einen bestimmten Weg einschlägst ...«

»Dann gehst du eben nur den einen«, führte Hrurr zu Ende und sprang plötzlich zur Seite in der Absicht, sein Gegenüber zu foppen, doch es war im selben Augenblick zur Seite gesprungen. »Das heißt, du wärst die anderen Wege nie gegangen; sie boten gar keine echten Möglichkeiten.«

»Doch. Bis zur Entscheidung jedenfalls.« Mewleen ließ den Schwanz in die Höhe wippen. »Ich stelle mir andere Welten vor, in denen alle Möglichkeiten gleichzeitig existieren. Ich zum Beispiel werde bald nach Hause gehen, aber diese Katze dort entscheidet sich womöglich für was anderes.«

Hrurr setzte die Pfote auf die Scherbe, aus der ihm sein

Zwilling entgegenblickte. Ob der wohl noch ein Zuhause hat, fragte er sich.

Mewleen wälzte sich auf den Rücken und präsentierte ihren weißen Bauch. »Komm mit mir«, sagte sie. »Meine Zweibeiner werden auch für dich was zu fressen haben, und wenn sie sehen, daß ich dich gern bei mir haben möchte, werden sie dich aufnehmen. Sie erfüllen mir jeden Wunsch.«

Sein Schwanz zuckte. Er war immer schon ein Streuner gewesen, nicht erst seit jener Nacht, als die Zweibeiner, bei denen er lebte, von anderen aus ihrem Haus gezerrt und in das klaffende Maul eines großen, eckigen Ungetüms aus Metall geworfen worden waren. Danach hatte er sich am Stadtrand herumgetrieben und immer wieder darüber nachgedacht, was wohl in dieser Welt sonst noch alles passieren mochte, wo die Zweibeiner übereinander herfielen und ihre Verpflichtungen vergaßen, die sie Katzen gegenüber haben. Nur einmal war er in das alte Haus zurückgekehrt und hatte feststellen müssen, daß vor einem der oberen Fenster eine Fahne mit schwarzem Hakenkreuz hing. Das Symbol erkannte er wieder. Er hatte es schon an manchen Zweibeinern und auf Wimpeln gesehen, die über der Straße flatterten. Die Fahne an seinem ehemaligen Zuhause wehte im Wind, und mal verwandelte sich das Hakenkreuz in einen fliegenden Vogel, mal in eine verunstaltete Kralle. Während er dahockte und die Fahne betrachtete, war ein fremder Zweibeiner gekommen und hatte ihn davongejagt.

»Ich möchte lieber herumstreunen.« Er blickte die Straße entlang und fragte sich, ob sie wohl bis zum Gipfel des Berges hinaufführte. »Ich möchte andere Orte kennenlernen. Wenn's mich packt, bin ich nicht zu halten.«

Mewleen trottete auf ihn zu. »Begreifst du denn nicht?« sagte sie und deutete mit der Nase auf die Scherben am Boden. »Daß das Fenster zur anderen Welt zersprungen ist, hat was zu bedeuten. Dir stehen alle Möglichkeiten offen. Du könntest in die andere Welt überwechseln, und dir würde nicht einmal bewußt, daß du deine vertraute Umgebung verlassen hast.«

»Vielleicht bin ich dazu bestimmt, irgendeine Aufgabe zu erfüllen. Womöglich hat es mich deshalb hierher verschlagen.«

»Komm mit mir. Ich biete dir ein Zuhause.«

»Das kann ich nicht annehmen, Mewleen.« Er spitzte die Ohren. Aus der Ferne war ein dumpfes Schnarren zu hören, das immer lauter wurde und zu einem ohrenbetäubenden Dröhnen anschwoll.

Beide sprangen von der Straße und suchten Deckung im hohen Gras, als eine Meute metallener Ungeheuer vorbeidonnerte und die Luft aufwirbelte. Über den Augen der Kolosse flatterten kleine Hakenkreuzfahnen, und in den Bäuchen waren hinter beschlagenen Scheiben bleiche Gesichter zu sehen.

Im Nu war die Herde vorbeigezogen. Hrurr schaute sich nach Mewleen um, doch die hatte die Flucht ergriffen und war verschwunden.

Hrurr folgte der Straße und erreichte eine Kuppe. Dahinter sah er wieder die Ungeheuer aus Metall. Sie waren stehengeblieben. Ein Tor versperrte ihnen den Weg.

Vor dem Tor standen mehrere Zweibeiner in loser grauer Haut; zwei von ihnen näherten sich dem ersten Metallkoloß, lugten durch die Öffnung ins Innere, traten dann zurück und streckten den rechten Arm aus, während andere das Tor öffneten und das erste Ungetüm passieren ließen. Die beiden Grauen gingen nun zum nächsten weiter, schauten wiederum ins Innere und hoben erneut den Arm. Ihre Haltung erinnerte Hrurr an flügellahme Vögel, die vergeblich in die Luft aufzusteigen versuchen.

Er huschte von der Straße und schlich über ein federndes Bett aus trockenen Kiefernnadeln. Weiter vorn sah er einen Stacheldrahtzaun, der sich zwischen den Bäumen entlangwand. Seine Schnurrbarthaare zuckten spöttisch.

Eine solche Sperre konnte ihn nicht aufhalten. Geduckt kroch er darunter hinweg, behutsam, um nicht von einem der Stachel geritzt zu werden.

Das Licht wechselte. Zwischen dunklen Schatten tauchten helle Sonnenflecken auf. Die Baumwipfel seufzten im Wind. »Vorsicht, Katze!« riefen die Vögel, als Hrurr näherpirschte. »Gebt acht! Hütet eure Nester! Vorsicht, Katze!«

»Ach, seid doch still«, murmelte Hrurr.

Eine Schwarzdrossel ließ sich auf einen tiefhängenden Zweig nieder. Hrurr gierte nach ihr und leckte das Maul. »Dummer Kater«, neckte sie ihn. »Du bist doch einer von denen, die sich in den Städten herumtreiben, Mülltonnen nach Essensresten durchwühlen und Schutz suchen, wenn der Sturm ausbricht und Häuser niederreißt. Die Zweibeiner rotten sich zusammen, und die Welt wird dunkel, wenn die silbernen Vögel durch den Himmel donnern und Schildkröten aus Metall übers Land kriechen. Du glaubst, ihnen entfliehen zu können, aber das gelingt dir nicht. Die Erde öffnet sich und nimmt die Toten auf.«

Hrurr sprang in die Höhe und schlug nach der Drossel, doch die flatterte auf einen anderen Zweig. »Das geht mich nichts an«, fauchte er; solche Sprüche von Vögeln waren ihm nicht fremd. »Die Gegend hier ist sicher.« Aber er mußte an den zersprungenen Spiegel denken und an das, was Mewleen gesagt hatte.

»Dummer Kater. Weißt du, wo du bist? Die Zweibeiner haben hier in den Bergen einen Pferch angelegt. Du steckst mittendrin.«

»Mich kann kein Pferch aufhalten!« schrie Hrurr dem davonflatternden Vogel hinterher. Ich lebe, dachte er, atmete tief ein und füllte die Lungen mit würziger Waldluft.

Das Licht nahm nun ab. Bald würde es Nacht sein. Auf der Suche nach Beute pirschte Hrurr tiefer ins Gebüsch. Tief unten in der Erde hatten sich Wühlmäuse verschanzt und legten sich nun schlafen.

Im Morgengrauen schreckte Hrurr auf. Ein kleiner grauer Vogel schwirrte vorbei, landete unweit vor ihm auf dem Boden und pickte Samenkörner auf.

Der Kater setzte zum Sprung an, schnellte vor und packte den Vogel mit beiden Pfoten.

»Du grausames Tier«, piepte der Vogel kläglich.

»Ich bin nicht grausam. Aber um zu leben, muß ich fressen.« Er versetzte dem hilflos flatternden Vogel einen Klaps mit der Pfote.

»Dann beeil dich. Ich kann diese Angst nicht länger ertragen ... Warum quälst du mich?«

»Du sollst dich auf deinen Tod vorbereiten können.«

»Ach«, jammerte der Vogel. »Meine Freunde werden mich vermissen – und nie mehr werde ich den Wind singen hören, nie mehr mich auf ihm zu den Wolken hinaufschwingen.«

»Du wirst dahin gehen, wo die Geister wohnen«, entgegnete Hrurr. »Und dort gibt's weder Jäger noch Gejagte. Darauf mach dich jetzt gefaßt.« Er tötete den Vogel, und als er starb, glaubte Hrurr, das Flattern unsichtbarer Flügel hören zu können. »Entschuldige«, flüsterte er, »aber mir bleibt bei so etwas keine Wahl. Friß oder stirb; das galt auch für dich. So bleibt die Welt im Gleichgewicht.« Er war taub für die Antwort der Vogelseele.

Als er gefressen hatte, setzte er seinen Weg durch den Wald fort, bis er eine Lichtung erreichte. Der Pfad vor ihm wand sich den Berghang hinauf zu einem runden, steinernen Turm mit spitzem Dach und führte von dort aus weiter zu einem langgestreckten Haus. Offenbar wohnte darin ein besonders großer Zweibeiner oder jemand, der viel Platz brauchte. Hrurr schlich auf den Steinturm zu, hielt inne und blickte den Hang hinunter.

Die Häuser der Zweibeiner unten im Tal waren von hier oben nicht größer als seine Pfote, und wie ein Band schlängelte sich der Fluß von den Bergen herab. So sehen Vögel die Welt, dachte er; für sie sind die Zweibeiner winzige Wesen, deren Städte Ameisenhaufen, und selbst die Berge sind für sie nur Hügel. Ihm war plötzlich, als täte sich ein Abgrund auf, der ihn zu trennen drohte von der Welt ringsum.

Er streckte sich auf dem Boden aus und legte den Kopf auf die Pfoten. Die Zweibeiner, so dachte er, sind längst getrennt von dieser Welt; sie verstehen nicht, was Tiere untereinander bereden, und sind nicht in der Lage, mit dem Opfer ein paar letzte Worte zu wechseln, fressen sie doch nur, was schon lange tot ist. Hrurr war schon immer der Meinung gewesen, daß Zweibeiner seelenlose Wesen wären, irregeleitet durch falsche Instinkte; sie bauen auf, reißen ein, bauen wieder auf und gehen durchs Leben wie im Traum. Als der Kater nun ins Tal blickte, drängte sich ihm der Eindruck auf, als hätten sich die Zweibeiner absichtlich, kraft ihres Willens, von der realen Welt abgesetzt. Und wer sich von ihr so weit entfernte, bildete sich ein, sie beherrschen zu können. So waren womöglich ihre Bauwerke als Versuch zu sehen, ihre Umgebung in eine feste Form zu gießen. Vielleicht nahmen sie die Welt im ganzen so wahr wie er, Hrurr, von der Höhe des Berges das winzige Dorf da unten im Tal.

Dieser Gedanke machte ihn unruhig, und er rannte, so schnell es ging, den Pfad entlang, immer näher auf das langgestreckte Haus zu. Von weitem konnte er die Veranda erkennen. Wer dort stünde, würde ihn, wenn überhaupt, nur als kleinen Fleck ausmachen, nicht größer als eine Maus. Jetzt hatte er fast die Höhe des Hangs erreicht und sah, daß sich zwischen den Bäumen noch andere Häuser versteckten.

Sein Fell sträubte sich. Sehnsüchtig dachte er an Mewleen. Ihr Gehör war enorm scharf und verleitete sie dazu, aus allen noch so belanglosen Geräuschen verschlüsselte Botschaften herauszufiltern. Immerhin war sie deshalb kaum von einer Gefahr zu überraschen. Er wünschte sich, daß er sie nun um Rat bitten könnte. Vielleicht hätte sie etwas wahrgenommen, wofür er blind und taub war.

Da regte sich was im Gras. Hrurr hielt inne. Ein kleiner grauer Kater starrte ihm entgegen. Für einen Moment glaubte Hrurr, Mewleen in Gedanken heraufbeschworen zu haben. Aber dann erkannte er den Rivalen und fiel fauchend über ihn her.

»Ha!« rief der kleinere Kater und wischte ihm eins übers Ohr. Hrurr schlug zurück und verfehlte nur knapp das Auge des Gegners. Sie wälzten sich über den Boden, fest ineineinander verkrallt. Hrurr machte dieser Kampf Spaß, und er maunzte aus voller Brust.

Plötzlich ließ der andere von ihm ab, huschte außer Reichweite und leckte seine Wunden. Hrurr zischte ihm zu: »Du bist kein Gegner für mich, Jungchen.« Er wartete auf eine Geste der Unterwerfung.

»Meinst du? Du bist zwar größer, aber dafür bin ich jünger und wendiger.«

»Du bist vor allem klein, Jungchen.«

»Nenn mich nicht Jungchen. Mein Name ist Ylawl, und so möchte ich angeredet werden.«

»Tatsächlich, Jungchen?«

Der Kleine hob den Kopf. »Was treibst du hier eigentlich?«

»Dasselbe könnte ich dich fragen.«

»Ich gehe, wohin ich will.«

»Und das trifft auch für mich zu.«

Der junge Kater rückte ein wenig näher, blieb aber auf Distanz. »Hat dich ein Zweibeiner hierhergebracht?«

»Nein«, antwortete Hrurr. »Ich bin allein gekommen.«

Ylawl verdrehte den Kopf und zeigte Respekt. »Dann haben wir was gemein miteinander.«

Stumm und reglos hockten die beiden eine Weile Auge in Auge da. Für Hrurr verwandelte sich die Umgebung in ein graues Feld. Das geschah, sooft er nur auf einen Punkt starrte und alles andere nicht zur Kenntnis nahm. Mewleen hatte gesagt, daß alle Katzen genauso empfinden. Erst als er den Blick schweifen ließ, kehrte die Welt zurück.

»Ich verrate dir was«, sagte er zu dem kleinen Kater. »Eine Freundin von mir behauptet, daß es hier in der Nähe eine Stelle gibt, an der man von einer Welt in die andere überwechseln kann.« Er war drauf und dran, auch die Vorstellung zu schildern, die ihm beim Ausblick auf das Tal in den Sinn gekommen war, hielt sich aber zurück.

»Wir sind hier in einem Pferch«, erwiderte Ylawl mit Blick auf das Haus. »Tag für Tag kommen Metallkolosse her. Aus ihren Bäuchen steigen Zweibeiner. Sie versammeln sich in dem Haus, laufen auseinander und kehren zurück. Offensichtlich haben sie sich hier oben festgesetzt und sind anscheinend stolz darauf.«

Hrurr reckte sich. »Versteh ich nicht. Ich wäre doch nicht stolz darauf, gefangen zu sein.«

»Die Zweibeiner denken da anders. Sie leben wie die Ameisen oder Bienen. Wer frei in der Welt herumstreunt, ist bei denen nicht gut angesehen.«

Hrurr dachte an die Zweibeiner, bei denen er gelebt hatte und die dann weggeschleppt worden waren. Vielleicht streunten sie jetzt in der Gegend herum? Plötzlich fühlte er sich von dem kleinen Kater irritiert. Trotz seiner Jugend redete er, als wüßte er über alles Bescheid. Hrurr sträubte die Haare und duckte sich angriffslustig. »Du bist dumm«, sagte er. Ylawls Schwanz wippte verärgert hin und her.

Ein kurzer, scharfer Laut durchbrach die Stille. Hrurr legte die Ohren an. Noch einmal dieses Bellen.

Ylawl sprang auf, flitzte auf eine Baumgruppe zu und versteckte sich im Schatten. Hrurr folgte ihm und kauerte sich an der Seite des Kleinen nieder. »Es gibt also Hunde hier«, murmelte er. »Wir müssen uns verkriechen.«

»Die Hunde jagen mir keine Angst ein«, antwortete Ylawl, aber das gesträubte Fell und die anliegenden Ohren straften ihn Lügen.

Drei weibliche Zweibeiner kamen den Pfad herauf. Zwei von ihnen führten je einen schwarzen Terrier an der

Leine, ein Umstand, den Hrurr dermaßen verächtlich fand, daß seine Schnurrbarthaare unwillkürlich zuckten.

Als die Gruppe näher kam, klaffte einer der Hunde: »Ich wittere Katzen, ich wittere Katzen.« Er zerrte an der Leine und hechelte geifernd.

»Ja, ja, Katzen«, bestätigte der andere Hund. Die Zweibeinige hatte Mühe, ihn zurückzuhalten.

»Negus!« rief sie, ging in die Knie und zog den Hund zu sich heran. Sie flüsterte ihm etwas zu und bewegte dabei die Lippen, wie bei Zweibeinern so üblich, wenn sie reden. »Läuft diese Töle, die Bormann hergebracht hat, etwa wieder frei herum?«

»Kann ich mir nicht vorstellen«, antwortete die andere.

»Ein schreckliches Biest; hat's auf meine Lieblinge abgesehen. Daß Adolf sie hierbehalten hat, paßt mir gar nicht«, sagte die eine und verzog das Gesicht dabei.

»Da sind Katzen in der Nähe«, knurrte der Hund, doch die Zweibeinige konnte ihn nicht verstehen. Das Frauchen stand wieder auf; es war größer als die Begleiterin, hatte blondes Fell auf dem Kopf und ein freundliches Gesicht.

»Er hat seine Generäle zum Rapport bestellt, Eva«, sagte die andere. Hrurr konnte der Unterhaltung nicht folgen. Er verstand nur jene Zweibeiner, bei denen er gelebt hatte, und nur solche Wörter, mit denen er gerufen oder zum Fressen eingeladen worden war.

»Darüber will ich nicht reden«, meinte die Blonde. »Es geht mich nichts an, und was hätte ich dazu auch schon zu sagen?«

Ihr Terrier zerrte immer noch an der Leine in Richtung auf das Versteck der Katzen. Doch plötzlich hob er das Hinterbein und pinkelte an einen der Holzpfosten des Zauns, der den Weg begrenzte. »Ich weiß, wo ihr steckt«, sagte der Hund und schnupperte.

»Ach, Negus«, antwortete Ylawl. »Wie ich sehe, bist du nach wie vor gefangen. So wie Stasi auch. Wollt ihr euch nicht endlich mal befreien?«

»Um zu verhungern?« entgegnete Negus. »Um ziellos

herumzuirren?« Und schnuppernd fügte er hinzu: »Da ist jemand bei dir, Ylawl.«

»Ja, noch eine freie Seele.«

Negus bellte und zerrte an der Leine, doch sein Frauchen setzte den Weg fort und schleifte ihn hinter sich her. Ylawl machte die Augen zu und gähnte. »Sklavenvieh. Hat sogar schon seinen eigenen Namen vergessen und hört nur noch auf den, mit dem ihn sein Frauchen ruft. Der andere Köter ist noch schlimmer dran.«

»Sein Begleiter da vorn?«

»Nein, ich spreche von der großen Hündin. Die lebt auch hier in diesem Pferch.« Ylawl kratzte sich mit der Hinterpfote am Hals. »Sie ist so verhätschelt und verzogen, daß sie mittlerweile schon unsere Sprache vergessen hat.«

»Wie ist das möglich?«

»Nun, sie gerät ganz nach den Zweibeinern, und die können uns ja auch nicht mehr verstehen, falls sie uns überhaupt jemals verstanden haben«, antwortete Ylawl. »Sie nehmen nicht mal zur Kenntnis, wie wir wirklich heißen, und denken sich andere Namen für uns aus. So dumpf und stumpfsinnig wird jeder, der sich allzu lange in ihrer Gegenwart aufhält.«

Hrurr pflügte mit den Krallen den Boden. Für Hunde hatte er noch nie viel übrig gehabt. Sie waren, wie er fand, plumpe Wesen ohne Würde. Aber nun zu hören, daß sie sogar ihr Sprachvermögen einbüßten, weckte doch Mitleid in ihm. Hrurr dachte an Mewleen; sie hatte recht behalten. Er war in eine Welt übergewechselt, in der alles mögliche passieren konnte. Es grummelte aus seiner Kehle, und der Schwanz schlug hin und her.

»Was ist los mit dir?« wollte Ylawl wissen.

»Ich kann's nicht glauben. Ein Hund, der nicht sprechen kann.«

»Du scheinst nicht viel von der Welt kennengelernt zu haben. Sei froh, daß du noch keinem Wachhund in die Quere gekommen bist. Versuch mal, dich mit so einem zu unterhalten. Der hält sich nicht lange mit höflicher Begrüßung auf, sondern schnappt gleich nach deiner Kehle. Diese Typen können nichts als knurren und kläffen.«

Die altkluge Art des jungen Katers ging Hrurr gegen den Strich. Er gab ihm einen Klaps, wofür sich Ylawl sofort revanchierte, und bald setzte es wütende Hiebe.

Hrurr gab schließlich nach. Der Kleine musterte ihn aus bedrohlich funkelnden Augen. »Jetzt verstehe ich endlich«, sagte Hrurr. »Ich weiß, was mich hierher verschlagen hat.«

»Na, was denn?« fragte der andere.

»Ich muß unbedingt mit der Hündin sprechen, die du soeben erwähnt hast. Wenn ihr bewußt wird, wie es um sie steht, wird sie Reißaus nehmen wollen. Nicht, daß ich ein Freund von Hunden wäre, aber hier steht mehr auf dem Spiel. Es gilt zu verhindern, daß die Zweibeiner immer mehr Lebewesen in ihre Gewalt bringen und daß sie uns alle dazu zwingen, die Welt mit ihren Augen zu betrachten. Dann gäbe es keine Stimmen mehr, nur noch Schweigen, und um uns wär's geschehen.«

Ylawl dachte nach. »Ich habe Vögel davon berichten hören, daß Städte brennen und tote Zweibeiner in den Trümmern liegen. Es scheint also, die Zweibeiner schaden sich nur selbst. Offenbar geht's mit denen zu Ende, nicht mit uns. Dann gehört die Welt wieder uns allein, wie es früher schon war.

»Aber sie werden uns mit in den Abgrund zerren!« rief Hrurr in Erinnerung an die Worte der Schwarzdrossel.

»Schau dich um. Siehst du was, das dich beunruhigen könnte? Die Hunde vielleicht, zugegeben, aber auf diese Typen stößt man nun mal überall. Immerhin sind sie hier an der Leine. Von denen haben wir nichts zu befürchten.«

»In einem Pferch will ich nicht leben«, antwortete Hrurr. »Sogar ein Hund hat Besseres verdient. Ich muß mit dieser Hündin reden. Wenn sie meine Warnung ernst nimmt, wird sie die Flucht ergreifen und ihresgleichen aufrufen, ihr in die Freiheit zu folgen.«

Ylawl machte einen Buckel. »Tu das. Du wirst schon bald einsehen, daß ein solches Vorhaben sinnlos ist.« Er legte sich wieder in den Schatten und schloß die Augen.

Hrurr starrte vor sich hin, und die Welt ringsum verschwand. Wo ist sie hin? fragte er sich. Warum löst sie sich auf? Dann bewegte er die Augen, und alles rückte an seinen Platz zurück: Ylawl, der neben ihm lag, der Zaun, das Haus auf dem Hügel. Wie oft mochte er schon von einer in die andere Welt übergewechselt sein, ohne es zu wissen? Waren alle Welten einander so ähnlich, daß er sich, wenn er die Augen bewegte, hier wie dort scheinbar am selben Platz wiederfand? Oder hatte er seine Welt gar nicht verlassen? Waren ihm Einblicke in andere Welten nur möglich durch Fenster aus blankem Glas?

»Wann kann ich diese Hündin sehen?« fragte Hrurr.

»Früher als dir lieb sein dürfte«, antwortete Ylawl. »Sie wird bald an ihrer Leine ausgeführt.«

Ein ums andere der Ungetüme aus Metall rollte vor das Berghaus und entließ Zweibeiner in Grau, die vor dem Eingang Stellung bezogen. Ganz zum Schluß kam ein Mann in Schwarz, begleitet von zwei Zweibeinern, die ebenfalls schwarz gekleidet waren. Sie schenkten den grauen Artgenossen keinerlei Beachtung und verschwanden im Eingang.

Hrurr hatte sich herangeschlichen und lag wartend im Gras. Ylawl schlich um die Metallkolosse herum; hinter den großen Scheiben vorn waren Gesichter auszumachen.

Nach einer Weile verließ eine Gruppe von Zweibeinern das Haus; kopfschüttelnd gingen sie auf die Metallkolosse zu. Die Männer in Grau richteten sich kerzengerade auf und winkten mit ausgestrecktem Arm, bevor sie ihnen den Bauch der Ungetüme öffneten. Einer aus der Gruppe sah Hrurr im Gras liegen und starrte ihn an. Bei Hrurr meldeten sich vage Erinnerungen. Insgeheim erwartete er, mit freundlichen Worten angesprochen oder getätschelt zu werden, doch der Zweibeiner wendete sich ab und blickte den Ungetümen nach, die mit Gedröhne auf die Straße zurollten.

Auf der Veranda über dem Eingang tauchten nun zwei Gestalten auf. Hrurr blickte aufmerksam zu ihnen hoch. Sie lehnten an der steinernen Brüstung und hielten Ausschau. Dann entdeckte Hrurr plötzlich zwischen den beiden Gestalten einen Vierbeiner mit langer Schnauze: einen Schäferhund.

»Da ist sie«, sagte Ylawl und trippelte mit steil aufgerichtetem Schwanz auf Hrurr zu. Einer der Zweibeiner streichelte liebevoll mit der Hand über den Kopf der Hündin. Sie öffnete die Schnauze und streckte hechelnd die Zunge hervor.

»Ich muß mit dir reden!« rief Hrurr.

Die Hündin spitzte die Ohren, sprang mit den Vorderläufen auf die Brüstung und bellte.

»Ich muß mit dir reden«, wiederholte Hrurr. »Hörst du mich?«

Sie bellte erregt. Um sie zu beruhigen, klopfte ihr das Herrchen auf die Schulter. Hrurr sah sich die Gestalt nun näher an. Sie hatte eine schwarze Mähne auf dem Kopf, die ihr seitlich über die Stirn fiel. Auch unter der Nase war ein schwarzer Klecks aus Haaren zu sehen.

»Wie heißt sie?« wollte Hrurr von Ylawl wissen.

»Blondi«, antwortete der junge Kater und ließ deutlich anklingen, was er von diesem Namen hielt. »So wird sie jedenfalls von den Zweibeinern genannt. Wie gesagt, ihren eigentlichen Namen hat sie vergessen.«

»Blondi!« rief Hrurr, und wieder bellte die Hündin. »Verstehst du mich nicht?« Anstatt zu antworten, ließ sie sich hinter die Balustrade zurückfallen und verschwand.

»Ich glaube doch, daß sie dich verstanden hat«, meinte Ylawl. »Entweder will sie nicht mit dir sprechen, oder sie traut sich nicht in Anwesenheit der Zweibeiner.«

»Aber die würden doch nicht wissen, was sie sagt.« Enttäuscht trottete Hrurr den Hang hinab auf den Pfad zu, der vom Haus wegführte. Als er sich noch einmal umblickte, waren die Zweibeiner von der Veranda verschwunden.

Er machte halt und putzte sich. Plötzlich bogen mehrere Zweibeiner um die Ecke des Hauses und marschierten auf den Pfad zu. Unter ihnen befand sich auch Blondi. Sie war nicht angeleint, hob die Schnauze und schnupperte.

»Katzen!« jaulte sie und fing zu bellen an. Ylawl rannte auf den nächstbesten Baum zu, die Hündin in langgestrecktem Lauf hinter ihm her. Hrurr hielt es nun auch für angezeigt, sich in Sicherheit zu bringen, rannte ebenfalls und kletterte gleich hinter Ylawl den Baum hinauf.

Gemeinsam hockten sie auf einer Astgabel und fauchten wütend, während sich Blondi am Stamm aufrichtete und mit den Pfoten an der Rinde kratzte. »Haut ab«, schnauzte sie. »Tut meine Meister bloß nicht in die Quere kommen. Euch hat hier nichts verloren.«

Hrurr war entsetzt über die Art, wie sie sprach, so falsch und schlampig. Offenbar war sie sich dessen nicht einmal bewußt. »Blondi!« rief er. »Verstehst du, was ich sage?«

Die Hündin hielt inne und ließ sich auf den Boden zurückfallen. »Zu schnell. Mehr langsam.«

Wie dem kleinen Kater, so stand auch ihm, Hrurr, das Fell zu Berge. »Du hast unsere Sprache verlernt«, sagte er betont langsam. »Weißt du, was das bedeutet?«

Die Hündin bellte.

»Du hast zu lange unter Zweibeinern gelebt und einen Teil deiner Seele eingebüßt. Du hast dich zu sehr von ihnen vereinnahmen lassen. Hör mir zu! Rette dich, bervor's zu spät ist!«

»Ich tu' meine Meister dienen.«

»Nein, er hat gefälligst dir zu dienen. Soll er dich ruhig füttern und seinen Spaß an dir haben, aber er darf dir nicht die Sprache nehmen. Das ginge zu weit. Es würde ganz und gar still um dich werden, so still wie um ihn. Verstehst du mich?«

»Blondi!« rief der Zweibeiner mit dem schwarzen Klecks unter der Nase. Die Hündin zögerte; natürlich würde sie jetzt lieber den Katzen nachstellen, aber sie gehorchte, lief zurück und wälzte sich vor seinen Füßen im Gras. Auf sein Kommando stellte sie sich auf die Hinterbeine; er hob einen Ast vom Boden auf, hielt ihn in die Höhe und forderte sie bellend auf, darüber hinwegzuspringen. Sie sprang, nahm artig Platz und ließ sabbernd die Zunge aus den Lefzen baumeln.

Hrurr konnte nicht länger hinschauen, so empörend fand er, was da passierte. Anfänglich hatte er Hoffnung geschöpft, weil die Hündin nicht angeleint war, doch nun wußte er, daß es der Leine gar nicht mehr bedurfte. Die Hündin war durch und durch versklavt.

Blondi ließ sich für ihren Gehorsam loben und sprang der Gruppe voraus, die, in Zweierreihen marschierend, den Hang hinabstieg. Vorneweg gingen Blondis Herrchen und jene Frau, die Hrurr zuvor schon gesehen hatte und die Eva genannt wurde. Die anderen folgten wie Gänse im Gleichschritt.

»Blondi!« rief Hrurr noch einmal, doch sie ließ sich nicht locken und schaute nur demütig zu ihrem Herrchen auf.

Ylawl maulte: »Du hast nicht auf mich gehört und wolltest unbedingt mit ihr reden. Jetzt haben wir den Salat und sitzen fest. Wie sollen wir hier jemals wieder runterkommen?«

Hrurr tastete sich zum Baumstamm vor, schlug die Krallen in die Rinde und kletterte rücklings hinab; bald verlor er aber den Halt und stürzte. Immerhin gelang es ihm, auf den Pfoten zu landen. »Komm!« rief er Ylawl zu.

»Ich kann nicht.«

»Sei kein Frosch.«

»Ich kann nicht.« Der junge Kater miaute kläglich.

Vor dem Haus standen immer noch die beiden Gestalten in Schwarz. Sie wurden auf die Katzen aufmerksam und kamen näher. Auf ihre einschmeichelnden Annäherungsversuche reagierte Hrurr mit wütendem Fauchen; er fühlte sich bedroht und wich zurück.

Einer der beiden hangelte sich, unterstützt von dem anderen, an einem Ast hoch, packte Ylawl beim Kragen und holte ihn vom Baum. Verängstigt krallte sich der kleine Kater an seinem Arm fest, worauf der ihn zu Boden fallen ließ und mit dem lederbekleideten Fuß nach ihm trat. Doch Ylawl wich aus, rannte los und verschwand hinterm Haus.

Der andere ging in die Hocke, streckte die Hand nach Hrurr aus und bewegte die Lippen. Der Kater blickte in blaßblaue Augen; an der Kopfbedeckung erkannte er ein silbernes Zeichen in der Form eines Totenkopfes. Hrurr war wie gelähmt, als er das sah. Erinnerungen wurden wach. Er dachte an jenen Mann, der ein ähnliches Zeichen getragen und zusammen mit seinen Kumpanen in Schwarz die Zweibeiner Hrurrs aus dem Haus gezerrt und verschleppt hatte. Hrurr fing am ganzen Körper zu zittern an.

»Wo sind meine Leute?« fragte er, obwohl ihm klar sein mußte, daß ihn keiner verstehen konnte. Der Mann, der vor ihm hockte, bleckte die Zähne; der andere ging im Kreis um ihn herum.

Hrurr fackelte nicht länger und rannte den Hang hinauf. Die beiden hasteten ihm nach, gaben die Verfolgung aber bald auf, bogen ab und schlenderten aufs Haus zu.

Am Fuß eines Baums machte der Kater halt und dachte nach. Ob man seine Leute wohl hierher an diesen Ort gebracht hatte? Womöglich hatten die beiden Männer in Schwarz nur die Absicht gehabt, ihn, Hrurr, und seine Leute wieder zusammenzuführen. In Gedanken versunken leckte er sein Fell. Damals hatte das Frauchen, als es abgeführt worden war, derart laut geschrien, daß ihm das Blut in den Adern stockte, sooft er daran zurückdachte. Ein anderer von seinen Leuten war, am Boden liegend, getreten worden. Nein, Hrurr glaubte nicht, daß ihn seine Leute gern wiedersehen würden, egal, wo sie jetzt auch sein mochten. Sie hatten ihm damals durch Gesten zu verstehen gegeben, daß er ohne sie und auf sich allein gestellt besser dran sein würde.

Er hätte niemals hierher in diesen Pferch kommen sollen. Endlich ahnte er, was der zerbrochene Spiegel am Straßenrand zu bedeuten hatte. Seine Welt lag in Scherben, und sie wurde beherrscht von Wesen, die in schwarzen Häuten steckten und ihre vierbeinigen Hausgenossen so abrichteten, daß diese ihre Sprache verloren. Um ihnen nicht auch zum Opfer zu fallen, mußte Hrurr einen Ausweg aus dieser Welt finden.

Die Gruppe der Zweibeiner kam wieder den Hang herauf. Blondi lief ihnen voraus. Hrurr reckte sich. Er wollte ein letztes Mal versuchen, mit der Hündin zu reden, faßte all seinen Mut zusammen und tappte auf den Weg hinaus, über den sich die Gruppe näherte.

Blondi knurrte. Sie war auf dem Sprung, über die Katze herzufallen, doch das Herzchen hielt sie am Halsband zurück, so sehr sie auch zerrte.

Hrurr hätte am liebsten Reißaus genommen, doch er blieb, krümmte den Rücken und rief: »Dummer Hund, beiß mich doch, wenn du kannst! Ich wäre dann von dieser Welt erlöst und könnte mit den Geistern umherziehen.«

Die Hündin stutzte; die Worte verblüfften sie.

»Befrei dich!« fuhr Hrurr fort. »Lauf weg, bevor's zu spät ist. Geh in den Wald, erhol dich und üb dich in unserer Sprache, ehe du sie ganz vergißt.«

»Befreien?« fragte Blondi. »Bin doch frei.«

»Du bist eine Gefangene und so unfrei wie dein Herrchen hier oben in dem Pferch.«

Der Zweibeiner, der Blondi am Halsband festhielt, schaute auf und musterte den Kater mit starrem Blick. Hrurr duckte sich mit zuckendem Schwanz. Ihm war, als habe der Mann seine Worte verstanden, als könne er ihm in die Seele blicken und sie stehlen, so wie er sie seiner Hündin gestohlen hatte. Der Kater legte die Ohren an. Es schien jetzt, als hätte sich der Blick des Mannes nach innen gerichtet, was noch bedrohlicher wirkte.

Dem Kater pochte das Herz bis in den Hals. »Blondi!« rief er. »Ich sehe den Tod im bleichen Gesicht deines Herrchens. Rette dich! Ich sehe seinen Augen an, daß er wilde Träume hat.«

»Hab' zu fressen, hab' ein Dach überm Kopf«, antwortete die Hündin. »Bin nicht gefangen, kann gehen, wohin meine Meister geht. Ich tu' ihm dienen so wie alle, immer, das ganze Leben lang. Frei? Was ist das?«

Der Zweibeiner zog eine Hundeleine aus der Jackentasche und hakte sie an Blondis Halsband fest. Sie leckte ihm die Hand.

Die Gruppe setzte ihren Weg in Richtung Haus fort. Hrurr machte ihr Platz und folgte in gehörigem Abstand. Immer wieder mußte er den Kopf schütteln über Blondis sinnloses Gebell. Ihr Zweibeiner drehte sich plötzlich um und deutete mit schwenkender Handbewegung auf das Panorama der Berge.

»Der Sage nach soll Karl der Große weiterleben und da drüben am Untersberg ruhen«, sagte er. »Es heißt, daß er sich wieder erhebt, sobald er gebraucht wird. Daß ich auf dem Berg gegenüber meine Residenz aufgeschlagen habe, ist kein Zufall.«

»Was soll das bedeuten?« rief Hrurr.

»Er ist jetzt der Größte«, antwortete Blondi. »Und ich bin seine Dienerin.«

»Wir werden diesen Krieg gewinnen«, sagte der Zweibeiner. Hinter seinem Rücken nickten zwei andere mit dem Kopf. Die blonde Frau legte ihm eine Hand auf den Arm.

»Laßt uns ins Haus gehen, mein Führer«, meinte einer der Männer.

Das große Aussichtsfenster war hell erleuchtet. Hrurr hockte darunter und beobachtete die Silhouetten hinter der Scheibe. Früher am Abend war das blonde Frauchen auf dem Balkon erschienen und hatte ihm, Hrurr, heimlich ein paar Happen zum Fressen zugeworfen. Es schien, als fürchtete sie, dabei ertappt zu werden.

»Na?«

Hrurr fuhr mit dem Kopf herum und erkannte Ylawl, der sich von hinten heranpirschte; seine Augen schimmerten im Dunkeln. »Wie ich sehe, ist Blondi immer noch bei denen.« Am Fenster, durch das sie nach draußen blickte, waren die Umrisse der Hündin auszumachen.

»Ihr Herrchen hält sie zurück«, sagte Hrurr. »Ich glaube, sie würde für ihn durchs Feuer gehen.« Und nach längerer Pause: »Komm mit mir, Ylawl.«

»Wohin?«

»Ins Tal.« Hrurr dachte an Mewleen und brannte darauf, sie wiederzusehen.

»Ein langer Weg bis dahin.«

»Ich wünschte, ich könnte einen Ort finden, an dem es keine Zweibeiner gibt.«

»Die sind überall. Man kann ihnen nicht entkommen. Sie beanspruchen die ganze Welt für sich. Es ist besser, wir nehmen an, was sie uns bieten können, und scheren uns nicht weiter um sie.«

»Sie haben nichts anzubieten und nur sich selbst im Sinn, Ylawl. Und dabei fällt ihnen nicht einmal auf, daß sie im Grunde blind und taub sind.« Hrurr reckte sich. »Ich mache mich jetzt auf den Weg.«

Der kleine Kater zögerte einen Moment lang. Dann flüsterte er »Leb wohl« und sprang davon.

Hrurr lief den Hang hinab. Er mied die Straßen und ertastete sich mit den Schnurrbarthaaren seinen Weg durch die Nacht. Aus der Ferne hörte er das sinnlose Bellen eines Kettenhundes, das von den Bergen widerhallte. Es schien diesem Köter nicht einzufallen, seine Warnung in der Sprache der Tiere verlauten zu lassen. Hrurr dachte an Blondi, der die Sprache ihres Herrchens offenbar geläufiger war als die eigene.

Gegen Morgen erreichte er den Stacheldrahtzaun, kroch darunter hinweg und ließ den Pferch hinter sich. Die Vögel sangen, unterhielten sich zirpend über das, was sie gesehen und gefressen hatten, und warnten vor denen, die in ihr Revier eindrangen.

»Ihr Vögel!« rief Hrurr. »Ihr seid auf euren Flügen weit gekommen und werdet wahrscheinlich wissen, wo man in Sicherheit leben kann. Wohin soll ich gehen?«

»Katze, Katze!« hänselten sie ihn, und niemand antwortete auf seine Frage.

Er kam zur Straße, an der er Mewleen das letzte Mal gesehen hatte, und hielt Ausschau nach dem zerbrochenen Spiegel. Vergeblich. Das Omen war verschwunden. Hrurr setzte sich und grübelte.

Plötzlich vernahm er ein Schnarren, das allmählich lauter und immer lauter wurde. Bald darauf dröhnte eine Prozession von metallenen Ungetümen an ihm vorbei und rollte in Richtung Stadt. Ihm war, als hätte er im Bauch eines der Kolosse Blondi gesehen, die Schnauze an den durchsichtigen Schild gedrückt und mit Augen, aus denen der Tod zu grinsen schien.

Als die Meute davongezogen war, sah er Mewleen an der Böschung gegenüber hinter einem Strauch hervorkrabbeln. Er rannte auf sie zu, schlug Purzelbäume vor Freude, warf sich vor ihr auf den Rücken und biß ihr zärtlich ins Fell. Gemeinsam schnurrten sie um die Wette.

»Die Scherben sind weg«, sagte er.

»Ich weiß.«

»Ich bin wieder in meiner angestammten Welt, und die Hündin ist aus dem Pferch herausgeholt worden.«

»Was soll das heißen?« fragte Mewleen.

»Ach, nichts«, antwortete er und richtete sich auf. Er mochte Mewleen nicht erzählen, was er erlebt hatte, wollte sie mit seinen düsteren Visionen nicht beunruhigen.

»Sieh dich nur an!« schimpfte sie. »So ungepflegt, wie du bist. Ich kann mir vorstellen, daß du auch Hunger hast. Willst du nicht endlich mit mir nach Hause kommen? Vielleicht werden sie dich zuerst wegjagen, aber wenn meine Leute einsehen, daß du kein Zuhause hast, wirst du bestimmt bleiben dürfen.«

Hrurr dachte an leckere Speisen, an ein warmes, trockenes Körbchen, an streichelnde Hände und sanfte Stimmen. Obwohl er es nicht wahrhaben wollte, fing er an zu verstehen, was Blondi empfinden mochte.

Schließlich zeigte er sich einverstanden und fügte hinzu: »Aber nur für eine Weile.« Die Aussicht auf Freiheit wollte er nicht ganz aufgeben. Als sie sich auf den Weg machten, schwirrte eine Schar Vögel vorbei. Sie schrien, daß in der Ferne Krieg herrsche.

URSULA K. LE GUIN

Mays Löwe

Ursula K. Le Guin ist die wohl bekannteste und international erfolgreichste SF-Autorin unserer Zeit. Ihr großer Roman The Left Hand of Darkness *hat das Genre maßgeblich beeinflußt und zählt längst zu seinen Klassikern. Dafür wie auch für den einige Jahre später veröffentlichten Roman* The Dispossessed *wurden ihr der Hugo und der Nebula Award zuerkannt. Drei weitere Hugo Awards und einen Nebula Award erhielt Le Guin für ihre Kurzgeschichten.* The Farthest Shore, *der erste Teil ihrer vielgerühmten* Earthsea-*Trilogie, wurde mit dem National Book Award for Children's Literature ausgezeichnet. Weitere Titel ihrer Romane:* Planet of Exile; The Lathe of Heaven; City of Illusions; Rocannon's World; The Beginning Place; A Wizard of Earthsea; The Tombs of Atuan *und* Always Coming Home, *ein umstrittener Multi-Media-Roman. Bislang sind vier Bände mit ihren Kurzgeschichten erschienen:* The Wind's Twelve Quarters; Orsinian Tales; The Compass Rose *und – vor kurzem erst –* Buffalo Gals and Other Animal Presences. *Ihr jüngster Roman trägt den Titel* Tehanu *und ist eine Fortsetzung der* Earthsea-*Trilogie.*

In der nun folgenden Geschichte, die als erzählte Vorstudie zu Always Coming Home *verstanden werden kann, führt uns Le Guin die merkwürdige Begegnung zwischen einer alten Frau und einer Katze vor Augen. Die Autorin erzählt in bewegendem, bittersüßem Ton und mit gewohnter Meisterschaft.*

Jim erinnert sich an einen Luchs, und da er Mays Neffe ist, müßte er es eigentlich wissen. Wahrscheinlich war es auch ein Luchs. Doch May hätte ihre Geschichte deshalb nicht geändert. Sie biegt sich, wie jeder gute Erzähler, die Tatsachen so zurecht, daß eine hübsche Story daraus entsteht. Wie dem auch sei, wir, meine Mutter und ich, haben sie mehr als einmal gehört. Auf Verlangen. Und was mich betrifft, ich glaube an die Berglöwen-Version. In meiner Erinnerung sehe ich May am Rand des Wasserreservoirs sitzen. Es diente uns auch als Swimming-pool mit einer rauhen Betonmauer ringsum, die, wenn die Sonne draufknallte, empfindlich heiß werden konnte und entsprechend viele Risse hatte, die mit Teer verschmiert wurden. May war damals schon ziemlich alt; sie hatte eine lange Oberlippe, wie bei Iren oft der Fall, war freundlich, vorsichtig und scheu. Während ich im Wasser planschte, kam sie gern dazu und unterhielt sich mit meiner Mutter. Es gab nicht viele, mit denen sie plaudern konnte. Sie hatte immer viele Hühner, und das Hühnerhaus stand dicht neben ihrem Wohnhaus, so daß es dort ständig nach Hühnermist stank. Außerdem hielt sie sich eine Kuh oder zwei in einem alten Stall unten am Bach. Ihre erste Kuh hieß Pearl; sie war eine große, hübsche Holsteinerin, die täglich an die vierzig Liter Milch gab – oder waren's doch nur zwanzig? Jedenfalls reichlich. Ich war damals vier oder fünf Jahre alt und fand Pearl einfach wunderschön; ja, ich liebte und bewunderte sie. Es gab für mich kaum ein größeres Vergnügen, als ihr einen Maiskolben in meiner zitternden Hand anzubieten, wenn sie oder Prince, der Karrengaul, den ich geradezu anbetete, das große, weiche Maul durch den Stacheldrahtzaun schoben. Und wenn mir dann ein süßer Schwall aus ihren Nüstern ins Gesicht wehte, wußte ich, daß meine Gabe dankbar angenommen worden war. Auf Pearl folgte Rosie, ein Jersey-Zwergrind. Vermutlich hatte May es für wenig Geld bekommen, wenn nicht gar umsonst. Als sie, auf der Rückbank des Wagens sitzend, das winzige Kälbchen nach Hause brachte, lag es wie ein Kitz auf ihrem Schoß. Rosie hatte überhaupt viel von einem Reh an sich. Sie war eine nette, clevere kleine Kuh und sehr viel willensstärker als May. Wenn Melkzeit war, blieb sie oft weg, und dann konnten wir May rufen hören und sahen, wie sie mit dem Eimer über die Weide lief auf der Suche nach Rosie, um sie schließlich dort zu melken, wo sie sich gerade aufzuhalten beliebte. Und das mochte wer-weiß-wo sein auf dem hundert Hektar großen Land, das uns und dem alten Jim gehörte. May hatte auch noch einen Foxterrier namens Pinky, von dem ich so oft gebissen und gekniffen worden bin, daß ich seither Foxterrier auf den Tod nicht ausstehen kann. Aber Pinky war längst tot, als der Berglöwe kam, und die beiden Katzen, die in der Scheune lebten, haben mit der Geschichte ebenfalls nichts zu tun. Da fällt mir ein: auch die Hühner nicht. Hätten sie darin eine Rolle gespielt, wäre die Geschichte wahrscheinlich anders ausgegangen. Als die alte Mrs. Walter starb, hatte May die Hühnerhaltung aufgegeben. Übrig blieben nur noch sie, Rosie und die beiden Katzen in der Scheune. Wir wohnten nur während der Sommermonate in dem Haus auf dem Hügel, und Jim hielt sich damals ausschließlich in der Stadt auf. Ich weiß nicht mehr genau, zu welcher Jahreszeit es passierte. In meiner Vorstellung jedenfalls ist das Gras noch grün, aber schon im Begriff zu welken. May befand sich, als sie das Geräusch hörte, in der Küche, wie immer, wenn sie nicht gerade unterwegs war oder im Bett lag.

Und jetzt muß man sich May in Person vorstellen, siebzig, achtzig oder neunzig Jahre alt – das weiß keiner so recht –, klapperdürr, wie sie dasitzt am Rand des Wasserreservoirs, die runzeligen Lippen öffnet und dieses Geräusch von sich gibt – ein gewaltiges, furchterregendes Jaulen, das leise und mit nasalem Summen beginnt, über ein kehliges Würgen allmählich anschwillt und schließlich ausklingt als schluchzendes Schnurren... Es wurde mit jeder Wiederholung besser.

»Ich hörte also ein Miauen«, sagt sie zur Erklärung.

Daraufhin sei sie zur Küchentür gegangen, habe sie geöffnet, einen Blick nach draußen geworfen und die Tür schnell wieder zugeschlagen. Unter dem Feigenbaum im Hof stand ein Berglöwe.

Puma, Kugvar, *Felix concolor:* der scheue, heimliche, schattengleiche Löwe der Neuen Welt, bis zu zwei Meter lang von der Nasen- bis zur schwarzen Schwanzspitze, hat das Gewicht einer normalgewichtigen Frau, lebt zwischen Chile und Kanada, da, wo es auch Rehwild gibt, ist aber noch scheuer, noch mehr Einzelgänger, und weiß sich mit seinem laubbraunen Fell optimal zu tarnen.

Damals gab es in unserem Tal eine Fülle von Rehwild, aber seit Jahrzehnten war in der Umgebung menschlicher Behausung kein Berglöwe mehr gesichtet worden, allenfalls weiter oben in der entlegenen Schlucht. Doch nicht einmal Jim, der häufig auf Jagd ging und jeden Rehwechsel kannte, hatte jemals einen Berglöwen zu Gesicht bekommen. Das hatte niemand – außer May, jetzt, vom Küchenfenster aus.

»Ich dachte, vielleicht ist das Tier krank«, berichtet sie. »Es verhielt sich so merkwürdig. Ein gesunder Puma spaziert doch nicht mir nichts, dir nichts in den Hof. Hätte ich noch die Hühner gehabt... das wäre eine andere Geschichte gewesen. Nun, der Berglöwe schlich ein bißchen umher und legte sich dann da hinten auf den Boden.« May deutet auf eine Stelle zwischen dem Feigenbaum und der windschiefen Garage. »Nach einer Weile miaut er wieder, steht auf und verzieht sich in den Schatten da vorn.« Der Feigenbaum ist so alt wie May und das Haus und hat inzwischen ein weites, grünes Laubdach ausgebildet, das süßlich duftet. »Er lag da und schaute sich um. Es ging ihm bestimmt nicht gut«, sagt May.

Sie hatte zeit ihres Lebens Tiere um sich gehabt und außerdem viele Jahre als Krankenschwester gearbeitet.

»Tja, wie aber war ihm zu helfen? Ich stellte eine Schüssel Wasser vor die Tür. Er rührte sich nicht und sah mich bloß an, als ich nach draußen kam. Auch als ich wieder im Haus war, blieb er auf seinem Platz liegen und fing nach einer Weile wieder zu miauen an. Miaumiaumiau. Ich glaube, er war gekommen, um Hilfe zu suchen. Oder Gesellschaft. Vielleicht.«

Stunden vergingen; May war in der Küche, der Löwe lag unter dem Feigenbaum.

Im Gehege bei der Scheune unten am Bach steckte Rosie, die Kuh. Zum Glück war das Gatter geschlossen, denn sonst wäre sie wohl zum Haus heraufgekommen und dem Puma begegnet. Allerdings wurde es bald Zeit, sie zu melken. May machte sich Sorgen. Wie lange würde der kranke Puma noch daliegen und sie in Schach halten? Es gefiel ihr ganz und gar nicht, im Haus festzusitzen.

»Ein- oder zweimal wagte ich mich raus und versuchte, den Löwen wegzuscheuchen.«

Sie fuchtelt mit den dünnen Armen in der Luft herum. »Husch! Geh nach Hause!«

Doch das Raubtier blickte stumm und starr aus gelben Augen und rührte sich nicht.

»Schließlich rief ich bei Miss Macy an. Sie sagte, daß das Tier womöglich die Tollwut habe und daß der Sheriff informiert werden müsse. Was ich schließlich auch tat, obwohl mir nicht wohl dabei war. Sie rückten bald an, die Männer von der Polizei, in zwei Mannschaftswagen.«

Ihre Stimme ist leise und brüchig.

»Diese Leute kennen nur eins. Sie haben das Tier erschossen.«

Sie schaut hinaus auf das Feld, das früher von Old Jim, ihrem Bruder, bestellt und mit dem Wasser aus dem Reservoir bewässert wurde. Jetzt wuchern wilder Hafer und Brombeeren darauf. In dreißig Jahren wird es vielleicht der Weinberg eines reichen Mannes sein, ein Abschreibungsobjekt.

»Der Berglöwe lag ausgestreckt am Boden. Er war an die zwei Meter lang und erbärmlich dünn. Und alle sagten: ›Na, Tante May, das wär' dann noch mal gutgegangen. Hast bestimmt große Angst gehabt.‹ Nein, die hatte ich nicht. Ich wollte auch nicht, daß man ihn erschießt. Aber was hätte ich tun sollen? Und ich mußte doch zu Rosie runter.«

Ich habe diese wahre Begebenheit so nacherzählt, wie sie uns von May berichtet worden ist. Jetzt will ich sie auf meine Art erzählen, ohne der Alten was wegzunehmen. Im Gegenteil: Ich möchte ihr die Geschichte zurückgeben und hoffe, daß es gelingt. Sie ist ein winziger Ausschnitt aus der Geschichte des Tals und soll nun auch über die Grenzen des Tals hinaus bekannt werden. Das Feld, das von armen Leuten gepflügt und von reichen abgeerntet wurde, liegt nun am Rand einer kleinen Ansiedlung von Häusern und Handwerksbetrieben zwischen Eichen, Mandel- und Eukalyptusbäumen. Und May ist jetzt eine alte Frau, die den Namen jenes Monats trägt, mit dem das Ende der Regenzeit einsetzt. Sie hat eine lange, runzelige Oberlippe und bewohnt im Sommer ganz allein das Häuschen an der Weide in den Hügeln über dem Dorf Sinshan. Rose, ihre einzige Kuh, weidet, an einer langen Leine angepflockt, unten am Bach. Das Sommerhäuschen ist, was man in dieser Gegend ein Neunständerhaus nennt, ein Fachwerkgebäude, dessen tragende Außenpfosten in den Boden gerammt wurden. Die Wandfächer sind mit lehmverschmierten Korbgeflechten ausgefüllt. Das Dach besteht aus Strohmatten; es dient nur als Schattenspender, denn in der trockenen Jahreszeit regnet es nicht. Für Schatten sorgt außerdem ein großer Feigenbaum, der vor über hundert Jahren gepflanzt wurde und das Häuschen wie auch den kleinen Vorhof überragt, wo die Kochstelle ist und der Lehmofen und die Strohschneide, Dinge, die schon von den Großeltern benutzt wurden.

Regenende, wie ich sie nenne, ist kinderlos. Sie war ein- oder zweimal verheiratet, doch nur für kurze Zeit, und die liegt lange zurück. Sie hat aber einen Neffen und zwei Großnichten und hält sich für die Tante aller Kinder, auch wenn viele Angst vor ihr haben oder ihr gegenüber ungezogen sind, weil sie im Alter häßlich geworden ist und so streng riecht wie der Hühnerstall. Sie findet es natürlich, daß Kinder zurückschrecken vor alten Leuten, denen anzusehen ist, daß sie nicht mehr lange zu leben haben, und sie weiß, daß diese Kinder, sobald sie älter werden und sich an sie gewöhnt haben, von selbst ankommen und neugierig sind auf die Geschichten, die sie zu erzählen hat. Sechzig Jahre lang war sie Mitglied der Ärztekammer, und obwohl sie schon lange nicht mehr praktiziert, wird sie immer noch um Rat gebeten, wenn Kinder krank sind. Und sie versteht es, kranke Kinder zu trösten, ihr Fieber zu senken und mit Hamamelis, der Zauberhasel, das vom vielen Liegen zerzauste Haar zu kämmen.

Regenende war gerade aus ihrem Mittagsschlaf unter dem Strohdach erwacht, als sie ein gewaltiges, furchterregendes Jaulen hörte, das leise und mit nasalem Summen begann, über ein kehliges Würgen allmählich anschwoll und schließlich ausklang als schluchzendes Schnurren... Sie stand auf, schaute sich um und sah einen Berglöwen unter dem Feigenbaum liegen. Vom Fenster aus betrachtete sie ihn; er blickte ihr entgegen.

An diesem Teil der Geschichte hat sich nichts verändert: die alte Frau, der Berglöwe und, unten beim Bach, die Kuh.

Es war heiß. Von den Hügeln und aus allen Büschen hörte man das schrille Zirpen von Heuschrecken. Regenende füllte Wasser aus dem Tonkrug in eine Schüssel und trat vorsichtig in den Hof hinaus. Auf halbem Weg zwischen Tür und Tier setzte sie die Schüssel auf den Boden und machte kehrt.

Der Löwe stand nach einer Weile auf, kam herbei und beschnupperte das Wasser, legte sich aber wieder hin, stöhnte klagend, fast wie ein krankes Kind, und richtete seine gelben Augen hilfesuchend auf die alte Frau.

Sie saß unter dem Vordach und flocht Strohdocken zusammen, blickte immer wieder zu dem Berglöwen hinüber und summte vor sich hin. Sie versuchte sich an jenes Lied zu erinnern, den Puma-Tanz, doch das Gedächtnis ließ sie im Stich. Also erfand sie ein eigenes Lied, passend zur Gelegenheit:

Du da, Löwe, du da, du ...

Die Zeit schritt voran, und Regenende machte sich zunehmend Sorgen. Rose mußte gemolken werden. Wenn sie nicht bald zu ihr ginge, würde sie an ihrem Pflock zerren und wild werden, was womöglich den Berglöwen alarmieren könnte. Er lag jetzt nahe beim Haus. Regenende wagte es nicht, ihm in die Quere zu kommen und ihn zu erschrecken, was sie möglicherweise selbst in Gefahr brächte. Daß er hierhergekommen war, hatte sicherlich einen Grund, und diesen Grund mußte sie herausfinden. Vielleicht war er krank? Es war jedenfalls ganz und gar ungewöhnlich, daß sich ein solches Tier so nahe an Menschen herantraute. Was trieb ihn zu diesem sonderbaren Verhalten? Hatte er Schmerzen – oder womöglich sogar einen Auftrag zu erfüllen, eine Botschaft an die Menschen zu überbringen? Regenende war durchaus aufgeschlossen für Botschaften, die von Zugvögeln gebracht wurden, doch Vierbeiner erschienen ihr für einen solchen Dienst ungeeignet, da sie nur sich selbst im Sinn hatten. Dem Tierkreiszeichen nach war der Berglöwe allerdings Bewohner des siebten Hauses, jenes Ortes also, von dem die Träume kommen. Vielleicht wollte er ihr etwas mitteilen, und sie verstand ihn nicht. Ob ihn jemand anders verstünde? Sie konnte Valiant fragen, die mit ihrer Familie im Haus an der Gahheya-Wiese lebte, weiter oben am Bach. Oder vielleicht sollte sie rübergehen zu den Bucks am Kahlen Kogel. Aber die hatten vier oder fünf Jugendliche in der Familie, und einem davon würde es womöglich einfallen, den Berglöwen zu erschießen, um sich damit brüsten zu können, eine alte Frau vor den Fängen einer wilden Bestie gerettet zu haben.

Muuuuuh! tönte es vom Bach herauf. Rosie wurde ungeduldig.

Die Sonne stand noch über dem Berggrat im Südwesten, aber schon hinter den hohen Kiefern. Die Hitze ließ spürbar nach, und die Schatten erstreckten sich über die tiefergelegenen Felder, auf denen wilder Hafer und Brombeeren wucherten.

Muuuuh! rief Rosie, lauter nun.

Der Löwe hob den Kopf und blickte in Richtung Bach. Die müde, schwerfällige Bewegung zeigte deutlich, wie krank er war. Er hatte sich hierher geschleppt, um zu sterben. Davon war Regenende nun überzeugt.

»Ich komme wieder, Löwe«, murmelte sie. »Bleib liegen und sei still. Bin gleich wieder da.« Um das Tier nicht zu erschrecken, bewegte sie sich langsam und bedächtig, band sich den Melkschemel um die Hüfte, nahm den Milcheimer zur Hand und verließ den Hof. Der Löwe beobachtete jeden ihrer Schritte mit argwöhnischem Blick, senkte aber dann den Kopf auf die Tatzen und ließ nur noch ein leises, stöhnendes Knurren vernehmen. »Es dauert nicht lang, und ich bin wieder hier«, sagte Regenende. Sie ging an den Bach und melkte die Kuh. Rosie war nervös, sie witterte den Berglöwen und verlangte auf ihre vielsagende Art zu wissen, was die alte Frau zu tun gedächte, um sie, Rosie, zu schützen. Regenende achtete nicht darauf und sang ihr Melklied: »Gib Ruh, meine Liebe, gib Ruh, sei still meine Kuh…« Einmal mußte sie ihr einen deftigen Schlag aufs Hinterteil geben. »Bleib stehen, dummes Vieh. Kommt gar nicht in Frage, daß ich dich losbinde. Du läufst doch bloß in dein Unglück. Ich werde schon dafür sorgen, daß er nicht hierherkommt.«

Wie sie im Ernstfall den Berglöwen aufhalten wollte, war ihr selbst nicht klar.

Sie versetzte den Pflock, um der Kuh Gelegenheit zu geben, aus dem Bach zu trinken, falls ihr daran gelegen wäre. Als sie dann mit gefülltem Eimer den Hang hinaufstieg und den Hof erreichte, lag der Berglöwe nach wie vor an derselben Stelle. Die Sonne war untergegangen, und der Himmel über dem Berggrat leuchtete golden. Trübe blickten ihr die gelben Augen entgegen. Sie schüttete Milch in die Schüssel, die sie dem Löwen hingestellt hatte. Und wie sie dies tat, richtete er sich plötzlich halb auf. Regenende erschrak und verschüttete einen Teil der Milch. »Ruhig, ruhig«, flüsterte sie erregt und gestikulierte mit ausgestrecktem Arm. »Leg dich wieder hin! Es macht mir angst, wenn du aufstehst. Siehst du das nicht? Leg dich hin, Löwe! Na also. Sei ruhig. Ich bin ja da und weiß, wie's um dich steht.« Damit wandte sie sich ab, kehrte zurück unters Vordach und nahm auf den Strohmatten Platz.

Der Berglöwe brummte, seufzte und legte schließlich wieder den Kopf auf die Tatzen.

Noch war es hell genug, um sich zurechtzufinden. Regenende holte Maisbrot und eine Tomate aus der Vorratskammer und aß zu Abend. Dem Löwen bot sie nichts zu fressen an. Er hatte seine Milch nicht angerührt, und es schien, als würde er in diesem Leben keinen Bissen mehr zu sich nehmen.

Dunkelheit brach herein, die Sterne mehrten sich, und die Alte sang dem Löwen die fünf Lieder aus *Going Westward to the Sunrise* vor, Lieder, die am Sterbebett gesungen werden. Ob es richtig und angemessen war, sie auch einem sterbenden Berglöwen vorzusingen, war ihr nicht ganz klar, aber sie kannte keines seiner Lieder.

Zweimal fing auch er zu singen an. Das eine Mal fauchte er zitternd wie ein ängstlicher Kater; das andere Mal klang es wie ein Seufzen.

Bevor der Skorpion hinter dem Sinshan-Gebirge auftauchte und mit ihm der Nebel heraufzog, hatte sich Regenende, in ihren dicken Schal gehüllt, zu Bett gelegt.

Im Morgengrauen wachte sie auf. Der Löwe lag als regloser Schatten unter dem Feigenbaum, ein Stück weit entfernt von der Stelle, wo er am Abend gelegen hatte. Als es heller wurde, war zu sehen, daß er alle viere von sich gestreckt hatte. Er war gestorben. Flüsternd sang Regenende für ihn das fünfte und letzte Lied:

Die Türen der vier Häuser stehen nun offen;
wahrlich, sie stehen offen.

Kurz vor Sonnenaufgang ging Regenende an den Bach, um sich zu waschen und die Kuh zu melken. Zum Haus zurückgekehrt, stand sie eine Weile vor dem ausgestreckten Leichnam, der lohfarben im ersten Morgenlicht schimmerte. »So dürr, wie ich es bin«, sagte sie zu Valiant, als sie später die Nachbarn aufsuchte, um ihre Geschichte zu erzählen. Und sie bat darum, daß man ihr helfen möge, den Löwen zu begraben, bevor sich die Bussarde und Kojoten über ihn hermachen konnten.

Es ist immer noch deine Geschichte, Tante May. Es war dein Berglöwe. Er kam und brachte dir seinen Tod als Geschenk. Doch die Männer mit den Gewehren nahmen keine Notiz davon; anscheinend wähnten sie sich im Besitz der Macht über den Tod. Und so verhinderten sie, daß der Löwe dir die Ehre erweisen konnte. Du hast das als Verlust empfunden. Den zu kompensieren war meine Absicht, obwohl du schon längst deinem Löwen gefolgt bist, vor Jahren schon.

R. V. Branham

Grasfarben, blutfarben

Mit den wenigen Kurzgeschichten, die er bislang geschrieben hat, konnte R. V. Branham in den vergangenen Jahren auf sich aufmerksam machen als elegante, originelle neue Stimme in der SF. Seine Erzählungen sind erschienen in Isaac Asimov's Science Fiction Magazine; Midnight Graffiti; Full Spectrum; Writers of the Future *und anderen Publikationen. Wie es heißt, arbeitet er zur Zeit an einem Roman. Er stammt aus dem kalifornischen Calexico, arbeitete als technischer Assistent in einem Röntgenlabor, als Betreuer für Vergewaltigungsopfer und als beratendes Mitglied in einem Ingenieurbüro, bevor er die schriftstellerische Laufbahn einschlug. Heute lebt er mit seiner Frau in Lawndale, Kalifornien.*

In der vorliegenden Geschichte – die man zum Genre des schwarzen Humors zählen kann – schildert uns der Autor ein typisches Familienleben aus der Sicht einer Katze – eine Sicht, die keine schmeichelhaften Eindrücke vermittelt.

EINS: MOIN-MOIN-MOIN

Es ist Morgen, und du hast schon längst den Napf ausgeschleckt, der am Abend zuvor mit verdünnter Milch gefüllt wurde.

Jetzt stößt du die Tür weiter auf und betrittst ihr Zimmer. Sie schlafen noch: deine Lady und dieser Kotzbrocken, der dich ständig schikaniert und erst dann füttert, wenn er *seiner* Seshat, dieser fetten braunen Rotznase, zu fressen gegeben hat. Deren Augen sind zwar nicht graublauer als deine, aber trotzdem tut sie so, als hätte sie Anspruch auf Vorzugsbehandlung, weil sie hier angeblich schon Jahre, Jahrzehnte, eine Ewigkeit länger lebt als du.

Es ist Morgen, und deine Lady, dieses Luder (so nett sie

auch manchmal sein kann, sie ist und bleibt ein Luder) markiert auf Tiefschlaf. Sie liegt auf der Seite. Das ist deine Chance – sie schläft in Seitenlage. Du springst aufs Bett, kuschelst dich an ihre Rippen und trippelst dagegen, wie du es als Säugling gemacht hattest, wenn du Milch wolltest. Meist schläft sie, als wäre sie ohnmächtig. Wenn du aber fest genug trippelst, wenn du ihr die Krallen in die Haut drückst, bis ein wenig Blut quillt, dann, ja, dann wird sie dich füttern. Vielleicht.

Sie stöhnt, grummelt und wirft sich herum, ohne Rücksicht auf dich, süße Kleine, zu nehmen.

Er wacht auf; der Sauknochen wacht tatsächlich auf. Er wird dich füttern, sobald er seine Seshat gefüttert hat. Für 'ne Weile öffnet er die Augen, macht dann aber wieder dicht. Plötzlich ein Geräusch, eine Art Summen wie von tausend Bienen. Er langt rüber, stößt dabei den kleinen Tisch um, und das Surren hört auf.

Er steht auf. Du läufst Slalom um seine Beine, und er findet es niedlich, daß du dermaßen Kohldampf schiebst. Arroganter Schnösel. Manchmal bist du versucht, ihm ein Bein zu stellen, und in deiner Phantasie schlägt er dann kopfüber gegen eine der vielen blankpolierten Kanten, worauf du das Blut abschleckst, das aus seinem Kopf sickert.

Jetzt bückt er sich und streichelt dich. Du fängst unwillkürlich an zu schnurren. Und beißt ihn – absichtlich und mit Genuß.

Er lacht. Diese Saubacke. Dieses Festessen für Mistkäfer. Dieser herablassende Sohn eines hundeköpfigen Dämons.

Augenblickchen ... wo ist denn seine Seshat? Während der Nacht sah sie ziemlich fertig aus; wollte nicht runter vom Sofa, obwohl du dir, kaum daß deine Lady und der Kotzbrocken zu schnarchen begannen, alle Mühe gegeben hast, sie aus der Reserve zu locken.

Du folgst ihm auf dem Weg in die Küche. Er sucht nach seiner Seshat, dieser feisten, watschelnden Schabracke, die ihr Fell immer so artig leckt, sich rausputzt/posiert/

pennt. Mit der ist absolut nichts los. Im Gegensatz zu dir. Immerhin hast du eine Thai-Amerikanerin als Oma und eine gescheckte Mammi, hast eine Banditenmaske à la Hokusai und außerdem Kraft, Schnelligkeit und Hunger. Verflixt noch mal, wo bleibt das Frühstück?

Moin-moin, rufst du. Mann, vergiß die langweilige Seshat und gib mir zu fressen! Du machst dich in diesem Sinne mehr oder weniger verständlich und deutest außerdem an, daß du bald mal ein neues Halsband nötig hättest. Eins, das die Flöhe kaputtmacht oder zumindest verjagt.

Endlich kümmert er sich um dich, endlich, nach einer Ewigkeit, derweil du nach draußen gafftest und zusehen mußtest, wie das Nadelbett unter der rieselnden Tanne um ein zusätzliches Pfotenmaß aufgeschüttet wurde und die Schatten langsam immer weiter wanderten. Na ja, es wäre auch ein verdammt schlechtes Zeichen gewesen, wenn sie das nicht getan hätten.

Er gibt dir Trockenfutter. Seine Seshat kriegt immer dieses feuchte, leckere Zeug mit Sauce, Getreide und *echtem* Fleisch.

Du mußt dich mit dem letzten Dreck zufriedengeben, mit harten, trockenen Kötteln.

Das Zeug mutet er *seiner* Seshat nicht zu.

Aber du hast Hunger, und was bleibt dir anderes übrig? Irgendwann, irgendwann kommt auch für dich mal das Glück. Wie ein blasierter Pharao hockt er sich nieder und tätschelt deine Ohren, was dir manchmal sogar gefällt, im Augenblick allerdings weniger. Also beißt du ihn ein zweites Mal.

ZWEI: DER SELTSAME KÄFIG

Er öffnet eine hohe Tür, kramt etwas hervor und genehmigt sich selbst einen Bissen. Später rückt er sich einen Stuhl zurecht und steigt drauf. Über dem kalten Speisebehälter hängen zwei Borde an der Wand. Ganz oben steht ein seltsamer Käfig, und der riecht nach:

– Ölpfützen, wie sie unter parkenden Autos zu finden sind;

– altem Zeitungspapier, das dich an muffige, faulige Baumrinde erinnert;

– und nach vielen anderen Seshats, einschließlich deiner Nervensäge. Dir fällt auf: Was du wirklich riechst, ist deren Angst.

Du rennst davon und versteckst dich.

Als er dich das letzte Mal in den Käfig gesteckt hat, seid ihr anschließend mit dem Auto weggefahren, und zwar an einen Ort, wo man dich dusselig gemacht, aufgeschnitten und zugenäht hat. Und alles nur, weil du zuvor neugierig warst auf andere Männchen deiner Art. (Die sind nicht zu verwechseln mit Seshats, denn während diese als Verkörperungen von Gelehrsamkeit und Weisheit gelten, tragen Männchen den Samen zur Fortpflanzung mit sich rum.)

Du hast dich umsonst versteckt, denn er ist gar nicht hinter dir her. Er pfercht *seine* Seshat in den Käfig, der aussieht wie ein halbes Riesenei.

Du springst auf den knatschgelben Tisch, betrachtest die graublauen Vögel vorm Fenster und den Baum, der irgendwann einmal die ganze Welt unter seinen Nadeln begraben wird. Seltsam blutfarbenen Nadeln.

Er bringt den seltsamen Käfig herein und stellt ihn auf den Tisch. Du schleichst dich heran, neugierig zu erfahren, wie es dieser fetten Seshat geht. Sie ist anscheinend krank und viel zu schlaff, um anständig zu protestieren. Erneut fragst du dich: Was taugt eine kranke, fette Nervensäge? Da warst du doch ganz anders drauf, als man dich ein zweites Mal in den Käfig gezwängt und wieder an diesen Ort gebracht hat, wo dir ein langes Ding in den Hintern gesteckt wurde. Darin blieb es dann eine Weile; und als sie es schließlich wieder rauszogen, hatten diese Hornochsen doch tatsächlich die Stirn, das Ergebnis zu *untersuchen*. Wär's möglich gewesen, hättest du dich mit Wonne über ihre Augäpfel/Fußballen/Testikel hergemacht, über alles, was hübsch rund ist, zum Spielen taugt und eine appetitliche Portion abgibt.

Ob's an der Samenträgerschaft dieses Miststücks an der Seite deiner Lady liegt, daß er den Mumm hat, seine Vettel einzupferchen? Gibt es eine männliche Verschwörung gegen Seshats?

Wie dem auch sei, du hast von diesem Käfig die Nase voll.

DREI: DER SCHREIBTISCH DEINER LADY

Der Sauknochen ist mit *seiner* Seshat weg. Jetzt bist du ganz allein.

Fröhlich läufst du durchs Haus und gelangst schließlich in dein Schlafzimmer (das nur dann wirklich *dein* Schlafzimmer ist, wenn sich das Miststück getrollt hat. Deine Lady tut immer noch so, als schliefe sie. In *deinem* Bett. (Dabei war sie schon zweimal auf und hat sich heimlich in die Küche geschlichen, um zu naschen – deine Bitten um Fütterung natürlich glattweg ignorierend.) Du springst aufs Bett, siehst, daß ihr Krümel an den Lippen kleben und schleckst sie ab. Sie schlägt mit der Hand um sich, hätte dich fast getroffen und rollt auf die andere Seite. Du folgst und putzt dich.

Waschungen dieser Art gehören zum täglichen Pflichtprogramm; sie sind fast so wichtig wie Futter, Wasser, saubere Streu in einer sauberen Kiste, Streicheleinheiten und eine lustige Jagd auf Mäuse.

Trotzdem, du findest das Putzen mühsam und langweilig, und obwohl du schleckst, was das Zeug hält, und dich dabei ausgiebig verrenkst, schläft deine Lady einfach weiter. Womit ließe sich sonst noch die Zeit vertreiben? Die Saubacke ist mit deiner Nervensäge außer Haus. Also streckst du dich aus, hältst ein Nickerchen und träumst von Vögeln, die du nach Herzenslust rupfst und entleibst, von Kugeln, die klingeln, wenn man sie über den Boden rollen läßt, vom großen blutfarbenen Fluß, von deinem Freund, dem Pharao, dessen Tempel und Kornkammern du bewachst, und von Mäusen, besser noch: von Mausefallen und saftigem Wildbret.

Frisches Futter.

Du wachst auf; es geht schon auf Mittag zu, was am Lichteinfall von draußen zu sehen ist und am Schatten, den deine immer noch schlafende Lady wirft.

Langsam stehst du auf, reckst dich, leckst noch mal der Pflege wegen die Pfote und streichst sie übers Gesicht. Dann trippelst du ins Büro, wo zwei Schreibtische stehen. Der deiner Lady gefällt dir besonders gut. Da stapeln sich Papierberge, in denen sich herrlich herumwühlen läßt, was deine Lady aber gar nicht gut findet. Und wenn du dich mal in eine der Schubladen verirrst, kann's vorkommen, daß du mit einem gezielten Wasserstrahl bespritzt wirst. Ganz merkwürdig, denn es handelt sich dabei nicht etwa um Pisse, von der anderen Seshat oder sonstwem abgesondert, was ja noch verständlich wäre, nein, um reines Wasser. Aber wo kommt das Zeug nur her?

Du entdeckst eine offene Lade, ein nettes Nestchen, das dich an deine Wiege aus Kindertagen erinnert. Du steigst rein und schläfst.

Plötzlich sind Schritte zu hören; du öffnest die Augen. Deine Lady brüllt: »Raus da! RAUS!« Sie zielt mit einem Ding auf dich, das wie die Sonne funkelt, und bevor du dich versiehst, spritzt dir dieses Wasser auf unerklärliche Weise entgegen. Und zu allem Überfluß packt sie dich am Schlafittchen, zankt und zetert und setzt dich an die frische Luft.

Rums! fällt die Tür hinter dir zu.

Du maulst ein Weilchen, vergebens.

Du blickst zu dem verdammten Baum auf, der die Welt mit seinen Nadeln zuschüttet, Tag für Woche für Monat für Quartal, und du erinnerst dich an das Nest mit den zirpenden Cherubimen, den leckeren gefiederten Appetithäppchen.

Frisches Futter.

VIER: DER FANG DES TAGES

Du bist auf halbem Weg den Baum hoch, und wer kreuzt da auf? Na, wer schon? Die graublaue Vogelmama. Mal attackiert sie dich, mal läßt sie sich zu Boden fallen, um als potentielle Alternativbeute vom Nest abzulenken – was der dümmste aller Tricks ist, mit denen Vogelmütter dich und deinesgleichen zum Narren zu halten versuchen.

Du nimmst auf einem Zweig Platz und putzt die Schnauze, als hättest du bereits gespeist.

Und dann bewegst du dich ganz langsam ein Stück nach unten.

In diesem Moment macht Mama Vogel einen tödlichen Fehler: Sie flattert hoch zu dir. Doch du bist schneller, springst auf sie herab, rammst ihr die Zähne in den Hals und trommelst mit den Hinterläufen auf sie ein. Aber bevor du ihr die Därme aus dem Leib reißt, willst du noch ein bißchen mit ihr spielen und knabberst ihre Flügel an, erst den linken, dann den rechten.

Das Schlafzimmerfenster fliegt auf mitsamt dem Vorhang. Du siehst deine Lady und fühlst dich mächtig stolz. Schau nur, Frauchen! Ein Vögelchen zum Lunch! Aber ach! Sie kommt mit dem Fleischerbeil nach draußen gestürmt, und du nimmst Reißaus. So eine Gemeinheit. Will die doch tatsächlich jetzt schon die Beute schlachten. Dabei warst du mit deinem Spielchen noch längst nicht zu Ende.

Diese Unart hat deine Lady von dem Miststück angenommen, mit dem sie zusammenlebt. Deine Mutter hat dich schon vor männlichem Betrug gewarnt, da warst du noch nicht abgestillt. Recht hat sie. Mütter haben immer recht.

Du rennst also weg. Mit der Beute natürlich. Nichts für ungut, Lady. Sie schleicht zankend und heulend ins Haus zurück. Mit der Zeit wird's dir langweilig, am rechten Flügel rumzukauen. Du hältst den Vogel mit beiden Pfoten fest und widmest dich nun dem linken Flügel. Doch die Beute entwischt deinem Würgegriff und hüpft im Zickzack über den Rasen, der, obwohl lange nicht gesprengt, in satten Blutfarben leuchtet.

Plötzlich riecht es verdächtig streng nach Öl; du hörst Autolärm und siehst es silbern durch die Büsche blitzen. Aha! Der Sauknochen kommt zurück; wahrscheinlich hat er *seine* Seshat dabei.

Du jagst durch einen Haufen aus welken Tannennadeln, Zapfen und Hundekot und eroberst dir dein Vögelchen zurück, langst mit den Beißern kräftig zu und hältst es in Schach.

Das Miststück biegt um die Ecke. Der Käfig in seiner Hand ist geöffnet. Seltsam, merkwürdig. Ist die Nervensäge tot? Das wäre ja entsetzlich.

Im linken Blickfeldrand siehst du einen Schatten herbeihuschen, und mit einem Male steht deine fette Nervensäge vor dir. Die und krank? Von wegen.

Und in einem Tempo, das du ihr bei all den trägen Speckwülsten, die sie hat, niemals zugetraut hättest, schnappt sie dir den Vogel weg. Ausgefuchste Simulantin, die sie ist.

Nicht nur, daß sie dir die Trophäe abjagt; sie reißt ihr auch noch den Kopf ab und zieht eine Blutspur hinter sich her.

Schleunigst rennt sie davon und kriecht unters Haus, was der Sauknochen, der sie aus dem Jenseits wieder mitgebracht hat, offenbar auch noch komisch findet. Er lacht dich aus.

Schmollend verziehst du dich aufs Nachbargrundstück.

Nach Sonnenflecken, Ameisen und Fliegen haschend, überdenkst du deine Möglichkeiten: Entweder du nimmst hier deinen Abschied, oder aber Rache, und zwar:

– an der Nervensäge,

– an deiner Lady, die die himmelschreienden Ungerechtigkeiten in diesem Haushalt billigend in Kauf nimmt (dein Freund, der Pharao, hätte solche Vergehen an seinen Seshats mit unbarmherziger Strenge bestraft),

– an dem Scheißkerl, diesem Fäkalienkonzentrat, der

mit deiner Lady zusammenlebt. Du könntest ihm vielleicht ein Bein stellen, wenn er ins Bad steigt, oder, sobald er zu schnarchen anfängt, auf seine flatternden Augenlider einschlagen. Du könntest über seine Bücher pinkeln, seine Möbel mit Krallen beharken, seinen Lieblingspullover zerfetzen und und und …

Du hörst ein Pfeifen.

Sollen sie dir doch alle den Seshat-Buckel runterrutschen.

Aber halt, das ist doch …

Essenszeit!

FUTTER!

Du rennst über Schichten von Tannennadeln hinweg, die sich in Jahrhunderten aufeinandergelegt haben und von unvordenklicher Zeit bis heute immer wieder Zeugen geworden sind von Treubruch und Verrat, in schweren oder weniger schweren Fällen … Wie dem auch sei, du rennst zum Futternapf hin.

FÜNF: MOIN-MOIN-MOIN

Als du vergangene Nacht über deinem Futternapf hingst, stand deine Lady plötzlich vom Tisch auf, marschierte zankend und zeternd davon, warf zwei, drei Türen knallend ins Schloß, nahm das Auto und düste ab. Ließ dich allein zurück, allein mit dem Sauknochen und der Nervensäge.

Ein Weilchen später klingelte es, und der Traum aller Mistkäfer machte die Haustür auf und empfing eine Lady (nicht etwa deine, sondern eine wildfremde). Die beiden umarmten sich und gingen auf dein Zimmer. Du versuchtest zu folgen, doch sie schlossen die Tür hinter sich und kicherten. Na wartet! dachtest du und hast über seine Bücher gepinkelt. Doch sie kicherten immer noch hinter verschlossener Tür. Also hast du in einer Ecke die Tapete zerfetzt, deine Nervensäge durchs Haus gescheucht und Vasen umgestoßen, so daß sie am Boden zu Bruch gingen. Es half alles nichts. Die beiden hörten nicht auf zu lachen. Über dich. Über deine Lady.

Es dauerte lange, sehr lange, bis sich endlich wieder die Tür öffnete und die andere Lady zum Vorschein kam, nach Schweiß und Samen stinkend. Der Sausack begleitete sie zur Tür. Was du im Haus so alles angerichtet hattest, fiel ihm nicht auf.

Als er ins Schlafzimmer zurückging und dir die Tür vor der Nase zuschlug, war die Zeit reif für ernsthaftere Konsequenzen.

Du stemmtest dich gegen die Tür, mit aller Kraft, doch die reichte nicht. Schon wolltest du aufgeben, als deine Nervensäge herbeitapste, auf die Klinke sprang und Einlaß schaffte. Sie war auf dem Weg zum Schreibtisch deiner Lady. Sei's drum…

Du vernahmst das vertraute Schnarchen der Saubacke, das schlabbernde Umwälzen der Atemluft. Von deiner Mutter weißt du alles über Schlagadern, insbesondere über die am Hals. Also bist du aufs Bett gesprungen, und zum erstenmal in seinem Leben zeigte sich das Miststück kooperativ und warf den Kopf in den Nacken zurück. Du hast dich gereckt, die Krallen ausgefahren und mächtig zugelangt.

Der letzte Akt liegt schon lange zurück, genauer gesagt: eine halbe Nacht. Jetzt heißt's wieder Moin-moin, und es ist niemand im Haus, der dir zu fressen geben könnte.

Erstaunlich: Die graublaue Vogelmama hat zwar weniger geblutet, aber viel mehr Widerstand geleistet als dieser Schnarchsack. Ihm den Garaus zu machen war ein Kinderspiel. Merke: Man muß nur warten, bis sie schlafen, und dann einmal kräftig zulangen. Trotzdem, irgendwie hast du dir mehr davon versprochen, mehr Vergnügen, weniger Blut. Es hat so gespritzt, daß dein Fell hernach ganz grasfarben war. Grasfarben, wie ich es sehe.

Zu dumm, daß er anschließend nicht wieder ordentlich herzurichten war. Darauf legt deinesgleichen ja Wert. Auch der Pharao ließ nach der Hinrichtung wieder ordentlich herrichten; das heißt, dem enthaupteten Verbrecher wurde hinterher der Kopf wieder angenäht. Was soll's? Du bist schließlich eine Seshat und kein Pharao. Du willst was zu fressen haben, und zwar sofort. Wo steckt deine Lady bloß?

Du hörst ein Auto kommen und anhalten. Du hörst ein fernes Klimpern, und dann klimpert's an der Tür, und die Tür geht auf. Deine Nervensäge huscht herbei und fordert ihr Freßchen ein, feuchtes Futter. Na endlich. Deine Lady betritt das Haus in Begleitung einer anderen Lady, an die du dich vage erinnerst. Du stürmst auf sie zu, streichst um ihre Beine und hinterläßt darauf blutige Flecken. Die andere will dich streicheln. Du beißt neckisch zu, und sie lacht.

Dann hörst du deine Lady kreischen und läufst ihr nach in dein Zimmer. Dir sträuben sich die Haare. Offenbar hast du dich wieder danebenbenommen. Denn warum sollte deine Lady sonst so kreischen? Das tut sie nur, wenn du irgendwas angestellt hast. Du schleichst näher, um zu sehen, was Sache ist, bereit, dich für eventuelle Unannehmlichkeiten bei ihr zu entschuldigen. Sie rennt hinaus. Du glaubst, den Grund für ihr Kreischen entdeckt zu haben, und inspizierst gerade die umgestoßene Topfpflanze, als sie mit dem Fleischerbeil wieder hereinstürmt. Deine Lady scheint nicht recht bei Sinnen zu sein. Wie dumm von ihr, wie töricht. In deinem Zimmer ist doch gar kein Piepmatz, den sie schlachten könnte. Kein Vögelchen weit und breit.

Für Sheila Finch

John Collier

Ein Wort der Warnung

John Collier schrieb in erster Linie Romane und Gedichte, wurde aber vor allem bekannt durch bissige, geistreiche Kurzgeschichten wie The Touch of Nutmeg Makes It; Green Thoughts *oder* Thus I Refute Beelzy; *Geschichten, die von der internationalen Kritik gepriesen wurden. Die meisten davon sind in zwei Sammelbänden erschienen:* Fancies and Goodnights *(ausgezeichnet mit dem International Fantasy Award) und* The John Collier Reader. *Besonders erwähnt seien hier noch seine Romane* His Monkey Wife *und* Tom's A-Cold, *eine Post-Holocaust-Erzählung. Collier starb 1980.*

In der folgenden Geschichte führt der Autor den Gedanken aus, daß Wunscherfüllung wahrscheinlich weniger zählt als das Wissen um das, was gut für einen ist …

Richard Whitiker war Milchtrinker und ging nie ohne Regenschirm aus dem Haus. Wenn er in den Spiegel schaute, sah er ein Gesicht, das weder alt wirkte, weil es zu einfältig war, noch jung, weil zu verbraucht. Clowns haben solche Gesichter. Sein Haar, kräftig grau meliert, sah aus wie eine Perücke oder so, als sei es selbst geschnitten worden.

Er befand: »Das ist das Gesicht eines Mannes, der es im Leben nicht weit gebracht hat. Verdammt, so ist es. Das läßt sich nicht leugnen. Obwohl durchaus mit Verstand begabt, habe ich zu entscheidenden Zeitpunkten immer wieder den Zug verpaßt.«

Das ärgerte ihn. Er studierte Ratgeber mit Titeln wie ›Der Schlüssel zum Erfolg‹, Bücher, die ihn aufforderten, seine in der Vergangenheit gemachten Fehler zu analysieren und die Ursachen dafür aufzudecken, um in Zukunft ähnliche Fehler zu vermeiden.

Eine enorme Aufgabe, der er sich zu stellen hatte. Er marschierte im Zimmer auf und ab, kratzte sich am Kopf, nahm auf der Bettkante Platz und preßte die Hände an die Ohren, um sich besser konzentrieren zu können. Endlich und wie ein Blitzschlag kam die Erleuchtung. Er sprang auf. »Ich hab's!« rief er. »Kein Zweifel. Zu all diesen dummen Fehlern wäre es nie gekommen, im Gegenteil, mir wäre ein Erfolg nach dem anderen beschieden gewesen, wenn ich nur eine Katze gehabt hätte, die sprechen kann.

Ein solches Tier hätte mich davor gewarnt, in diese verfluchte Goldmine zu investieren.

Es hätte klipp und klar davon abgeraten, ins Hotelgewerbe einzusteigen.

Es hätte gerufen ›Paß auf!‹ oder ›Sieh dich vor!‹, als ich diesen Oberst Rankin zu mir nach Haus einlud und meiner Frau vorstellte.«

Der Gedanke, Ruhm und Reichtum verpaßt zu haben, kam ihn bitter an, zumal er nun wußte, daß es dazu bloß einer Katze und ein paar klarer Worte bedurft hätte, und das in einer Welt, die beides im Überfluß bereithielt. Doch unverzagt und mit felsenfester Entschiedenheit, wie sie Männern seines Schlages eigen ist, nahm er sich vor, alle Mängel zu beseitigen und aus den Jahren, die ihm noch bleiben sollten, das Beste zu machen.

Er fackelte nicht lange bei der Beschaffung einer Katze. Ausschlaggebend für seine Wahl war die Feststellung, daß das betreffende Tier einen gescheit grinsenden Zug um die Schnauze hatte und die Welt aus runden, eulenhaften Augen betrachtete. »Dies ist der erste und alles entscheidende Schritt«, sagte er. »Bald wird der Tag kommen, an dem mir dieses vielversprechende Wesen die Gewinnzahlen des Trabrenn-Derbys zuflüstert, mich auf eine günstige Investitionsmöglichkeit aufmerksam macht oder verrät, wie sich eine hübsche junge Frau finden läßt, die einem schlichten Mann mittleren Alters, wie ich es bin, ewige Treue verspricht.«

Mit diesem Gedanken kam bei unserem Freund überschäumende Freude auf, verstärkt durch erwartungsvolle Ungeduld. Er ließ es seiner Katze an nichts mangeln, unterhielt sich mit ihr Stunde um Stunde und achtete darauf, jedes Wort sorgfältig zu artikulieren. Auch besorgte er der Katze ein Radio und schaltete es pünktlich ein, sobald die Börsennachrichten übertragen wurden. Daß sich das Tier aber dennoch hartnäckig weigerte zu sprechen, grämte unseren Helden mindestens ebenso sehr, wie es seine Freunde amüsierte.

»Das Hauptproblem ist gelöst«, meinte er. »Von kleineren Schwierigkeiten werde ich mich nicht beirren lassen. Es verhält sich doch so: Alkohol macht betrunken, Fett macht fett, Milch macht einen Mann mild, und weil ich sie trinke, bin ich mild. Ich spreche aus Erfahrung. Kurzum, ich muß die Katze mit Papageien füttern; dann wird sie sprechen wie ein Orakel. Außerdem wird das zähe Fleisch dieser Vögel die Kau- und Rachenmuskeln meiner Katze stärken, also auch ihre Sprechwerkzeuge. Eins paßt zum anderen. Gleich morgen werde ich der Zoohandlung einen Besuch abstatten.«

Gesagt, getan. In einer Zoohandlung erstand er tags darauf einen mexikanischen Gelbkopf, dem er, nach Hause zurückgekehrt, den Hals umdrehte. Er rupfte den Vogel und bereitete ein leckeres Frikassee zu, das die Katze mit sichtlichem Genuß verschlang.

Am darauffolgenden Tag erfreute er sie mit einer sprachbegabten Rotmantelamazone, dann mit einem fließend sprechenden Panamasittich, dann mit einem geschwätzigen orangefarbenen Kakadu. Zu seinem Geburtstag spendierte er ihr einen prächtigen Hyazinthara. Und so weiter. Die Katze bekam der Reihe nach Vögel zu fressen, die allesamt das Zeug hatten, Nachbarn in Rage zu versetzen, Einbrecher in die Flucht zu schlagen oder den jungen Liebhaber, der mit Blumen zu Besuch kommt, in

Verlegenheit zu bringen. Um diese Talente war's natürlich geschehen, sobald die Vögel Mr. Whitiker in die Hände fielen.

Wenn ihr das Schlachtgut vorgesetzt wurde, sperrte die Katze das Maul weit auf. Doch ansonsten blieb es fest verschlossen (abgesehen davon, daß sie auch hin und wieder gähnen mußte). Die Futterkosten summierten sich auf Werte, die unser Freund nicht länger aufbringen konnte.

Er schränkte sich ein, magerte ab, trug seine Kleider auf; seine Schuhe waren durchgelaufen, das Dach leckte an einem Dutzend Stellen. Kurzum, er verwahrloste. Die Kinder hänselten ihn auf der Straße, wenn er von der Zoohandlung nach Hause eilte, getrieben von der Sorge, daß er womöglich die ersten Weissagungen seiner Katze verpassen könnte.

Schließlich kam der Tag, da er alle Ersparnisse verbraucht hatte und der Katze nur noch einen Wellensittich vorsetzen konnte, während er mit dem Hungertuch vorliebnehmen mußte. An eben diesem Tag glaubte er ein dunkles, tonloses Pfeifen der Katze zu hören. Täuschte er sich? Oder äußerte die Katze etwa Mißmut angesichts der spärlichen Mahlzeit, die ihr da vorgesetzt worden war?

Sofort faßte er wieder Hoffnung. Am Horizont zeigte sich ihm ein Silber-, ach was, ein Goldstreif. »Hurra!« rief er. »Endlich geht die Rechnung auf. Ich werde reich sein. Berühmt. In den Armen einer anmutigen Schönheit liegen, zweiundzwanzig Jahre alt, mit einer Oberweite von rund neunzig Zentimetern. Muß nur wieder zu Kräften kommen. Wie, das verrät mir hoffentlich die Katze. Sie wird sich doch wohl erkenntlich zeigen für all das, womit ich sie verwöhnt habe.«

Es galt, das Eisen zu schmieden, solange es noch heiß war. Also bettelte er am nächsten Morgen das Geld für einen afrikanischen Graupapagei zusammen, den Stolz aller Zoohandlungen. Damit eilte er im Laufschritt nach Hause zurück und servierte ihn der Katze roh und noch blutwarm. In diesem Zustand, so spekulierte er, würde von den Fähigkeiten des Vogels nichts verlorengehen.

Die Katze machte sich mit großem Appetit darüber her, zwinkerte mit den Augen, wischte mit der Pfote das Maul und warf wie aus Verwunderung und Dankbarkeit einen Blick gen Himmel. Dann richtete sie die runden Augen voll auf Richard Whitiker und sagte mit klarer, fester Stimme: »Vorsicht!«

Der gute Mann klatschte in die Hände und schrie, überwältigt von Freude: »Sie kann sprechen! Sie kann sprechen! Und in was für einem hübschen Akzent! Bald wird sie mir Totozahlen verraten oder den Namen einer Aktie, deren Kurs dann wie eine Rakete hochgeht. Sie wird mir raten, in eine bestimmte Stadt zu fahren und ein bestimmtes Hotel aufzusuchen, wo ich dann einem Rasseweib begegne, zweiundzwanzig Jahre alt, mit einer Oberweite von rund neunzig Zentimetern. Oh, ich sehe mich schon im siebten Himmel ...«

In diesem Moment stürzte die aus Nachlässigkeit morsch gewordene Decke ein und begrub unseren armen Freund unter ihren Trümmern.

»So was Dummes auch«, sagte die Katze und stolzierte anmutig über den leblosen Körper am Boden. »Das soll einer verstehen. Füttert seine Katze mit Papageien, ruiniert sich dabei, und das alles nur, um sie zum Sprechen zu bringen. Und dann – sagt sie was, und er hört nicht auf sie.«

Die Katze zog anschließend um in den Haushalt von Mrs. Straker. Auch dort nahm sie manches zur Kenntnis, was den einen oder anderen Hinweis verdient hätte, hielt es aber zum Frommen aller Beteiligten mit dem Wahlspruch, wonach Schweigen Gold ist.

Avram Davidson

Der Ring des Herzogs Pasquale

Seit vielen Jahren ist Avram Davidson eine der eloquentesten und originellsten Stimmen in der Science Fiction- und Fantasy-Literatur. Es gibt nur wenige Autoren, aus welchem Genre auch immer, die sich mit seinem Witz, seinem Wissen und der stilistischen Eleganz seiner Prosa messen können. Seine meisterliche Erzählkunst zeigt sich voll entfaltet in den jüngsten Werken, den Kurzgeschichten über die phantastischen Heldentaten von Doktor Engelbert Eszterhazy (gesammelt unter dem mit dem World Fantasy Award ausgezeichneten Titel The Enquiries of Doctor Eszterhazy *und in der erst kürzlich erschienenen überarbeiteten Hardcover-Version* The Adventures of Doctor Eszterhazy*) sowie in den Erzählungen von den seltsamen Abenteuern von Jack Limelight (die leider noch nicht als Sammlung vorliegen). Davidson wurde mit dem Hugo ausgezeichnet, dem Edgar und dem World Fantasy Award. Zu seinen bekanntesten Büchern zählen:* The Phoenix and the Mirror; Masters of the Maze; Rogue Dragon; Peregrine; Primus; Rork!; Clash of Stars *und die Anthologien* The Best of Avram Davidson; Or All the Seas With Oysters *und* The Redward Edward Papers. *Seine jüngsten Veröffentlichungen sind* Vergil in Averno, *die erwähnte Sammlung* The Adventures of Doctor Eszterhazy *und der in Zusammenarbeit mit Grania Davis verfaßte Titel* Marco Polo and the Sleeping Beauty.

Im folgenden eine der Doktor-Eszterhazy-Geschichten. Davidson entwirft hier ein Milieu, das sich so bunt, mannigfach und filigran vor dem Leser ausbreitet wie ein Mosaik. Er macht uns bekannt mit einem König ohne Besitz sowie mit einem finsteren, verschlagenen Kerl und bringt uns auf unheimliche Weise den uralten Rat in Erinnerung: Hände weg von Katzen.

Der König von Restsizilien aß Pasta in einem kleinen Restaurant. Nicht in Palermo, sondern in Bella. Den Titel ›König von Restsizilien‹ trug er noch nicht lange. In Bella, der Hauptstadt der Dreiermonarchie von Skythien-Pannonien-Transbalkanien, war er seit Jahrzehnten bekannt als ein exzentrischer, aber harmloser Patron, der zwar etliche stattliche Residenzen, doch an Geld so gut wie nichts besaß. Als dann das Königreich beider Sizilien (Neapel und der gesamte italienische Süden) dem Königreich von Italien eingegliedert wurde – angeblich per Plebiszit, wohl aber vor allem mit Hilfe der von Garibaldi ins Feld geführten Freischaren –, machte der so friedfertige alte Mann eine Wandlung durch.

Gerade legte er seine Gabel beiseite und rülpste höflich. Der Ober-Koch-Wirt eilte herbei. »Verträgt der König noch einen Nachschlag?«

»Un[rülps]möglich. Da paßt nichts mehr rein«, antwortete er und klopfte auf die Knopfleiste seines zweitbesten Mantels.

»Wie schade«, meinte der andere. Der war früher Kohlenschaufler auf einem französischen Kriegsschiff gewesen, hatte sich dann aber unentschuldigt von seiner Marineeinheit entfernt. Da er gebürtiger Franzose war (von korsischen Eltern in Algerien zur Welt gebracht), ging man allenthalben davon aus, daß er die Kochkunst mit Löffeln gefressen habe. Und seine Pasta war in der Tat besser und billiger als irgendwo sonst im Süden von Bella. »Wie schade«, wiederholte er und kniff die wilden Brauen zusammen. »Da ist nämlich noch was im Topf.«

»Na gut. Pack mir was ein. Das kriegt dann meine Katze.«

»Möchte der König nicht auch einen kleinen Knochen für seinen Hund mitnehmen?«

»Gern.«

Er hatte weder Katze noch Hund. Allerdings wartete eine alte, wunderliche Frau zu Hause, die sich nicht mehr vor die Tür traute, seit ihr letztes Seidengewand verkauft werden mußte. Aus dem Knochen und den Pastaresten würde sich eine Suppe für sie machen lassen.

Das Ende des Königreichs beider Sizilien hatte im Kopf des alten Mannes ein paar Fehlzündungen ausgelöst. Seiner Meinung nach war jetzt alles wieder so wie früher: Sizilien eine eigenständige Inselmonarchie, und er der rechtmäßige König. Jedem, der geduldig genug war zuzuhören, und auch schriftlich – Papier ist ohnehin geduldig –, erklärte er diese Angelegenheit in aller Ausführlichkeit und unter Aufzählung sämtlicher Vorfahren, wobei er besonderen Wert auf die Feststellung legte, daß ein gewisser Pasquale III. viermal verheiratet gewesen und daß er als dessen Erbe aus einer dieser Ehen hervorgegangen sei. Manche hörten ihm tatsächlich zu; manche lasen, was er in dieser Sache mit der Post verschickte. Manche antworteten ihm sogar. Und dennoch: es tat sich nichts. Der neue König von Italien machte sich allenfalls daran, die verwilderten Tomatenäcker im Süden neu zu bestellen. Der entmachtete König von Neapel rührte keinen Finger, genausowenig wie Don Amadeo (der für kurze, sehr kurze Zeit den Thron von Spanien bestiegen hatte). Immerhin warf sich einer für den alten Mann in die Bresche: Don Carlos. Don Carlos behauptete, der rechtmäßige König von Spanien zu sein, und lebte in Bella als Exilant. Er hatte zwar höchstwahrscheinlich noch nie zuvor von Pasquale III. gehört, sympathisierte aber mit dem Alten, war dieser doch, genau wie er, ein im Exil lebender Thronprätendent. Don Carlos schickte ihm zwar kein Antwortschreiben, ließ ihm aber statt dessen ein paar Strümpfe und Hemden, eine Hose und einen Mantel zukommen. Allesamt geflickt. Aber sauber. Und dazu ein kleines Freßkörbchen.

Als sich der König von Restsizilien in seinem besten Staat auf den Weg zu Don Carlos machte, war dieser aber abgereist. Er sollte nie zurückkehren – weder nach Bella noch nach Spanien.

Näher an die Anerkennung seiner Thronansprüche war Cosimo Damiano (wie er sich zu nennen pflegte) nie herangekommen. Strümpfe, Hemden und Hose waren inzwischen abgewetzt. Den Mantel trug er immer noch. Daß er seinen täglichen Teller Pasta bezahlen konnte, verdankte er seinem Schüler, den er – gelegentlich – in der italienischen Sprache, Kalligraphie und/oder in der angewandten Geometrie unterwies.

»Wir sehen uns bald wieder«, sagte er, indem er sich erhob und auf dem kleinen Tischchen eine Kupfermünze hinterließ.

»Bis zum nächstenmal«, antwortete der Wirt, ermittelte mit verstohlenem Seitenblick den Wert der Münze und verbeugte sich. Es war mittlerweile eine liebe Gewohnheit, daß er Cosimo Damiano respektvoll in der dritten Person anredete, ihn mit der vom Vortag übriggebliebenen Pasta versorgte und ihm auch einen noch nicht ganz ausgekochten Knochen mit auf den Weg gab, bestimmt für einen Hund, der nicht vorhanden war. Bisweilen zeigte er sich sogar noch großzügiger. Dann spendierte er ein Schälchen Salat, das ein anderer Gast nur zur Hälfte geleert hatte, oder er empfahl ihn einem potentiellen Schüler. Hin und wieder war auch mal ein Gläschen Wein drin, der schon leicht möpselte. Doch für all das verlangte er nach wie vor nur diese eine Münze im Wert von zwei Kopeken. Ohne die war bei ihm allerdings nichts zu holen. Basta.

D. Cosimo D., auch so bezeichnete er sich manchmal, schritt vornübergebeugt heimwärts. Der Ausflug hatte sich wieder einmal gelohnt, konnte er doch eine Extraportion Pasta und einen Suppenknochen mit nach Hause bringen. Außerdem blieb ihm noch eine halbe Kopeke. Dafür konnte er sich eine Prise Tabakverschnitt leisten, die er in ein Stückchen Zeitungspapier rollen würde. Oder sollte er das Geld doch lieber zu Mutter Langhaar tragen, die ganz in der Nähe wohnte und Nußkerne verkaufte? So sei es. Er passierte windschiefe, schäbige Mauern, von denen längst der Verputz abgebröckelt war, und gelangte schließlich zum Haus der alten Frau am Ausgang der engen Gasse. Mutter Langhaar unterhielt sich gerade mit einem anderen Kunden, der, dem vornehmen Äußeren nach zu urteilen, nicht wegen der billigen Nußkerne hierher in diese trostlose Gegend gekommen war. Dafür gab es einen anderen Grund, der zahlreiche Menschen anlockte. Die Alte war nebenberuflich als Hexe tätig.

Sie unterbrach sich mitten im Satz, fuhr mit jäher Kopfbewegung herum, erkannte D. Cosimo D. und fragte neugierig: »Na, hat man dich endlich gesalbt?«

»Leider nein«, antwortete D. Cosimo D. und seufzte.

Sie schüttelte den Kopf, daß die Ohrringe klapperten und die langen Barthaare wippten. »Na, hoffentlich wird's bald. Für 'nen gesalbten König hätt' ich nämlich was zu tun. Könntest in meinem Auftrag von Skrofeln heilen, durch Handauflegen, oder von Ringelflechte. Die hat hier in der Südstadt fast jeder zweite Mann!« Wenn Cosimo mal nicht nur an seine Probleme dachte, wunderte er sich darüber, daß es in diesem Stadtteil nicht noch viel mehr Cholera-, Pest- oder Lepraerkrankungen gab. »Und was tun die Leute dagegen? Sie hoffen auf den siebten Sohn eines siebten Sohnes. Na schön, kann ja nicht schaden. Aber 'n gesalbter König hat allemal mehr Heilkraft.«

Und der fremde Mann bestätigte ihre Worte mit tiefer, sonorer Stimme.

Armer Cosimo! Hätte er zu wählen gehabt zwischen einer Salbung ohne Krönung oder einer Krönung ohne Salbung, wäre er fast genötigt gewesen, dem geweihten Öl den Vorzug zu geben. Doch die Möglichkeit zu wählen bestand ja nicht. Monarch um Monarch hatte es ausgeschlagen, die heilige Handlung der Salbung an ihm vorzunehmen. Mit einer Ausnahme. Es gab da jemanden, der wahrscheinlich selbst Prätendent, gewiß aber Exilant war und der sich möglicherweise inzwischen ausgab als Ehrwürdiger und Erhabener Metropolit von Petra und Simbirsk; dieser hatte versprochen, ihn zu salben – gegen Entgelt, versteht sich, und ein recht hohes zumal –, denn ein solch heiliges Amt verbiete es, sich billig anzudienen, hatte dieser gesagt, den Zeigefinger an die Nase gelegt und dabei mit dem Auge gezwinkert.

Damit war ihm, Cosimo, also nicht geholfen.

»Tja«, grummelte die bärtige Alte. »Es wär' zu schön. Aber sei's drum, ich tu' mein Bestes, um dir zu helfen. Hab' 'nen neuen Schüler für dich. Und zwar den da.«

Cosimo sah sich den Fremden nun ein wenig genauer an. Der war groß gewachsen und trug einen teuren Anzug (teuer nicht nur für die Verhältnisse der Südstadt), eine durch und durch elegante Erscheinung: mit Hut, sauber gestutztem Schnauzbart, gewienerten Schuhen. »Melanchthon Mudge«, murmelte er und streckte die Hand aus, ohne jedoch den eleganten Handschuh abzustreifen. Grüßend nahm Cosimo sie dennoch entgegen und fühlte unter dem dünnen Leder mehrere Ringe und auf den Ringen recht große Steine …

»Mr. Mudge«, sagte Mutter Langhaar, »Mr. Mudge ist 'n echter Gentleman.« D. Cosimo D. zweifelte an dieser Feststellung, doch der Zweifel war für ihn ohne Belang.

»In welchem Fach wünscht Mr. Mudge unterrichtet zu werden?« fragte er. »Italienisch? Kalligraphie? Oder in angewandter Geometrie? Oder in allen drei Fächern?«

Mr. Mudge tippte mit einer von schimmerndem Leder umhüllten Fingerspitze an den schimmernden Schnäuzer und meinte, daß Kalligraphie nicht in Frage käme, »… vorläufig jedenfalls. Madame hat mir bereits Ihre Bedingungen genannt. Ich bin damit einverstanden. Dürfte ich Sie vielleicht bitten, mir einige Namen Ihrer ehemaligen Schüler zu nennen … als Referenz, sozusagen. Dagegen ist doch nichts einzuwenden, oder?«

Natürlich nicht. Der arme alte König von Restsizilien hätte sich auch für geringere Vorteile anstandslos auf den Kopf gestellt. Er nannte den Namen eines ehemaligen Geometriestudenten, der jetzt bei der Königlichen Straßenbaubehörde als oberster Landvermesser tätig war, die Namen mehrerer vornehmer Damen, denen er Italienischunterricht gegeben hatte, sowie den Namen eines Privatdozenten, der sich seinerzeit in Kalligraphie hatte instruieren lassen. Doch Mr. Mudge schien auf weitere Referenzen zu warten. Also fuhr Cosimo fort: »Und da wäre natürlich noch der junge Eszterhazy, inzwischen zum Doktor promoviert ...«

»Aha!« Mr. Melanchthon Mudge zwirbelte seinen Schnauzbart. »Der junge Eszterhazy also, inzwischen zum Doktor promoviert«, brummte er mit tiefer Stimme, die kaum zu verstehen war.

Mörtel, Farbe, Terpentin und Leinöl, all das war längst getrocknet, innen wie außen an dem Haus in der Türkenstraße Nummer 33, in dem Dr. Engelbert Eszterhazy wohnte. Dennoch hatte er manchmal den Eindruck, als wären diese Mittel immer noch zu riechen. Was er allerdings im Augenblick roch, kam zum einen aus seinem gut ausgestatteten Chemielabor, zum anderen aus der Küche, in der sein Leibkoch Mrash den Löffel schwang. In manchen Dingen war Eszterhazy ziemlich altmodisch. Aber über kurz oder lang würde der alte Mrash wahrscheinlich doch durch eine Frau ersetzt werden. Bis es soweit war, wollte er seinen Platz am Herd behaupten. Seine Kochkunst schöpfte er aus einem Repertoire von zehn bis zwölf französischen Gerichten, deren Rezepte seit den Tagen Bonapartes von einer Offiziersgeneration auf die nächste weitergegeben worden waren – natürlich über deren jeweilige Leibköche. Sooft er mit diesem Repertoire durch war und bevor es zur geregelten Wiederaufnahme kam, setzte Mrash seinen Herrn für gewöhnlich einige Tage lang auf jene deftige Kost, die in Europas viertgrößtem Reich bevorzugt wird: Ochsenbacke mit Eiern, Rindergaumen, Schweineohren und Buchweizen; Kartoffeln, gelb gekocht in Hühnerbrühe, mit Eischnee und Dill; Kuhhaxen, vermischt mit Champignons und Kürbismus. Anschließend ging es dann wieder mit der Reihe der französischen Gerichte los: *Bœuf à la mode Bayonne* [sic] und all die anderen Speisen, die – vor langer, langer Zeit – ein

Kriegsgefangener seinen Wärtern zu kochen beigebracht hatte.

Als Mrash heute seinem Herrn, wie üblich, den Speiseplan vorlegte, bat er förmlich um Antwort auf eine persönliche Frage, »... wenn es Euer Lordschaft belieben tut«. Dem alten Mrash gefiel die Vorstellung, für einen echten Lord zu kochen, und Eszterhazy ließ ihn in diesem Glauben. »Nur zu, Mrashko, was willst du wissen?«

»Dieser Boo, was sein das eigentlich für eine Ort?«

Von Linguisten ist zu erfahren, daß der menschliche Mund je nach Vorbildung nur eine begrenzte Anzahl von Lauten auszusprechen in der Lage ist. Dieser Feststellung eingedenk, antwortete Eszterhazy mit einer Gegenfrage: »Meinst du vielleicht den *Zoo?*«

»Aha«, sagte Mrash, der Leibkoch. Sein Wissensdurst schien aber noch nicht ganz befriedigt zu sein.

Eszterhazy ergänzte: »Das ist eine Abkürzung für ›Botanische und zoologische Gärten und Parkanlagen Seiner Kaiserlich-Königlichen Majestät‹. Dort sind Pflanzen und Tiere aus fernen Ländern zu sehen.« Mrashko zeigte sich beeindruckt. »Wenn du hinter dem Biergarten von Ludo in die gepflasterte Straße einbiegst, läufst du direkt darauf zu«, fügte Ihre vermeintliche Lordschaft hinzu.

Mrash nickte. »Da ist also, wo das herkommt«, sagte er.

»Was kommt daher, mein Koch?«

»Der Tiger«, antwortete Mrash, ohne mit der Wimper zu zucken.

Eszterhazy erinnerte sich an einen Ausspruch von Major Slotz, der sich als erfolgreicher Geheimdienstler einen Namen gemacht hatte. Major Slotz hatte gesagt: »Ich frag' nicht lange, ob sie's waren oder nicht, nee, danach frage ich nicht. Ich blick' dem Verdächtigen in die Augen und sage: Erzähl mir mehr!«

»Erzähl mir mehr, Mrashko.«

Der Koch zeigte durchs Fenster nach draußen. »Euer Lordschaft, er kommt da die Gasse lang und tut – hopp – auf die Dach vom Kohlenschuppen springen. Von da aus –

hopp – weiter auf den Backofen da draußen. Und dann tut er einen großen Satz machen auf die Dach von dem Haus, wo die Witwe vom alten Baron Johan jetzt lebt, ganz allein mit… ach, jetzt komm ich auf den Namen nicht drauf… Helen? Hugo? Herkules…? Ist ja auch egal. Jedenfalls« – Eszterhazy hörte geduldig zu – »läuft der hoch bis auf die First, tut sich umgucken, streckt die Vorderbeine aus…« Mrash imitierte die Bewegung, »und reeeääckt sich…«

Stille.

»Was dann?«

»Dann geh' ich zurück an meine Arbeit, Euer Lordschaft.«

»Oh.«

»Übrigens – ich weiß, das Tier hat noch eine andere Name. Leopard. So heißt er auch. Steht so in die Bücher. Ich glaube, er will nach Hause und tut noch suchen, wo das ist. Er kommt immer bei Nacht. Hab' ihn schon dreimal gesehen.« Mrash deutete nun mit quasi militärischer Geste an, daß er um Erlaubnis ersuche, wegtreten zu dürfen.

»Hat er Streifen? Ist er gefleckt?«

Mrash – steifbeinig, Hacken zusammen, Hände an der Hosennaht – murmelte was von schlechten Lichtverhältnissen, da in der Gasse nur eine Gaslampe brennen würde, zur Zeit auch nicht viel vom Mond zu sehen wäre, und gab seiner Hoffnung radebrechenden Ausdruck, das Tier möge niemanden verletzen noch die alte Baronesse erschrecken. Und schließlich: »Pflicht ruft, Euer Lordschaft. Darf ich gehen, bitte sehr?«

»Du darfst… Mrash, noch was: Gib mir Bescheid, wenn du ihn das nächste Mal siehst.«

Daß der Koch im Stechschritt abmarschierte, sollte wohl ein Hinweis darauf sein, daß es Maulheldtaschen nach Art der kaiserlich-königlichen Infanterie zu essen geben würde, dazu Suppenbrühe, frisch geraspelten Rettich mit garantiertem Tränenfluß und violett gekochte Kartoffeln, auf deren Zubereitung sich alle Militärköche der ganzen Welt bestens verstehen. Eszterhazy schaute durchs Fenster in die Gasse hinunter. Der gemauerte Sockel des gegenüberliegenden Hauses bestand aus riesigen Bruchsteinen, die offenbar ohne Mörtel aufeinandergesetzt worden waren. *Zyklopisch,* fiel ihm als Eigenschaftswort dazu ein. Auf diesem massiven Untergrund erhob sich ein Mauerwerk aus kleineren Steinen. Die oberen anderthalb Geschosse waren mit Backsteinen aufgestockt; statt Mörtel zeigte sich in den Fugen vereinzelt Moosbesatz. Grauer Schiefer bedeckte das steile Dach. Und obwohl all dies klar und deutlich zu sehen war, fand Eszterhazy nirgends eine Erklärung für die Geschichte des Kochs, der ansonsten kaum zu ausschweifender Phantasie neigte. Lange starrte er nach draußen, lange. Und grübelte. Schließlich läutete er nach dem Dienstboten und forderte ihn auf, das Pferd zu satteln.

Der alte Lehrstuhl für Naturphilosophie war aufgeteilt worden. Außerdem hatte man einen neuen Lehrstuhl eingerichtet, nämlich den der Naturgeschichte. Die Naturphilosophie umfaßte nun die Fächer Chemie, Physik, Meteorologie und Astronomie. Die Naturgeschichte bestand aus Zoologie, Ichthyologie, Botanik und Biologie.

Wie immer trieb sich vor dem Eingang des Zoos eine Handvoll Müßiggänger herum, die Spaß daran hatten, Pferde scheuen zu sehen; und daß diese scheuten, war häufig der Fall, dann nämlich, wenn der Wind drehte und die fremdartigen Gerüche aus dem Zoo herbeiwehte. Eszterhazy machte einen weiten Bogen um diese Leute und suchte das Büro des kaiserlich-königlichen Professors für Naturgeschichte auf, der gleichzeitig auch Direktor der botanischen und zoologischen Gärten und Parkanlagen Seiner Kaiserlich-Königlichen Majestät war. »Es geht um Ihre Tiger und Leoparden. Erzählen Sie mir doch was darüber.«

Der Professor – es war Cornelius Crumholtss, bei dem Dr. E. E. früher einmal Privatunterricht genommen hatte –

antwortete schulterzuckend: »Da gibt's nichts zu erzählen.«

»Wieso das?«

»Der Tiger ist im letzten Jahr verendet. Wir suchen natürlich Ersatz. Der Gaikwar von Oont – oder war's dessen Erbe Oontie Ghook? – hat sich bereit erklärt, uns im Tausch gegen drei Tanzbären einen Tiger zu überlassen. Aber der Handel ist noch nicht zustande gekommen. Leoparden? Die hat's bei uns noch nie gegeben. Dafür haben wir einen Löwen, der allerdings schon sehr alt ist. Soll ich ihm ein paar schwarze Flecken aufmalen lassen? Nein? Oh.«

Eszterhazy ging daraufhin in die Bibliothek des Benediktinerordens. Da gab es Bücher, die sonst – im wahrsten Sinne des Wortes ›buchstäblich‹ – nirgends zu finden waren. Einmal hatte er dort einen päpstlichen Abgesandten angetroffen, der nach einem Werk fahndete, das in den Beständen der vatikanischen Bibliothek nicht aufzutreiben war. In der gekalkten Kammer, die als Wartezimmer diente, war es kalt und trist. Wer wartete auf wen? Eszterhazy wartete auf Bruder Claudius, denn ohne dessen Begleitung wäre selbst einem Mann wie Eszterhazy der Zutritt ins tiefe Gewölbe verwehrt geblieben, in dem die ältesten Bücher aufbewahrt wurden. Unbeaufsichtigt wäre nicht einmal der päpstliche Abgesandte hereingelassen worden, und gewiß auch nicht die Kaiserlich-Königliche Majestät (wenn die denn je Interesse an einem Buch aus der Bibliothek des Benediktinerordens gehabt hätte). In einer Ecke des Wartezimmers saß vornübergesunken ein großer, dünner Mann. Offenbar wartete auch er auf Bruder Claudius. Nach einer Weile kam ein Laienbruder herein, setzte wortlos eine glühende Kohlenpfanne auf den Boden und verschwand wieder.

Der Mann in der Ecke regte sich. »Ah, gut«, murmelte er. »Die Hände sind schon steifgefroren.« Er stand auf, langte mit beiden Händen in die Pfanne und zog sie wieder, gefüllt mit glühenden Kohlen, daraus hervor. Ein seltsames Betragen, fand Eszterhazy, dem ein beißender Geruch von verbranntem Horn in die Nase stieg. Er verkrampfte sich vor Entsetzen. Langsam, ganz langsam ließ der Mann die rotglühenden Kohlen zurück in die Pfanne tropfen. »Sie sind Dr. Eszterhazy«, sagte er.

Einer Bestätigung bedurfte diese Feststellung nicht. »Und Sie, Sir? Wer sind Sie?«

Der große Mann drehte sich langsam um und fuhr mit langem Finger über einen langen Schnauzbart. »Ich? Oh – ich bin der Bruder der Schatten aller Gefallen. Die Vorhut der Schatten aller, die noch leben. Ich ...«

Eszterhazy wußte genug. »Aha. Sie sind das Medium Mr. Mudge.«

»So ist es. Und ich bin hocherfreut über die sich hier bietende Gelegenheit, Sie, den berühmten Dr. Eszterhazy, kennenzulernen.«

»Das beruht auf Gegenseitigkeit«, murmelte der als berühmt Apostrophierte. Er war zwar weniger erfreut, aber doch neugierig darauf, das Medium Mr. Mudge kennenzulernen.

»Wie schön. Sind Sie etwa auch hier, um die revidierte Ausgabe des *Malleus Maleficarum* in Augenschein zu nehmen?«

Der Doktor verneinte, verzichtete aber darauf, hinzuzufügen, daß er im Zusammenhang mit Hexen immer auch an deren Verfolgung denken müsse, womit er sich stets einen Gänsehautausschlag einhandelte. »Ich bin hier, um Einsicht zu nehmen in ein Fragment von Roger Bacon. Ich vermute jedenfalls, daß es von Roger Bacon stammt und daß es sich tatsächlich um ein Fragment handelt. Der Text scheint vollständig zu sein, nur das Pergament, auf dem er geschrieben steht, ist an den Rändern ziemlich fragmentiert.«

Mr. Mudge nickte, als habe er den Ausführungen von Eszterhazy zugehört, wenngleich er dem Anschein nach mit seinen Gedanken woanders weilte. »Ich hätte Ihnen gern ein paar Fragen gestellt. Es geht um einen ehemaligen Lehrer von Ihnen«, sagte er und fuhr lächelnd mit der Zunge über die vollen roten Lippen. Das Lächeln an sich war nicht ohne Charme. Doch was – ja, was? – widersprach diesem Eindruck? Die gelben Zähne vielleicht?

»Welchen Lehrer meinen Sie? Ich hatte einige. Da ich mit meiner formalen Ausbildung relativ spät anfing, galt es, verlorene Zeit aufzuholen, und darum ...«

»Er nennt sich manchmal Cosimo Damiano. Doch das ist, wenn ich richtig informiert bin, nicht sein eigentlicher Name.«

Seltsam. Dieser Mann war immerhin so gebildet, daß er lateinische Bücher lesen konnte, erbat aber dennoch Auskunft über einen alten Spinner. »Nun, was wollen Sie über ihn wissen?«

Dr. Eszterhazy fragte sich im stillen, ob er den Alten empfehlen konnte. Gewiß. Warum nicht? Seine Italienischkenntnisse waren enzyklopädisch; in Kalligraphie kannte er sich auch gut aus, und als Geometer taugte er durchaus. In diesem Augenblick ging die Tür auf. Bruder Claudius trat ein, die Hände tief in die Ärmel seines Habits gesteckt. »Kommen Sie mit!« sagte er mit gedämpfter Stimme, und weil aus seiner Anrede nicht klar hervorging, welchen der Männer er meinte, folgten ihm beide. Durch eiskalte Korridore. Über ausgetretene, steile Stiegen. In eine riesige Gewölbehalle, umrahmt von meterhohen Regalen voller Bücher, deren Muff aus Hunderten von Jahren auf Eszterhazy durchaus anregend wirkte. Der Mönch wies ihn zu einem Tisch, auf dem ein Bücherkarton lag. Mr. Mudge ließ er an einem anderen Tisch Platz nehmen, auf dem – wie es den Anschein hatte – ebenfalls ein Bücherkarton lag.

Eszterhazy öffnete den für ihn bereitgelegten Karton und stellte auf den ersten Blick fest, daß sich darin nicht das von ihm gewünschte Buch befand. Dennoch schlug er, gleichsam automatisch, ein paar Seiten auf. Statt der kleinen, unbeholfenen Handschrift, die zu lesen er erwartet hatte, sprangen ihm fette, schwarze Lettern in die Augen. Eine Zeile drängte sich ihm besonders auf. Es schien, daß man einst zum Zwecke der Hervorhebung einen Strich darunter gezogen hatte, der aber später wieder wegradiert worden war. Jedenfalls wies das Pergament an der bewußten Stelle deutliche Kratzspuren auf: **Es unterscheidet sich der dämonische Verstand sehr wohl von dem des Menschen.** Allerdings. Und es unterscheidet sich der *Malleus Maleficarum* sehr wohl von Bacons Fragment.

»Entschuldigt, verehrter Bruder«, hörte er die Stimme von Mr. Mudge. »Kann es sein, daß der gelehrte Herr Doktor aus Versehen erhielt, was für mich bestimmt war, und daß ich nun seine Bestellung in den Händen halte?«

Mit nach wie vor gedämpfter Stimme antwortete Bruder Claudius: »Jeder hat das, was er zur Kenntnis nehmen sollte.« Dann zog er ein Döschen aus dem Ärmel und schnupfte eine Prise. Der gelehrte Herr Doktor? Wie wurde Roger Bacon doch genannt? Ach ja: Doctor mirabilis. Nun gut. Eszterhazy blickte auf. Melanchthon Mudge stand unmittelbar vor ihm. Konnte er fliegen? Schritte waren jedenfalls nicht zu hören gewesen, und der alte Steinboden schluckte keine Geräusche. Ausgeschlossen.

»Bruder Claudius ist gegangen. Tauschen wir doch die Bücher.«

Sie tauschten die Bücher.

Eszterhazy vertiefte sich in seine Lektüre und erfuhr nach und nach, was zu erfahren er gehofft hatte. In der Lesehalle war es inzwischen noch kälter geworden. Er stand auf und blies unwillkürlich in die klammen Hände, worauf er sich – warum wohl? – an Mr. Mudge erinnert fühlte und zu ihm hinblickte. Doch sein Tisch war leer.

Durch eine vertrauliche Mitteilung hatte Eszterhazy erfahren, daß sein Name schon seit einigen Jahren von der Liste einsatzfähiger Soldaten ›einstweilen gestrichen‹ worden war mit der Begründung: »Der Reservist setzt seine Ausbildung weiter fort.« Inzwischen hatte Eszterhazy bereits ein Bakkalaureat, ein Lizentiat und zwei Doktortitel erworben, und weil er in den Dienst mit der Waffe zurückkehren wollte, wurde er bei der Wehrbehörde vorstellig, die ihn der neu gegründeten Reservemiliz zuteilte. So kam es, daß man ihn gleich am nächsten Wochenende zum Wachdienst beorderte, der exakt fünfundzwanzig Stunden und fünfundzwanzig Minuten dauerte, womit sein monatliches Soll erfüllt war. (Wie jeder weiß, gibt es bei der Reservemiliz eigentlich keine monatliche Verpflichtung, sondern vielmehr ein Dienstsoll von drei Monaten, drei Tagen und drei Stunden pro Jahr.) Weil Eszterhazy ein Diplom in Mathematik besaß, wechselte er auf Geheiß seiner Vorgesetzten von der Infanterie zum Ingenieurbataillon über. Doch was man dort von ihm verlangte, hätte eigentlich eines anderen Diploms bedurft.

»Stabsarzt Blauew hat wieder mal schwer mit seiner Gicht zu tun. Und da Sie, Major Eszterhazy, auch ein Doktor der Medizin zu sein scheinen, brauchen wir Sie jetzt dringend als seinen Stellvertreter. Das mit dem Bau des neuen Forts kann bis auf nächsten Monat verschoben werden. Haha.« Mit diesen Worten begrüßte ihn der Adjutant.

»Wie Sie meinen, Adjutant, wie Sie meinen. Schau an, was haben wir denn da für einen häßlichen Fleck an Ihrem Hals? Sieht böse aus. Ich werde Sie demnächst gründlich untersuchen müssen«, sagte der stellvertretende Stabsarzt Dr. Eszterhazy, machte kehrt und ließ den Adjutanten verwirrt zurück. Das sollte ihm eine Lehre sein. Noch einmal würde der sich bestimmt nicht über einen Vorgesetzten lustig machen.

Eszterhazy musterte eine Reihe von Rekruten und führte Inspektionen durch mit dem Ergebnis, daß das Lazarett unverzüglich mit Ätznatron und heißem Wasser gründlich durchgeschrubbt wurde. Außerdem hielt er vor der versammelten Truppe einen kurzen, leidenschaftslosen Vortrag zum Thema ›soziale Gebrechen‹, worauf sich ein älterer Zahlmeister bemüßigt sah, dem Referenten vorzuhalten, daß es doch unschicklich sei, »jungen Männern eine derart unverständliche Wissenschaftssprache zuzumuten«. Das sagte er jedenfalls; vielleicht meinte er etwas anderes. Durch die große Halle tönten laut und vernehmlich Kommandos bei einem Minimum an Hall. Die Akustik war erstaunlich und nicht zuletzt dem Verdienst von Eszterhazy zuzuschreiben, der nicht umsonst alle zehn Bücher von Vitruvius gelesen und für den Bau der Halle einen Theater-Architekten zu Rate gezogen hatte.

Schließlich zogen sich die Offiziere in ihre Messe zurück, wo Wein und Zwieback auf sie warteten. Nach alter Gewohnheit aßen sie im Stehen, obwohl es genügend Sitzmöglichkeiten gab. »Wir kennen uns doch aus dem bosnischen Feldzug«, sagte jemand. Der stellvertretende Stabsarzt drehte sich um und blickte in ein Gesicht, das ihm auf Anhieb vertraut vorkam, wenngleich es mit der Zeit älter und sehr, sehr viel röter geworden war. »Hab' einen kleinen Abstecher hierher gemacht, nur um dich zu begrüßen. Eigentlich bin ich pensioniert, seit zwei Jahren schon, diene aber jetzt als Oberst in der Armee des Khediven von Ägypten. Wie wär's, wenn du mit mir kommst? Ich garantiere einen höheren Rang, mehr Sold, mehr Respekt, etliche Diener und jede Menge aufregender Abenteuer.«

Eszterhazy war sofort Feuer und Flamme und sagte: »Erzähl mir mehr!«

Er hörte den Ausführungen von Oberst Brennshnekkl aufmerksam zu und unterbrach ihn kein einziges Mal. Der berichtete nun von einem Jagdausflug in die Südprovinzen des Khediven – die zur Zeit nach Süden hin noch unbegrenzt waren: »... jedenfalls gibt's noch keine offizielle Karte, auf der eine Grenze eingezeichnet wäre. Darum versuchen wir, so weit wie möglich in den Süden vorzustoßen. Ehm, wo war ich stehengeblieben? Ach ja. *Hippo!* Für ein Flußpferd braucht man schon ein mordsmäßig großes Kaliber. Genausoviel wie für einen Elefanten. Oder ein Nashorn.« Brennshnekkl stockte. Offenbar hatte er wieder den Faden beziehungsweise die Jagdbeute aus den Augen verloren.

Dr. Eszterhazy fragte plötzlich: »Wie steht's mit Tigern?«

»Tiger. Tja, für den reicht natürlich schon ein leichteres Gewehr. Eine 500er, oder besser noch eine 577er Expreß von Lang oder Lancaster. Wie dem auch sei, das Ding sollte schon gut in Schuß sein.«

Eszterhazy strich sich über den Bart, den er kürzer trimmte, als es zur Zeit Mode war. »Ich wollte eigentlich nur wissen, ob es in Afrika überhaupt Tiger gibt.«

Es schien, als versuchte der Oberst *Ja* und *Nein* zugleich zu sagen. Bevor er sich zu einer Antwort durchringen konnte, nahm er einen Schluck Wein. »Nun, wenn man's genau nimmt: *Nein*. Es gibt in Afrika keine Tiger. Sie werden da nur so genannt. Verstehst du? Ich spreche von den Leoparden.«

Irgendwas klingelte irgendwo. In den Ohren des Doktors womöglich. Er wirkte ganz abwesend und fragte nach: »Leoparden?«

Oberst Brennshnekkl erklärte, daß der Leopard im Vergleich zum Tiger als die gefährlichere Raubkatze einzustufen sei, da er sich in Bäumen verschanzen und also von oben, gleichsam aus der Luft, attackieren könne. Vorsichtig setzte der alte Kämpe sein Weinglas ab, bleckte die Zähne, krallte die Hände und führte eine pantomimische Bewegung aus, die durchaus geeignet war, das Bild einer springenden Raubkatze vor Augen zu führen.

»Gibt's sonst noch einen Grund dafür, warum sie auf Bäume klettern? Haben sie da oben etwa ihre … nein, ›Nester‹ sagt man in dem Fall wohl nicht … ihre Horste?«

»Aber nein, ganz und gar nicht. Zumindest nicht direkt, im Sinne von Behausung oder so.« Oberst Brennshnekkl hob nun an, eine Geschichte zu erzählen, ganz in der Manier aller Obristen, landein, landab und wie zu allen Zeiten: »Stell dir vor: Kommt da eines Tages mein einheimischer Bursche … wie ist noch gleich sein Name? Pumbo? Ja, Pumbo. Anständiger Kerl, dieser Pumbo. Also, kommt der doch eines Tages angerannt und reicht mir meine

577er Expreß. Sagt: ›Master, Tiger‹, was so viel heißen soll wie: Leopard. Sagt: ›Tiger in Baum. Gucken oben. Schießen schnell.‹« Brennshnekkl brachte ein imaginäres Gewehr in Anschlag und richtete den imaginären Lauf auf die Decke. »Kimme, Korn, verdammt. Was sehen meine trüben Augen? Ein junges Zebra. Oder war's doch eine Antilope? Hat dieser blutrünstige Leopard doch tatsächlich den Kadaver hoch in den Baum geschleppt und ihn in eine Astgabel geklemmt. Zum Abhängen, vermutlich. Du verstehst. Vom vielen Rumgerenne werden die Viecher ziemlich zäh. Und noch was …«

Der Oberst vergaß, daß er eine imaginäre Büchse in Anschlag hielt, nahm sein Weinglas zur Hand, blickte Eszterhazy über den Rand hinweg an und sagte: »Noch was. Die Hyänen kommen nicht ran. Wenn der Kadaver da oben hängt. Du verstehst. Tja …«

Weiter kam der Oberst nicht, denn in diesem Augenblick ertönte ein schrilles Signal, das die Offiziere aufforderte, den Dienst wiederaufzunehmen. Daß dieses Signal aus der Pfeife eines Bootsmannes stammte, war so Tradition. Niemand kannte den Grund. Darum war es Tradition.

In dem ältesten und kleinsten Schloß von Bella gab es auch eine Amtsstube für jenen Gentleman, der Gerüchten zufolge in Verbindung mit der Geheimpolizei stand. Er hörte auf viele Namen. Eszterhazy nannte ihn Max.

»Engelbert Kristoffr, wie geht's dir?«

»Ganz gut, Max.«

Zigarren und Weinkaraffen. »Was macht die Ausbildung?«

Engelbert Kristoffr antwortete, daß er damit recht gut vorankomme. Allerdings konnte er getrost davon ausgehen, daß Max über seine Doktortitel in Medizin und Philosophie längst informiert war. Tja. Und daß er demnächst auch in Naturwissenschaften und Musik promovieren würde. Es gehe ihm natürlich nicht um die Titel als solche, sondern vielmehr um kontinuierlichen Wissenszuwachs.

Max räusperte sich melodisch. »Du mauserst dich bestimmt noch zum bestausgebildeten Mann im ganzen Reich. Hoffentlich läßt du dir dann auch mal ein paar größere Reformen einfallen. Bislang hält jeder unseren Professor Doktor Kugelius für die Koryphäe schlechthin. Warum? Weil er seit fünfzig Jahren ständig seine immergleiche Vorlesung über *Die Versöhnung von Aristoteles und Plato* in lateinischer Sprache hält und zu dem Schluß kommt, daß sich Aristoteles und Plato nicht miteinander versöhnen lassen? Du bist doch nicht gekommen, um mit mir über Aristoteles und Plato zu reden, oder?«

Der Gast schüttelte den Kopf. »Ich wollte von dir was über Mr. Melanchthon Mudge erfahren.«

Es gab in der Tat eine Akte über diesen Herrn. Engelbert Kristoffr durfte Einblick nehmen. Anschließend setzten die beiden Männer ihre Plauderei fort. Sagte Max: »Du erinnerst dich doch noch an den Kabinettsbeschluß, mit dem die Gesetze zum Schutz vor Hexerei außer Kraft gesetzt wurden? Für eine Wiederaufnahme der Strafverfolgung besteht also kein Handlungsbedarf. Die Sache ist doch ziemlich harmlos und begrenzt auf alte Frauen aus entlegenen Dörfern. Ich habe keine Handhabe gegen diesen Mann.«

Ungeduldig streifte Engelbert die Asche von seiner Zigarre. »Zum Kuckuck, ich will ja nicht, daß du ihn auf kleinem Feuer rösten läßt, an den Galgen bringst oder in Ketten legst. Aber wir haben doch Experten, die sich auf rechtliche Winkelzüge verstehen. Könnten die nicht irgendeinen Vorwand finden, um Mudge des Landes zu verweisen?«

Max schenkte sich mit sehr bedächtigen Bewegungen aus einer Karaffe ein. »Das ist nicht so einfach, zumal Mudge ein paar einflußreiche Gönnerinnen hat. Eine davon ist die Tante deines Cousins Kristoffr Engelbert aus der Eszterhazy-Eszterhazy-Linie. Gib zu, das wußtest du noch nicht. Na also, aber jetzt weißt du Bescheid. Es steht ja in der Akte.« Ja, die Akte erinnerte ihn an die königliche Prinzessin Olga Helena von Damrosch-Pensk. »Von ›königlich‹ kann bei ihr eigentlich nicht die Rede sein. Sie war die Witwe von Lavon Demetrius, der zwar früher einmal zu den königlichen Prinzen der Monarchie gezählt, aber nie eine bedeutende Rolle gespielt hatte und schließlich sämtliche Privilegien einbüßte. Immerhin wurde seine Familie entschädigt durch Titel, Ländereien und Geld. Wer weiß, vielleicht hat sie sich schon damals im Bann des Mr. Mudge befunden.

Wie dem auch sei, Prinzessin Olga ist beileibe nicht seine einzige Gönnerin. In der Akte tauchen etliche Namen überhaupt nicht auf. Hör zu.« Max zählte ein paar Namen auf, die nicht in der Akte vermerkt waren.

Engelbert Kristoffr krümmte sich wie unter Schmerzen. »Wie ist es möglich, daß all diese Leute so beeindruckt sind von Mudge? Weil er die Geister Trompete blasen läßt und Tische verrücken kann? Ich glaube kaum. Meine Erklärung ist folgende: Sie sind einfach charakterschwach, während er einen starken Charakter hat und einen sehr, sehr schlechten obendrein. Er braucht ihnen bloß ein paar Tricks vorzuführen, und schon gehen sie ihm auf den Leim. Von solchen Tricks hat er jede Menge auf Lager, und wenn der eine nicht zieht, versucht er's eben mit einem anderen, um die Leichtgläubigen hinters Licht zu führen. Haben ihm Louis Napoleon und Amadeus von Spanien und Alexander von Rußland nur darum all ihre Juwelen überlassen, weil er Tische schweben, Trompeten blasen und Glocken läuten läßt? Wohl kaum. Bedenke nur, was geschehen ist: Louis Napoleon dankte ab und starb im Exil; Amadeus dankte ab und lebt nun im Exil; Alexander von Rußland fiel politischen Intrigen zum Opfer.« Krachend setzte Max seinen Becher auf der zerkratzten Tischplatte ab. »Und noch etwas: Wenn er diese übernatürlichen Kräfte tatsächlich hat, warum läßt er dann nur Tische schweben und Glocken läuten?

Warum begnügt er sich mit den Juwelen von Herrschern und Königen?«

Engelbert Kristoffr Eszterhazy stellte sich insgeheim eine andere Frage: Warum interessiere ich mich für diesen Kerl überhaupt? Warum quält er mich? Und vernehmlich äußerte er: »Weil sich der dämonische Verstand von dem der Menschen unterscheidet.«

»Allerdings«, sagte Max. »Das ist die Antwort.«

Aber auf welche Frage? dachte Eszterhazy.

Nachdem er das alte kleine Schloß verlassen hatte, streifte Eszterhazy grübelnd umher. Stand es denn in seinem Schicksalsbuch geschrieben, daß er sich mit einem Grafen Cagliostro auseinanderzusetzen hatte, ein Jahrhundert nach dem Original? War Melanchthon Mudge wirklich ›Melanchthon Mudge‹? Wenn nicht, wer versteckte sich bloß hinter diesem Namen? Den gelehrten Doktor konnte auch der launige Einfall nicht erheitern, daß Giuseppe Balsame womöglich doch nicht vor neunzig Jahren in einem römischen Kerker verreckt war, sondern …

»Von der sogenannten pasqualinischen Dynastie sind nur noch wenige Zeugnisse übriggeblieben; allesamt nichtssagenden Inhalts.« (Dies stand zu lesen in einem Brief, den Dr. Engelbert von einem gelehrten Freund erhalten hatte.) »Nur einen einzigen Hinweis halte ich für relativ interessant, und dieser bezieht sich auf den sogenannten pasqualinischen Ring. Weiß jemand Deiner alten Freunde davon? Vor einiger Zeit verdichteten sich Gerüchte, wonach dieser Ring ›am ehrwürdigen Daumen des Albertus Magnus‹ gesteckt haben soll. Ob es aber in den Tagen des erhabenen Bischofs Daumenringe überhaupt schon gab, bleibt fraglich. Um die Herkunft des Ringes ranken sich allerdings noch viele andere Legenden. Vielleicht hast Du selbst schon von der Geschichte gehört, wonach der Ring dem ursprünglichen Besitz jener englischen Sonderlinge namens Kelly (oder Kelley) und Dee zugeordnet wird. Natürlich kennst Du auch die bewußte aufschlußreiche

Stelle in einer der zahlreichen Ausgaben des Faustusbuchs. Aber genug davon. Denk an mich, wenn Du Deinen alten, tüchtigen Lehrer triffst, und frag ihn, ob…« (Hier wechselte der gelehrte Korrespondent auf ein völlig anderes Thema über.)

Warum hatte es Engelbert Eszterhazy, Doktor der Medizin und Philosophie, noch nicht vermocht, seinen alten Lehrer und dessen Frau zu sich in das wohnliche Haus in der Türkenstraße Nummer 33 zu holen? Weil ein solches Angebot stets höflich, aber entschieden ausgeschlagen worden war. Warum unterstützte er den Lehrer nicht mit einer Pension? Auch davon hatte dieser nichts wissen wollen. War dem Alten denn überhaupt nicht zu helfen? Doch. Eszterhazy hatte einmal die Eigentümerin des halb verrotteten Hauses getroffen, in dem der König von Restsizilien und seine Gemahlin ihr Exil fristeten. Die alte, verwitwete Hausbesitzerin, selbst durch hohe Schuldenlast in arge Bedrängnis gekommen, hatte ihm, Eszterhazy, mitgeteilt, daß sie genötigt sei, die Miete zu verdoppeln. Der Doktor war sofort bereit gewesen, die Differenz aus eigener Tasche zu bezahlen, und hatte darum gebeten, den Mietern nichts davon zu sagen. So. Nun war er wieder einmal vor Ort und fragte: »Und der Ring des Herzogs Pasquale?«

»Den haben wir«, antwortete die ›Königin‹. Sie war auf ihre greisenhafte Art immer noch schön. »Den haben wir«, wiederholte sie. »Er ist unser einziger Besitz.«

Eszterhazy war sprachlos. Die Alte hob ihre Stimme und rief: »Clarinda, bring unserem Gast doch eine Tasse heiße Schokolade. Clarinda? Leona? Ofelia?« Da sich, was nicht verwunderlich war, keine der vermeintlichen Dienstmägde meldete, stand die Königin auf, entschuldigte sich und meinte: »Was treiben die Mädchen bloß? Ich muß mal nach dem Rechten sehen.« Dann verzog sie sich hinter einen Vorhang, der, wie Eszterhazy wußte, eine kleine Kochnische abtrennte. Mit freundlichem Lächeln wandte er sich nun dem König zu.

Das Gesicht des Mannes, der sich allen Ernstes ›König von Restsizilien‹ nannte, mußte zumindest all denjenigen bekannt vorkommen, die mit dem englischen Puppenspiel vertraut waren, denn es glich – aufs Haar genau, wenn auch im Ausdruck anders – dem der als *Mr. Punch* auftretenden Figur (oder in der italienischen Komödie als Signor Punchinella oder in deutscher Tradition als Kasperle). Seine Anvermählte hatte allerdings mit *Judy* oder *Gretl* nichts gemein. Der König sagte: »Ich werde den Haushofmeister bitten, daß er dich bewirtet.« Cosimo Damianos ehemaliger Schüler rätselte noch darüber nach, was den alten Eheleuten da nun wieder in den krausen Sinn gekommen sein mochte, als der König mit der Hand nach draußen wies und meinte: »Die Aussicht auf die Berge ist heute wieder einmal ausgesprochen klar. Ein prächtiges Bild, das sich von unserer Anhöhe aus bietet. Überzeug dich selbst davon, mein Sohn.« Gehorsam stand Eszterhazy auf und trat ans Fenster, vor dem einst zwei Stores gehangen hatten, nunmehr aber nur noch einer. Sein Gegenstück umhüllte, wie zu einem Sari gerafft, das verschlissene Seidengewand der Königin.

Die Luft mochte zwar durchaus klar sein, doch wurde die Aussicht versperrt von den bröckelnden Mauern des gegenüberliegenden Gebäudes. Im Rücken vernahm Eszterhazy ein schlurfendes Geräusch, und er hörte den König sagen: »Vielen Dank, das war's dann. Du darfst gehen.« Nach einer Weile hielt es Eszterhazy für angebracht, die Aussicht zu loben, worauf ihm mitgeteilt wurde, daß die heiße Schokolade nun für ihn serviert sei. Langsam drehte er sich um, und es schien, als könne er sich kaum losreißen von dem herrlichen Blick auf das skythische Hochland, obgleich da draußen bloß ein paar aufgehängte Wäschestücke, Ziegen, Kinder, Hunde und Mülltonnen zu sehen waren. Er nahm Platz und nippte an der Tasse.

Die Schokolade schmeckte gut. Freilich. Denn er selbst hatte sie den beiden Alten vor geraumer Zeit zukommen lassen, einen ganzen Kanister voll samt einer Vanilleschote zur Frischhaltung. Sooft er zu Besuch war, wurde ihm eine Tasse angeboten. Entweder war der Kanister – wie der Krug von Philemon und Baucis – unerschöpflich, oder aber das Königspaar trank selber nie davon. Sei's drum. Sie fanden Gefallen daran, ihn zu beköstigen.

»Und hier«, sagte der König, »ist der Ring des Herzogs Pasquale.« Er kramte eine abgegriffene Schachtel hervor, die mit Samt bezogen war und lederverstärkte Kanten hatte, und öffnete den Deckel, der leise quietschte.

Eszterhazy staunte nicht schlecht und mußte an sich halten, um von der Schokolade nichts zu verschütten.

Der Ring bestand aus zwei ineinander verschlungenen Gliedern. Das eine war beschlagen und bestand zweifellos aus Silber; das andere glänzte golden – ja, es glänzte. Hatte der Teufel persönlich zum Poliertuch gegriffen? Zwar waren die Glieder ein wenig verformt – offenbar hatte irgendwann einmal ein schwerer Gegenstand darauf gelegen –, doch ihr Umfang ließ vermuten, daß es sich in der Tat um einen Daumenring handelte. In einer zierlichen Fassung steckte ein Diamant, in antiker Manier geschliffen und wahrscheinlich sehr viel älter als der Ring selbst.

»Von den Steinchen gab's etliche«, sagte Cosimo.

»Oh, ja«, bestätigte seine Frau. »Ein wahrer Schatz, die pasqualinischen Diamanten. Wer weiß, wo die anderen geblieben sind? Zum Glück haben wir diesen einen. Man hat ihn uns abkaufen wollen. Unbesehen. Ja, ja. Aber das kommt überhaupt nicht in Frage.«

Eszterhazy setzte sich wieder, nahm einen Schluck aus der Tasse und fragte: »Tragen Sie den Ring manchmal? Nie? Oft?«

Die alte Frau schüttelte den Kopf. »Nur zu passenden Gelegenheiten.« Sie verschwieg, welche Gelegenheiten passend wären. Eszterhazy fragte nicht danach. Er betrachtete den Ring und stellte fest, daß er an einem Kettchen aus schlichtem Metall hing. Mit dem Finger darauf tippend sah er sie an. »Ja, es ist üblich, daß man ihn an einer Kette trägt«, sagte die Alte. »Wie einen Anhänger. Ja, ja. Mein seliger Schwiegervater trug ihn an einer Silberkette; mein seliger Vater trug ihn an einer Goldkette. Wie es sich gehört oder …«, die Pause war nicht etwa als ein Zögern zu deuten, »… gehören sollte. Ja, ja. Am Finger trägt man ihn nicht und auch nicht am Daumen. Da schon mal gar nicht. Das wäre schlimm, sehr schlimm sogar. Jetzt liegt es an uns, das gute Stück zu hüten. Ja, ja.« Sie fing zu husten an.

Ihr Gatte, der König, meinte: »So, nun überlaß ihn mir, mein Engel.« Und er ließ den Ring verschwinden, so flugs und geschickt, daß Eszterhazy mit den Augen nicht folgen konnte. Wo war das Schmuckstück geblieben? Er hatte zwar eine Ahnung, war sich aber nicht sicher.

Erstaunlich. Da lebten diese beiden verrückten alten Leutchen ein halbes Leben lang in bitterer Armut, obwohl sie im Handumdrehen wohlhabend hätten sein können. Was hätten sie nicht alles kaufen können vom Erlös des kostbaren Rings! Seidene Gewänder, Leinenhemden, Schuhe, neue Möbel, täglich Fleisch und frische Salate, gute Weine, Wachskerzen oder moderne Öllampen. Aber warum dachte der ›König von Restsizilien‹ nicht an diese Möglichkeiten? Oder dachte er daran? Als er seinen ehemaligen Schüler durch die wurmstichige Tür hinausbegleitete, sagte er jedenfalls: »Das Brot von heute ist morgen Kot. Vom Wein bleibt morgen bloß Urin. Aus Kleidern werden Lumpen. Und die Kutschen landen über kurz oder lang auf dem Schrotthaufen. Wer seine Frist auf dieser Welt erfüllt hat, wünscht, zumindest seine Ehre unbeschadet hinterlassen zu können. Die ist mehr wert als Kot, Urin, Lumpen und Schrott. Denk daran, mein Sohn, und lebe wohl. Geh mit Gott und in Begleitung seiner Heiligen.«

Eszterhazy ging.

Das also war der pasqualinische Ring.

Der große Beirat der Universität traf sich zu seiner turnusgemäßen Sitzung; als Juniormitglied war auch Eszterhazy zugegen. Wieder einmal wurde die Privatdozenten-Frage erörtert, die Beschlußfassung wieder einmal vertagt. Die Versammlung löste sich auf. Allen voran eilten die Würdenträger in ihren Talaren und Halskrausen, auf ihre Amtsstäbe gestützt, durch das Spalier aus Trommlern und Trompetenbläsern dem Ausgang zu. War dieses ganze Brimborium überhaupt nötig? Konnte es der Forschung und Lehre förderlich sein? Dr. Eszterhazy hatte zu diesen Fragen eine dezidierte Meinung, die er aber für sich behielt. Schließlich wollte er seine Mitgliedschaft nicht aufs Spiel setzen.

Der Kaiser, der auch Schirmherr der Universität war, Rektor, Kanzler und noch vieles mehr, hatte an der Sitzung nicht teilgenommen. Das tat er nie. Er ließ sich nicht einmal vertreten, sorgte aber stets und zum Gefallen aller Beiratsmitglieder für ein üppiges Buffet zur Nachfeier. Eszterhazy machte sich gerade über die Roastbeef-Kanapees her, als ein Gastdozent auf ihn zutrat, der in einem der neuen Fächer namens ›Ethnologie‹ unterrichtete, ein Fach, das die älteren Fakultätsmitglieder für läßlichen Blödsinn hielten. Eszterhazy zeigte sich höflich und entgegenkommend. »Wohin führte Sie Ihre letzte Expedition?« fragte er. »Nach Westafrika«, gab Professor De Blazio zur Auskunft und bat Eszterhazy, daß er ihm doch bitte eins der vorzüglichen Kümmelschnittchen reichen möge, worauf dieser, der Bitte nachkommend, die Frage nachschob, ob es da denn auch Leoparden gebe. »Mir ist natürlich bewußt, daß ein solches Tier nicht in Ihr Forschungsinteresse fällt«, fügte er hinzu.

Von De Blazio war zunächst nur ein unverständliches »Mampf, mampf« zu vernehmen; dann schluckte er und antwortete: »Aber ja doch. In Westafrika gibt es die sogenannte Leopardengesellschaft. Ich vermute, sie ist totemischen Ursprungs. *Totem.* Wissen Sie, was das Wort Totem bedeutet? Die Indianer Nordamerikas bezeichnen damit ein Tier, das als Symbol für die Sippe verstanden wird. Sie glauben nämlich, von diesem Ahnentier abzustammen.

Manche behaupten, daß dieses Wesen mal menschliche, mal tierische Gestalt annimmt. Nicht schlecht, das Roastbeef. Übrigens, Kollege Müller setzt Totems mit unseren Wappen gleich. Stellen Sie sich vor: Die britische Königin verwandelt sich bei Vollmond in eine Löwin. Hahaha«, kicherte De Blazio spröde. Offenbar reichte seine Vorstellungskraft nicht ganz so weit. »Senf, bitte.«

Eszterhazy wähnte sich im britischen Königreich: Er aß Roastbeef und unterhielt sich auf englisch. Doch dann verteilten die Kellner Schwarzbrot und Gänseschmalz, und er wußte wieder, wo er war: in Bella nämlich, der manchmal schönen, manchmal häßlichen Hauptstadt der Dreiermonarchie von Skythien-Pannonien-Transbalkanien.

Viertgrößtes Reich in Europa.

Die Türken kamen an fünfter Stelle.

Die Gaskronleuchter im großen Salon des Stadthauses von Oberst Graf Cruttz waren grandios. In einem großen Kreis schwebten Meerjungfrauen unter der Decke, aus Kupfer gegossen, jeweils in der Länge eines ausgestreckten Männerarms; sie hatten ihre Gesichter einander zugewandt und hielten wie zur Opfergabe in darreichenden Händen die Gasflammendüse. Aufgrund der leicht geöffneten Lippen schien es, als sängen sie im Chor. In ganz Bella gab es nichts Vergleichbares an Illumination. Um den Hammeltalg und anderes Fett aus der Küche nützlicher Verwendung zuzuführen, wurde anderswo trockenes Schilfrohr verwendet, und das sorgte dann für jene anheimelnde Atmosphäre, wie sie früher einmal in jeder guten Stube geherrscht haben mochte (oder heute noch bei armen Leuten herrschte). Der Gestank allerdings war entsetzlich. Bei diesem Licht konnte man zwar kaum lesen, aber es gab kein billigeres. Höchstens Talgkerzen, Lebertran oder Rapsöl, wahrscheinlich gestohlen von umherziehenden Tataren, die damit ihr Weißkraut einlegten; oder Kohleöl, auch Paraffin oder Kerosin genannt. Von wegen Gaslampen. Nun, hier loderten aus den rotgoldenen Händen der Nixen rotgoldene Gasflammen empor. Es hatte in der Vergangenheit zahlreiche Versuche gegeben, die neumodischen Glühstrümpfe anzubringen, bis Oberst Graf Cruttz auf den Einfall kam, mit seinem Revolver darauf zu schießen.

Oberst Graf Cruttz wirkte noch halbwegs nüchtern, was sich allerdings bald ändern würde, obwohl bei solchen Soirees ausschließlich Champagner getrunken wurde. Das war so Brauch, und der Graf wäre seinem Ruf kaum gerecht geworden, wenn ihm ein Damengetränk wie Champagner schon jetzt dermaßen zugesetzt hätte, daß er zum Beispiel imstande gewesen wäre, auf Glühstrümpfe zu schießen. Doch falls sich an diesem Abend noch ein Problem ergeben sollte, das mit einer oder zwei Revolverkugeln zu lösen wäre – und es gab Hinweise darauf, daß es dazu durchaus noch kommen konnte –, so würde sich Dr. Eszterhazy glücklich schätzen, den Grafen mit Brandy, Wodka, Rum, Gin, Schnaps und Whisky zu versorgen. Oder auch mit reinem Alkohol. Wenn sich jedoch kein zufälliger Anlaß dafür böte … nun, dann würde er ein wenig nachhelfen müssen.

In der einen Hälfte des Salons verlief die Soiree wie jede andere Abendgesellschaft in Bella: Man versuchte, dem Vorbild einer Wiener Soiree nachzueifern, welche wiederum selbst nur Kopie einer Pariser Soiree war. Es gab nur wenige Dinge, die Eszterhazy mehr langweilten als eine bellanesische Festlichkeit dieser Art. Immerhin ging es in der anderen Hälfte des großen Salons ganz anders zu. Dort scharte sich eine große Gruppe von Gästen um eine einzige Person. Unerhört. Eine solche Konstellation mag sich durchaus schicken im Rahmen eines Empfangs, aber eine Soiree ist kein Empfang oder zumindest als solcher nicht gedacht. Daß sich eine Person so sehr in den Mittelpunkt stellte und daß die anderen darauf eingingen, war nach geltenden Anstandsregeln eigentlich nicht zu dulden.

Mr. Mudge hatte aber offensichtlich Gefallen daran.

Die Gäste in der anderen Raumhälfte schlenderten

umher, allein oder zu zweit, und wechselten hin und wieder höfliche Worte mit dem Partner oder einer zufällig vorbeikommenden Person. Was hatten sie einander zu sagen? Eszterhazy wußte Bescheid. Manche würden sich förmlich per Handschlag begrüßen und Komplimente austauschen. Es stand auch zu erwarten, daß andere hinter vorgehaltener Hand okkulte Themen aufs Tapet bringen und flüsternd davon sprechen würden, daß sich die Geister von Verstorbenen des ›begnadeten Mediums Mr. Mudge‹ bedienen wollten, um mit den Lebenden Kontakt aufzunehmen. Doch wie auch immer – Eszterhazy hielt sich für einen sehr aufgeschlossenen Zeitgenossen. Im Unterschied zur landläufigen Meinung zweifelte er allerdings an der Möglichkeit, daß die Geister der Verstorbenen von sich aus oder gerufenermaßen ins Diesseits überwechseln. Nun, er war aber, wie gesagt, aufgeschlossen genug, um entsprechende Beweise gelten zu lassen, falls diese denn beizubringen wären. Bislang wußte er jedoch von keinem Beweis, der auch ihn davon überzeugt hätte, daß Geister an Tischen rücken, in Trompeten blasen oder kleine Glöckchen zum Läuten bringen würden. Und deswegen glaubte er auch nicht, daß tote Seelen zu solchen Mitteln greifen, um kundzutun, daß sie doch noch nicht ganz tot sind. Für Eszterhazy stand fest: Hinter alledem steckte niemand anderer als Mr. Mudge, und als Illusionist machte er seine Sache sehr gut.

Doch wozu der ganze Spuk? dachte Eszterhazy. Und mit dieser Frage stand er nicht allein da.

»Engli, wozu der ganze Spuk? Müssen wir uns das mitansehen?« fragte ein Mann, der seine besten Jahre längst hinter sich hatte; sein Gesicht war wettergegerbt und verlebt… Verlebt? Erodiert!

»Wenn Sie nur wollten, Graf, könnten Sie dem Spuk schnell ein Ende machen.«

Der Graf verknautschte das Gesicht bis zur Unkenntlichkeit. »Und ob ich das will! Nichts lieber als das. Mir reicht es schon längst. Hat mir dieser Schelm doch tatsächlich Olga Pensk ausgespannt. Und ihre reizende Tochter. Wo die beiden mir doch so sehr ans Herz gewachsen sind. Oh, und was ich im vergangenen Monat so alles gehört habe! Aber ich kann ihr nichts davon berichten – Olga läßt mich nicht mehr zu sich. Sie ist dem Halunken hörig. Sieh nur, wie sie an seinen Lippen hängt. Komm, dann werde ich dir eben erzählen, was ich so alles gehört habe.«

Doch Eszterhazy wimmelte ihn ab mit der Bemerkung, daß er Gleiches wohl selbst schon gehört habe und daß er sich zu einem späteren Zeitpunkt gern ausführlicher mit ihm darüber unterhalten wolle.

»Unternehmen Sie was! Unternehmen Sie was!« bettelte der Graf, der gleichzeitig Oberst war. »Ich wüßte, was zu tun wäre, und tät' es liebend gern. Leider habe ich aber als Offizier Seiner Kaiserlich-Königlichen Majestät feierlich schwören müssen, mich nie auf ein Duell einzulassen. Ach, hätte ich den Schwur doch nie geleistet. Engli... Engli! Sie sind ein gelehrter Mensch. Sie haben doch mit den alten Männern im Gebirge gelebt. Wie lange eigentlich? Egal. Sie wissen doch, wie...«

Eszterhazy klatschte in die Hände.

Später meldeten sich leise Skrupel. War es richtig gewesen, so zu handeln? Was Melanchthon Mudge von seiner Aktion hielt, kümmerte ihn nicht. Doch würde ihm die Prinzessin von Damrosch-Pensk je verzeihen? Nun ja, ihr Groll wäre auch noch zu verkraften. Aber angenommen, die weisen Hexer, die alten Männer im Gebirge würden von der Sache erfahren. Was hielten sie wohl davon? Zwar hatte er deren Lehren nicht mißbraucht, aber immerhin war er ihr Schüler gewesen. Und dennoch hatte er hier, im großen Salon des Grafen, eine Inszenierung vorgenommen, die in ihrer burlesken, possenhaften Art allenfalls dem Niveau der primitiven Zauberer aus dem hyperboreischen Hochland entsprach, nicht aber dem der alten Männer.

Daß er keinen müden Gedanken an Mr. Mudge verschwenden wollte, blieb nur als Vorsatz bestehen. Er dachte an ihn. Hätte er ihn als einen Häretiker denunziert, als Abtrünnigen, Satanisten, Diabolisten; hätte er ihm alle klassischen Sünden vorgeworfen ... nun, Mr. Mudge wäre wahrscheinlich geschmeichelt gewesen. Doch was hatte er, Eszterhazy, statt dessen getan? Er hatte den rituellen Ablauf einer gewöhnlichen Séance parodiert, nicht mehr, nicht weniger. Zur Einleitung seiner Aktion hatte er ein albernes Abrakadabra von sich gegeben, am Tisch gewackelt, bis dieser nach hinten hin wegkippte, und dabei mit schiefen Tönen, aber durchaus erkennbar, die Melodie eines zotigen Gassenhauers vor sich hin posaunt, als würde nicht nur eine dämonische Trompete, sondern das komplette Blechblasorchester der Hölle erschallen. Ebensowenig geizte er mit Spott, als er die Geister herbeirief und ihre Glöckchen bimmeln ließ. Daß diese dann auch noch den Takt angaben für das geschmacklose Liedchen der Trompete, wäre nun wirklich nicht mehr nötig gewesen. Hätte er nicht wenigstens darauf verzichten können?

Bedenken kamen jetzt zu spät. Die Sache war gelaufen.

Der Schabernack hatte nicht länger als fünf Minuten gedauert, doch anschließend war es für Mudge ganz und gar unmöglich gewesen, mit seiner Vorstellung zu beginnen. Ausgeschlossen. Wer weiß, vielleicht würde er nie mehr mit seinen Tricks aufwarten können. Die Wirkung war verspielt, das Publikum desillusioniert. Kurz-, mittel- oder auch langfristig würde ihm keiner der hier anwesenden Gäste seine Darbietungen abkaufen.

Mudges Gesichtsausdruck sprach Bände, gefüllt mit Verwünschungen. Doch plötzlich verwandelte sich seine Miene, und Eszterhazy konnte darin nicht mehr die Spur einer leidenschaftlichen Gefühlsregung entdecken. Der Graf war hastig herbeigeeilt, um für den Fall, daß die beiden Männer übereinander herfallen sollten, streitschlichtend eingreifen zu können. Aber nein. »Sehr amüsant, Herr Doktor«, sagte Mr. Mudge. Er verbeugte sich galant, dankte dem Gastgeber und ging. Ihm folgten Prinzessin

Olga Helena mit einem Gesicht wie aus gemeißeltem Eis und deren Tochter Freifräulein Charlotte, die zwar einen weniger unterkühlten, dafür aber um so verwirrteren Eindruck machte. War auch sie, die Kusine von Eszterhazys Kusine, den Zauberkünsten von Mudge auf den Leim gegangen? Wenn ja, so war ihr hoffentlich spätestens jetzt ein Licht aufgegangen.

Der Doktor zweifelte nicht daran, daß in spiritistischen Kreisen auch Personen verkehrten, die durchaus seriös waren; und er räumte sogar ein, daß manche dieser seriösen Personen nur Gutes im Sinn hatten. Doch zu dieser Kategorie gehörte Mr. Mudge gewiß nicht. Seriös war der allenfalls insofern, als er mit Ernsthaftigkeit Übles im Schilde führte.

An der chemischen Zusammensetzung kristallinen Natriumsulfats hat sich natürlich nichts geändert, als man diesem Salz den Namen des Chemikers Glauber voranstellte. Nun hatte Eszterhazy ein Steckenpferd, von dem er zwar zuversichtlich annahm, daß es ihn nie an den Rand des Wahnsinns heranreiten würde, und dennoch vollführte er mit ihm hin und wieder ein paar seltsame Bocksprünge: Er vertrat die These, daß die Suche nach anorganischen Abführmitteln in den Grenzbereich zwischen Alchimie und Chemie führte. Als ›Philosoph‹ war er aus dem Wolkenkuckucksnest, wo man immer noch dem Traum künstlicher Goldgewinnung nachhing, zur Erde herabgestiegen und interessierte sich nun vornehmlich für die Herstellung von Mitteln, die geeignet waren, träge Menschendärme in Bewegung zu bringen. **Quaere:** In welchem Jahr wurde Ezekkiel Yahnosh geboren, wann Johann Glauber? **Responsum:** Schlagen Sie doch selbst nach. Eszterhazy wußte nur zu gut, daß die verfügbaren Nachschlagewerke alles andere als zuverlässig waren. Allerdings hatte er einmal (und daran erinnerte er sich jetzt) eine Denkschrift über jenen großen skythischen Gelehrten aus dem siebzehnten Jahrhundert ausfindig gemacht, und zwar in einem längst vergessenen Versteck in dem Großen Reformierten Zentraltabernakel, besser bekannt unter dem Namen Calvinkirche.

Q.: Warum machen Sie nicht eine Kopie davon?

R.: Warum nicht? Es könnte allerdings sein, daß die Tore um diese späte Sonntagabendstunde verschlossen sind.

Doch weit gefehlt. Eszterhazy hatte nicht mit dem Eifer von Prediger Prush gerechnet, der selbst zu dieser vorgerückten Stunde noch auf die Kanzel stieg. Und während der Doktor heimlich und verstohlen hinter einer Marmortafel in der Kirchenwand nach seinen Informationen kramte, hob der Prediger mit donnernder Stimme an: »Meine lieben Brüder und Schwestern, zur heutigen Andacht lese ich den sechsten Vers aus Jeremia, Kapitel fünf: *Darum wird sie auch der Löwe aus dem Walde zerreißen, und der Wolf aus der Steppe wird sie verderben, und der Leopard wird um ihre Städte streichen; alle, die sich herauswagen, werden zerfleischt. Denn ihrer Sünden sind zu viele, und sie bleiben in ihrem Ungehorsam.* Elende Sünder!« brüllte Prush auf seine Gemeinde ein. »Noch ist es nicht zu spät zur bußfertigen Reue!« Und er führte nun aus, daß die im Bibeltext aufgezählten Tiere als Vorboten des Bösen zu verstehen seien; daß sich im Schatten des Löwen die römische Kirche verberge, daß der Wolf auf Luther verweise und der Leopard alle widerspenstigen Heiden verkörpere. Und was als sündhaft und ungehorsam zu verdammen sei, explizierte Dr. Prush an zahlreichen Beispielen, angefangen bei unkeuscher Tracht bis hin zur Weigerung, den Zehnten zu bezahlen. »Wehe! Wehe!« drohte er und schlug mit der Hand aufs Pult.

Doch Eszterhazy war mit seinen Gedanken woanders. Unablässig hallten die soeben gehörten Worte in seinem Kopf wider: **... und der Leopard wird um ihre Städte streichen ...**

Nach Hause zurückgekehrt, warf er einen Blick auf sein kurzes Exzerpt. Doch was er da in der Kirche notiert hatte, war nichts anderes als der Hinweis auf *Jeremia fünf, Vers sechs.*

Als die Reifröcke in Bella aus der Mode kamen, legten Damen, die etwas auf sich hielten, Krinolinen an, und (um diese Zeit etwa, oder wenig später) man sah in der Stadt jede Menge Turnüren, allesamt hergestellt in der ewig modischen Konfektionsschneiderei von Mademoiselle Sophie, Couturière Parisienne. Mlle. Sophie stammte aus einem Kanton, der weniger für seine *haute couture* bekannt war als vielmehr für seine Kuckucksuhren, dafür hatte sie aber in Paris mit Nadel und Faden umzugehen gelernt. Daselbst hatte sie lange Zeit – und mit langem Fädchen – im Keller einer Flickschneiderei gehockt und Hosenböden erneuert, bis sich der gesunde Menschenverstand durchsetzte und ihr zum Aufstieg aus dem Keller ans Licht und an die frische Luft riet. Und so zog sie von dannen und machte erst wieder halt, als sie Bella erreichte, wo ihr ein einheimischer Textilhändler unter die Arme griff. (Na und? Wer wollte daran Anstoß nehmen?) Mit seiner Hilfe also gründete sie ihr Geschäft, das sich schließlich als erste Adresse für alle oder fast alle modebewußten Damen von Bella fest etablieren konnte. Den Kleidern, die sie trugen, war jedenfalls nicht anzusehen, daß Mlle. Sophie oft mit grober Nadel zu Werke ging; es war ihnen aber auch nicht anzusehen, was in Paris derzeit als schick galt. Als Eszterhazy stehenblieb, einen Zigarrenstummel zu Boden warf und mit dem Absatz austrat, ging gerade die Ladentür auf, und heraus kamen zwei Damen – offenbar Schwestern – in großbürgerlicher Aufmachung: kostbares Tuch, reich verziert mit Spitzen, die an so manchem Wintertag geklöppelt worden waren; Korselettchen mit goldgewirkten Schnüren, steife, hellfarbene Petticoats in etlichen Schichten und abgestuften Längen. Außer Eszterhazy nahm sonst niemand Notiz.

Doch, da lachte jemand, und es war kein freundliches Lachen. Eszterhazy richtete den Blick auf die Schallquelle, ohne den Kopf zu wenden. Auf der gegenüberliegenden Seite der schmalen Straße stand Melanchthon Mudge, eingemummt in kostbarem Zobelpelz. Hatte er gelacht?

Langsam näherte sich ihm eine Frau. Ihre Bewegungen verrieten Anstrengung. Die Beine drohten mit jedem Schritt seitlich wegzuknicken, was den kurzen, schweren Rumpf auf eine Weise hin- und herschwanken ließ, die es dem Kopf kaum gestattete, Würde zu bewahren. Die Frau sah ärmlich aus in ihrem fadenscheinigen schwarzen Rock, der – um die Wahrheit zu sagen – nicht einmal sauber war. Das Gesicht, alles andere als jung und hübsch, spiegelte Mühsal und Entbehrung. Nur wer Höflichkeit und Mitleid außer acht lassen und sich an grotesken Bildern delektieren konnte, wäre imstande gewesen nachzuvollziehen, was an der Erscheinung dieser Frau lachhaft sein mochte. Mit anderen Worten: Er hätte so ungehobelt sein müssen wie der Lacher selbst. Und daß es sich bei diesem tatsächlich um Mudge handelte, verwunderte Eszterhazy über die Maßen. Die Frau hatte das Lachen gehört und versuchte, ihre Schritte zu beschleunigen, wodurch sie aber noch heftiger ins Schwanken geriet. Ein weiteres Mal laut auflachend, drehte sich Mudge um und eilte davon.

Den Kopf der armen Alten umhüllte ein Häubchen, wie es vor einer Generation etwa in einer nordamerikanischen Provinz zur Tracht einer jeden frommen Frau gehört hatte. Also, der Eingebung des Augenblicks folgend, zog Eszterhazy den Hut und sprach die Frau auf englisch an.

»Darf ich annehmen, Ma'am, daß in dem Land, aus dem Sie kommen, weniger Wert gelegt wird auf hübsche Garderobe, so wie sie hier zu sehen ist?« fragte er und deutete mit flüchtigem Blick auf die vorbeischlendernden Beispiele für hübsche Garderobe.

Sie blieb stehen, pendelte langsam aus und musterte den Doktor, argwöhnisch zunächst. »In der Tat, mein Sohn, so ist es. Uns bleibt keine Zeit zum Nähen solcher Sachen. Nützlichkeit – so lautet unsere Devise. Kann sein, daß wir in dieser Hinsicht auch ein wenig übertreiben. Sie wissen nicht, wer ich bin, nicht wahr? Aber ich kenne Sie, Mr. Eszterhazy, wenn auch nur vom Sehen. Man hat mich auf Sie aufmerksam gemacht. Wenn ich mich vorstellen darf: Pastorin Ella May Butcher von der europäischen Mission der Ersten Spiritistengemeinde in Buffalo, New York.« Sie streckte die Hand aus, worauf er ganz automatisch den Kopf beugte, um sie zu küssen. Doch sie kam ihm zuvor, ergriff seine Hand und schüttelte sie energisch. »Mein verstorbener Gatte war ein guter Bekannter von Präsident Fillmore. Aber der Name wird Ihnen wohl nichts sagen.« Sie vermutete richtig. Weder Eszterhazy noch irgendwer sonst in der Dreiermonarchie hatte je von Präsident Fillmore gehört.

»Ich bin gekommen, um allen Trauernden mitzuteilen, daß ihre lieben Dahingeschiedenen erlöst sind von den Fesseln des Todes. Fragen Sie nicht, weshalb die Verblichenen ausgerechnet mich als ihr Medium ausgewählt haben. Darauf weiß ich selbst keine Antwort. Wie dem auch sei – wir treffen uns montags, mittwochs, freitags und sonntags, so Gott will, um acht Uhr abends, und zwar im Nebenraum der alten Schottenhalle. Der Eintritt ist frei. Für eine kleine Spende aus Liebe sind wir dankbar.« Von diesen Liebesgaben, wenn denn überhaupt welche zusammenkamen, schien für die Pastorin nicht viel abzufallen. »Kennen Sie den Mann, der mich soeben ausgelacht hat?« fragte sie in gleichbleibend ruhigem Tonfall.

Die Rufe der Kutscher und das Geklapper der Hufe auf dem Pflaster nötigten ihn, die Stimme zu heben. »Flüchtig«, antwortete er.

Witwe Butcher betrachtete ihn aus trüben Augen. »Mein Sohn, es gibt Lichtgeister und Geister der Finsternis. Dieser da bezieht von letzteren seinen Lohn. Ich muß jetzt weiter. Es würde mich freuen, Sie bei unserer nächsten Sitzung begrüßen zu dürfen. Vielen Dank für Ihre Aufmerksamkeit.« Eszterhazy nahm den Hut ab und verbeugte sich galant, worauf sie den Rock raffte und den Saum lüftete, gerade so hoch, wie es schicklich war (in London wäre wohl der Saum um Zweifingerbreit weniger hoch gelüftet worden, aber nach den bellanesischen Anstandsregeln hatte sie genau das rechte Maß im Griff, und gewiß entsprach sie damit auch den Gepflogenheiten von Buffalo, New York, wo ihr verstorbener Gatte gut bekannt gewesen war mit Präsident Fillmore). Sie schickte sich nun an, die Straße zu überqueren, und in diesem Moment legte der Straßenfeger, der wie eine Vogelscheuche in der Gosse stand, beide Hände an den Besen und fegte ihr eine Schneise durch den Pferdedung. Eszterhazy sah, wie sie eine Münze aus der Handtasche hervorkramte. Dann rollten Droschken und Lieferwagen vorbei, hoch beladen mit Fässern voller Gänseschmalz, Roggenschrot, weißem und gelbem Talg. Und als die Kolonne vorübergezogen war, sah man auch die Alte nicht mehr.

Er hatte nicht damit gerechnet, Mr. Mudge so schnell wiederzusehen, aber er hatte auch nicht damit gerechnet, daß er selbst so bald wieder in der Südstadt aufkreuzen würde. Diesmal war er auf der Suche nach einem bestimmten Ersatzteil für sein Pferdegeschirr und hatte erfahren, daß ein gewisser, in der Südstadt ansässiger Pfandleiher eben dieses Teil zum Verkauf feilbot, da die Einlösefrist für den ehemaligen Besitzer abgelaufen war (es handelte sich um ein einfaches Verzierungsstück. Wer weiß, vielleicht hatte das Pferd, das dieses Stück ursprünglich schmückte, den byzantinischen Kaiser getragen).

»Unmöglich«, tönte ihm eine vertraute Stimme vor der Pfandleihe ins Ohr.

Und eine andere Stimme – weniger vertraut, doch nicht gänzlich fremd – fragte: »Unmöglich? Kommt für Sie denn nicht in Frage, was für zwei Kaiser und einen König durchaus möglich war?«

Die vertraute Stimme stammte von D. Cosimo D.; er machte den Eindruck, als wünschte er sich an einen anderen Ort. Doch Mr. Mudge, der neben ihm stand, schien ihn nicht gehen lassen zu wollen. »Davon weiß ich nichts«, antwortete Cosimo.

Mudge versprach, ihm »die Angelegenheit noch mal zu erklären«. Amadeus, der für kurze Zeit regierende König von Spanien, habe ihm, Mudge, einige Juwelen geschenkt; so auch Louis Napoleon, Kaiser von Frankreich. Ein drittes Juwelengeschenk sei ihm von Alexander, dem Zaren aller Russen, gemacht worden. »Wie's der Zufall wollte, befanden sich unter diesen Steinen auch die sogenannten pasqualinischen Diamanten«, meinte Mudge. »Mit anderen Worten: Sie gehören mir. Ich kann Ihnen gern die Geschenkurkunden zeigen.«

»Interessiert mich nicht. Geschenke! Daß ich nicht lache.«

»So ist es aber nun einmal. Jetzt fehlt mir nur noch der Daumenring des Herzogs Pasquale. Ohne den ist meine Sammlung unvollständig. Nennen Sie mir einen Preis. Geld, Ländereien, Ländereien und Geld... was auch immer. Ich gebe Ihnen auch gern ein paar andere Juwelen im Tausch. Ich...«

»*Ich,* mein Herr, habe nichts zu verkaufen. Und mich drängt es auch nicht, irgend etwas zu erstehen. Ah, mein Sohn« – an Eszterhazy gewandt –, »was sagst du dazu? Habe ich nicht recht?«

Und Eszterhazy entgegnete: Der König von Restsizilien hat recht.«

Als Eszterhazy eine Woche später, seinen Club verlassend, auf die Obere-Hunyadi-Straße hinaustrat, erhob sich ein großer Mann von einer Bank und versperrte ihm den Weg. Es war Melanchthon Mudge. Er stand unmittelbar vor ihm und neben der Bank. Zurückzuweichen war nicht möglich, denn hinter Eszterhazy ragten die Steinsäulen der Kolonnade auf. Es gab nur einen Ausweg – doch was hatte er zu befürchten? Der Mann wünschte ihn zu sprechen? Sei's drum.

»Fassen Sie sich kurz«, sagte er.

»Dr. Eszterhazy«, sprach der große, dünne Mann in ernstem Tonfall. »Ich mußte mir nun schon zweimal einen Affront von Ihnen gefallen lassen.« Eszterhazy betrachtete ihn mit absolut ausdrucksloser Miene und sagte absolut nichts. Mudge war sichtlich um Fassung bemüht. Er preßte die Lippen aufeinander. Dann zeigten sich erste Falten auf der Stirn, die aber sofort wieder verschwanden. Statt dessen flog ein Lächeln über sein Gesicht, ein Lächeln, das auf viele zweifellos charmant wirkte. »Ich wiederhole: Sie haben mich zweimal insultiert, Doktor. Es fällt mir allerdings schwer zu glauben, daß das mit Absicht geschah. Sie werden darum hoffentlich keinen Anstoß daran nehmen, wenn ich Ihnen nun erkläre, was ich an Ihrem Verhalten anstößig fand.« Eszterhazy verzog immer noch keine Miene. Unverwandt starrte er dem anderen ins Gesicht.

Mudge räusperte sich. Dann streckte er den Zeigefinger der linken Hand aus und berührte dessen Kuppe mit dem Gegenstück der rechten.

»Erstens: Obwohl Ihnen die Gründe für mein Interesse am Erwerb des pasqualinischen Rings bekannt sein dürften, drängten Sie den gegenwärtigen Besitzer, von einer Veräußerung abzusehen.« Er legte eine Pause ein. Keine Reaktion. Keine Antwort. Aus der linken Hand entfaltete sich ein weiterer Finger. »Zweitens: Sie entblödeten sich nicht, meine von den Geistern als Geschenk verliehenen Fähigkeiten zu veralbern, indem Sie drittklassige Gauklerstücke vorführten, derer sich ein Mann Ihres Standes schämen müßte. Dr. Eszterhazy, ich bitte Sie nun nachdrücklich – insultieren Sie mich nicht ein drittes Mal. Ich vollziehe gerade die wohl entscheidendste Wende meines persönlichen Lebens, und wir werden uns in Zukunft des öfteren begegnen; ob zum Guten oder zum Schlechten, liegt nicht zuletzt an Ihnen. Mir wäre es lieb, wir vertrügen uns. Sollten Sie aber ...«

Eszterhazys starrer Blick fing zu flackern an, was eine dermaßen erschreckende Wirkung auf Mr. Mudge ausübte, daß ihm ein zages Winseln entfuhr. »Kanaille, Schelm, Strolch«, sagte Eszterhazy. »Ich durchschaue Ihre finsteren Pläne. Sie wollen dem Freifräulein Charlotte von Damrosch-Pensk, der Kusine meiner Kusine, die Ehe antragen. Das zu verhindern liegt nicht in meiner Macht. Denn daß ihre Mutter, die Ihnen hörig ist, dieser Verbindung zustimmt, steht außer Frage. Aber ich will Ihnen verraten, was sehr wohl in meiner Macht steht. Nach dem letzten Willen ihres verstorbenen Vaters steht das Freifräulein Charlotte bis zu ihrem dreißigsten Lebensjahr unter dem Schutz des Kaisers, es sei denn, sie heiratet vorher. Es war nicht nur meine Pflicht, sondern – ich gestehe – auch ein großes Vergnügen, den Hofrat über Ihren Lebenswandel aufzuklären. Ihm liegen etliche Dokumente vor, Zeugnisse über Ihre schändlichen Umtriebe im Ausland, empörende Briefe aus Ihrer Hand an eine andere Dame, und Belege Ihrer schmutzigen Machenschaften, durch die Sie zuerst berühmt und dann vermögend geworden sind. All dies ist dem Hofrat nun bekannt und somit auch dem Kaiser, ohne dessen Zustimmung Sie das Freifräulein …«

Doch bevor Eszterhazy den Satz zu Ende formulieren konnte, traf ihn ein Hieb, der wie aus dem Nichts hervorschnellte und ihn rücklings gegen eine der Kolonnadensäulen warf. Der Aufprall verschlug ihm den Atem. Er hatte Mühe, auf den Beinen stehen zu bleiben, und hielt sich mit nach hinten ausgestreckten Armen an der Säule fest.

Benommen schüttelte er den Kopf, warf einen Blick auf den Gegner und fürchtete für eine Schrecksekunde lang einen neuerlichen Angriff. Doch das Medium dampfte wutschnaubend davon. In diesem Moment glaubte Eszterhazy ein fernes Echo zu vernehmen: *Mein Sohn, es gibt Lichtgeister und Geister der Finsternis. Dieser da bezieht von letzteren seinen Lohn …*

Eszterhazy kam die Stiege herauf, die zu dem Quartier der alten Eheleute führte. Daß streitende Stimmen durchs dunkle Treppenhaus gellten, überraschte ihn zunächst nicht, war ihm doch hinlänglich bekannt, daß die armen und heruntergekommenen Bewohner dieser Elendsbehausung, wenn sie verärgert waren, zu Tobsuchtsanfällen neigten. Aber dann war er doch überrascht, denn er erkannte nun die Stimme der sonst so adelig vornehmen Alten. Was um alles in der Welt … Aha. Anscheinend versuchte der städtische Müllmann die Abfuhrgebühren einzutreiben. Zugegeben, die Arbeit der Müllmänner war nicht einfach, und den Bewohnern der Südstadt Geld dafür abzuverlangen, war auch kein leichtes Geschäft. Allerdings konnte sich Eszterhazy kaum vorstellen, daß das bettelarme Ehepaar überhaupt Abfall produzierte bei der frugalen Kost, die ihm vergönnt war.

Ein fauler, ranziger Schweißgestank eilte dem voraus, der ihn ausdünstete und der nun seinen verschwitzten, ranzigen Wanst vor die Tür bewegte und laut, grob, pöbelnd ausrief: »Darauf hab' ich Anrecht! Die zehn Kopeken stehen mir zu!« Feiste, ungeschlachte Schultern rammten noch einmal gegen die Tür. »Ich nehm' euch die Kanne vom Tischtuch und das Tischtuch vom Tisch und …« Weiter kam er nicht, denn plötzlich flog die Tür auf. Im Rahmen erschien furchtlos die kleine ›Königin‹, und es schien, als zuckte ein Blitz. Der Müllmann stieß einen heiseren Schrei aus, taumelte zurück und suchte nach Halt. Die Tür fiel ins Schloß zurück. Der Müllmann wirbelte herum; er preßte die Hand ans wabbelnde Bauchfett, und zwischen den Fingern sickerte Blut hervor, Blut auch aus Kratzwunden am feisten, verdreckten Arm. Wodurch entstanden? »Diese Katze«, knurrte der Mann. Sein Schrecken wich geistloser Verwunderung und dumpfer Wut. Hatte die Alte tatsächlich mit der kleinen Nagelschere zugestochen? Oder gar …

»Die Katze hat Krallen«, sagte der Müllmann und lief polternd die Treppe hinunter. Zurück blieb fauler, ranziger Schweißgestank.

Als Eszterhazy gleich darauf die Wohnung der alten Eheleute betrat, fand der Vorfall mit keiner Silbe Erwähnung. Die beiden wirkten allenfalls ein wenig aufgelöster und verstörter als sonst. Er fragte, ob irgendwas nicht in Ordnung wäre. Sie bedachten ihn mit stumpfen Blicken. »Der Ring. Der Ring des Herzogs Pasquale. Den kriegt er nicht. Nie und nimmer.«

»Cosimo, mir ist da etwas Merkwürdiges zu Gesicht gekommen.«

»Ja, worum geht's denn, meine Liebe?«

»Ich habe einen Leoparden gesehen, Cosimo. Er sprang von Dach zu Dach. Ist das nicht seltsam?«

»Allerdings, meine Liebe. Sehr seltsam. Nur wenigen ist es vergönnt, solche Visionen zu haben. Wir werden mit der Zeit noch herausfinden, was das zu bedeuten hat. Aber nun sollten wir die Suppe nicht kalt werden lassen. Laß dich füttern. Ich habe schon unseren Löffel parat.«

Eszterhazy wähnte sich in einem Alptraum und war drauf und dran, schreiend ein Erwachen daraus zu erzwingen. »Wenn ich das alles nur träume ...« Und wenn nicht? Doch all diese Gedanken waren unwichtig. Er fühlte sich von Empfindungen durchdrungen, die er nie zuvor empfunden hatte und für die ihm die Worte fehlten. Eindrücke, unendlich tief und also fremd. Und dann schien eine Schranke zu fallen; er spürte sie fallen, und die fremden Empfindungen nahmen vertraute Gestalt an. Das aber konnte ihn beileibe nicht beruhigen, im Gegenteil, denn das Vertraute war entsetzlich. Er hörte häßliche Geräusche, erzeugt durch Dinge, die nicht zu sehen waren, und was er sah (wenn auch nur flüchtig, am Rand des Gesichtsfelds), waren häßliche Dinge, die unerhörte Dinge taten. Der Anblick, der sich ihm bot, war allenfalls vergleichbar mit den grotesken Gemälden des Niederländers Jan Bos. Aber nein, auch dieser Vergleich hinkte. Wie feuerspeiende Lava war sein Hirn; zu atmen war dem ganzen Körper eine Folter; schierer Schrecken saugte sich durch Mark und Bein. Sein Blick fiel auf ein bekanntes Gesicht:

Der Mund entblößte feuchte, gelbe Zähne; die Augen versprühten Lust und Lasterhaftigkeit.

Wer war das, der da plötzlich seinen Arm ergriff und ihm dieses Gesicht zuwandte, kalkweiß wie eine Maske und mit Rändern unter den Augen, die mit Holzkohle gezogen zu sein schienen? »Mein, Sohn, er verweigert sie! Er verweigert sie! Ich flehte seinen Sekretär an: ›Vater, vergiß, daß ich der König von Restsizilien bin. Sieh mich an als treues Kind der Mutter Kirche und hab' Erbarmen, denn meine Frau ist krank, Vater, krank!‹ Doch er weigert sich. Er will sie nicht erteilen. Dieses Miststück!«

Eszterhazy wunderte sich, was Cosimo Damiano hier im Tatarenteil des Hammelmarktes verloren hatte, doch dann fiel ihm ein, daß seine Anwesenheit an diesem Ort ja mindestens ebenso verwunderlich war. In seiner grenzenlosen Verwirrung hatte er ziellos die halbe Stadt durchquert; vielleicht war auch sein alter Tutor in die Irre gelaufen. »Sir, wer verweigert was?« fragte Eszterhazy, obwohl er die Antwort schon erahnte.

»Ja was? Die Exorzistenlizenz natürlich. Unser Gemeindepfarrer wäre bereit, die Handlung vorzunehmen, doch vorher muß das Plazet des Bischofs vorliegen, genauer gesagt: des Erzbischofs, und das ist für unsere Diözese der prinzliche Patriarch von Bella. Ich flehte seinen Sekretär an: ›Vater‹, sagte ich … aber das tut jetzt nichts zur Sache. Der Sekretär jedenfalls eilte hinaus, den Kopf leicht zur Seite geneigt. Als er zurückkam, war der Kopf zur anderen Seite hin geneigt. Und dann schüttelte er den Kopf. Seine Eminenz verweigert die Genehmigung …«

Nach altem Brauch, der so verbindlich war wie kanonisches Recht, wurde der Erzbischof und prinzliche Patriarch von Bella mit ›Seine Eminenz‹ angesprochen, womit man ihn auf eine Stufe mit Kardinälen stellte. Der Sekretär Seiner Eminenz war Monsignor (also nicht bloß ›Vater‹) Macgillicuddy. Msgr. Macgillicuddy stammte von irischen Kriegsherren ab, die von der Insel fliehen mußten; wie die

Wildgänse, heißt es in der Überlieferung. Aber im Unterschied zu den Zugvögeln kehrten die Flüchtigen nie zurück, sondern ließen sich von einem katholischen Königreich ins nächste treiben. Die Macgillicuddys lebten schon seit 200 Jahren in der Diaspora, und doch gab es auf der Heimatinsel wohl niemanden, der irischer aussah als der Monsignor. Er hätte vortrefflich an den Hof eines gälischen Monarchen gepaßt, aber seine Position in Bella war auch nicht zu verachten. Er gehörte keinem Orden an, keiner ethnischen Fraktion, weder im Königreich noch in der Kirche, und wenn er sagte, daß der prinzliche Erzbischof und Patriarch keine Exorzistenlizenz erteile, war dagegen – wie Eszterhazy wußte – absolut nichts zu machen.

Ein krummbeiniger Tatar stürzte plötzlich gebückt auf einen flüchtigen Bock zu, rammte ihm die Schulter unter den Hals, langte um beide Vorderläufe, ergriff eine der hinteren Keulen und wirbelte den verdutzten Hammel auf den Rücken. Blitzschnell warf sich der Tatar unter das Tier und schlang die Arme um dessen Brust. Gleich darauf hockte es auf seinem Schoß und konnte sich nicht rühren. Nun kamen die Metzgergesellen mit Seilen herbei. Die Hammelflucht war jäh zu Ende. Alte Tatarenmütterchen mit Kopftüchern, langen Röcken und Galoschen liefen zu einer pittoresken Gruppe zusammen, voller Erwartung im Hinblick auf frisches Fleisch für das abendliche Schaschlik. Ein Hammelleben nahm sein Ende. Eine Zeitlang war der Bock König der Berge gewesen; er hatte seine Weiden, den wilden Thymian und seinen Schafsharem verteidigt. Aber damit war's nun aus und vorbei.

Auf die Frage, *warum* er sich so energisch dafür eingesetzt hatte, daß seinem Gemeindepfarrer die erzbischöfliche Ermächtigung zum Exorzismus erteilt würde, kam von Cosimo Damiano nur eine ausweichende Antwort. Die Verwirrung seines senilen Geistes schien dramatisch zugenommen zu haben. Offenbar stand er unter großer Anspannung. Weswegen? Es hatte sich allem Anschein nach sehr Schlimmes zugetragen, und dieses Unheil lastete nicht nur auf ihm, sondern vor allem auf seiner kranken alten Frau. Beschwörungen, Amulette, Talismane reichten zur Heilung genausowenig wie Weihwasser, Gebete und lateinische Psalme. Half denn nicht einmal Hirschhornsalz? Nein, auch das nicht.

»Aber … Sir … geben Sie mir doch mal ein Beispiel. Ein einziges Beispiel.«

Es konnte kaum an dieser Aufforderung gelegen haben; vielmehr schien der Alte plötzlich von einer fremden Macht befallen zu werden, denn mit einem Male zuckte er am ganzen Körper; das Gesicht verzerrte sich zu einer Grimasse, und die Stimme … ein klirrendes, fahriges Geplapper: entsetzlich. Eszterhazy wich unwillkürlich einen Schritt zurück. Doch dann, von einem auf den anderen Moment, war der Alte wieder der Alte. Er zitterte vor Angst, schluchzte zum Erbarmen und humpelte davon.

Die Mütterchen im Tatarenteil des Marktes liefen auseinander. Eine jede trug eine Portion Hammelfleisch, in Kohlblätter eingewickelt, nach Hause. Eszterhazy sah sie nicht. Ihm schwebte die Szene von vorhin vor Augen. Im Gesicht des alten Mannes, an seinem Körper, in der entsetzlichen Stimme hatte er, wenn auch nur für eine einzige, aber ausreichende Sekunde die Schreckensvisionen aus seinem jüngsten Alptraum wiedererkannt. War's denn ein Alptraum gewesen? Ihm kam ein anderes Wort in den Sinn: Obsession. Gab es denn in seinem bestens sortierten sauberen Laboratorium kein Mittel dagegen? Eszterhazy murmelte die Worte: »*Weiche hinweg von mir, Satanas*« und spuckte dreimal aus.

Was steckte dahinter, hinter diesen Attacken auf seine Seele, auf die des Alten und dessen Frau? Ein Fluch? Aus welchem Anlaß? Schmach, verletzte Eitelkeit? Eszterhazy ahnte: Stein des Anstoßes war der Ring des Herzogs Pasquale, dieses antike Familienerbstück, von dem sich das alte Paar nicht trennen wollte. Stieß der böse Feind darum seinen Fluch aus, weil er nach diesem

Schmuckstück vergeblich trachtete, ohne das seine kostbare Sammlung unvollständig blieb? Aber er war doch reich. Warum ließ er nicht eine Nachbildung aus echtem Gold, echtem Silber und einem echten Diamanten anfertigen? Warum war ihm ausgerechnet am Original so sehr gelegen?

So lange er lebte, hatte Eszterhazy nie etwas mit Gewißheit gewußt. Doch jetzt kam er einer Gewißheit ziemlich nahe.

Und der Fluch tat weiterhin seine Wirkung.

Es war zehn Uhr am Morgen, eine Zeit, in der Oberst Graf Cruttz für gewöhnlich noch im Bett lag. Ungewöhnlich auch, daß er vor sich hinmurmelte. Es klang wie *Sankt Vitus.* Eine Anrufung? Vielleicht. Vielleicht auch nicht.

In Bella gab es ein Hospiz, benannt nach dem heiligen Vitus. Es war gebaut worden als Heilstätte für Pilger, die erkrankt waren an – heute würde man sagen – Chorea, Zerebralparese, Ergotismus, verschiedenen Schwachsinnsformen und anderem mehr. Doch die Pilgerströme versickerten nach und nach, und mit der Zeit lernten die Leute, daß es ungesund war, aus verschimmeltem Roggen Brot zu backen. Allerdings war der Schwachsinn beileibe noch nicht besiegt, und weil man mittlerweile davon absah, Betroffene in den Wald zu schicken oder im Besenschrank zu verstecken, mußte eine angemessene Unterkunft für sie gefunden werden. Zur Zeit von König Ignats Salvador (das Reich gab es damals noch nicht) wurde aus dem Hospiz eine Irrenanstalt, und aus dem Schrein des heiligen Vitus eine Kapelle. Wahr ist, daß es darüber hinaus auch ein geschlossenes Kloster für geisteskranke Nonnen gab und eines – in weitem Abstand davon gelegen – für geisteskranke Mönche und Priester. Entgegen anderslautenden Berichten trifft aber *nicht* zu, daß außerdem eine Anstalt für irrsinnige Bischöfe existierte.

»Guten Morgen, Oberst Graf Cruttz. Oder, nun ja – guten Morgen, Fritz.«

»Morgen, Engli. Sag mal, du gehörst doch auch zum Personal von St. Vitus, nicht wahr?«

»Nun, ich bin im Aufsichtsrat.«

»Ich brauche 'ne Einweisung. Für Moritz. Das ist einer meiner Lakaien.« Der Graf sah mitgenommen aus.

Dr. Eszterhazy langte in ein Fach und zog einen der gefürchteten ›gelben Scheine‹ daraus hervor: Formular zur Voruntersuchung. Seufzend: »Armer Moritz. Nun ja, man wird sich um ihn kümmern.« Er setzte seine Unterschrift auf das Blatt. Ohne die würde der ›arme Moritz‹ stundenlang, heulend und sabbernd, auf seine Untersuchung warten müssen. »Was ist mit ihm passiert? Moritz, das ist doch dieser blasse Bursche, stimmt's?«

Der Graf bestätigte: ja, ein blasser Bursche, dieser Moritz. Und völlig durchgedreht seit letzter Nacht. Kurz vor Morgengrauen sei es mit der Schreierei losgegangen, in einer Lautstärke, daß das ganze Haus gewackelt habe – ein altes Haus mit festen Mauern. Durchgedreht vor Angst, dieser Moritz. »Er hat wie verrückt geschrien und sich in der Armbeuge zu verstecken versucht. Ab und zu faselte er auch was vor sich hin. Es waren immer dieselben Worte. Immer dieselben.« Cruttz blickte ratlos in Eszterhazys Gesicht.

Dieser fragte: »Und was? Was sind das für Worte?«

Cruttz feuchtete die Lippen an und wiederholte: »›Auf dem Dach! Auf dem Dach! Der Hexenmann! Auf dem Dach!‹«

»Der ... ›Hexenmann‹? Was soll das heißen?«

Zerknirscht: »So wird doch dieser Höllenhund Melanchthon Mudge genannt, oder etwa nicht?«

Schweigen. Und dann: »Tja, na schön. Das wäre geklärt. Aber was meint er mit ›auf dem Dach‹?«

Schulterzucken. »Weiß der Henker. Und wenn er's weiß, war's gut, wenn er sich den Unhold holt. Wie dem auch sei, der arme Moritz schreit sich nun schon seit Stunden die Seele aus dem Leib, schlägt um sich und bepinkelt sich. Brandy hat nicht geholfen, Weihwasser hat nicht geholfen. Jetzt kann nur noch der gelbe Schein helfen. Du verstehst?«

Eszterhazy verstand nicht ganz. »Hat dein Bursche Moritz jemals zuvor Anzeichen von …«

Widerwillig: »Nun ja … irgendwie schon. Er ist ein nervöser Hampel, immer schon gewesen. Und das ist der einzige Grund, der mich davon abhält, dieses Schwein wie einen Hund mit meinem Revolver abzuknallen.« Es gab noch einen zwingenderen Grund, den er unerwähnt ließ: Der Kaiser hatte unmißverständlich klargestellt, daß er solche Selbstjustiz nicht gestattete. Bei Zuwiderhandlung drohte ein zehnjähriges Exil in der entlegenen Wildnis von Klein-Byzantium, und einem geselligen Menschen wie dem Grafen mochte die Gesellschaft von Luchsen, Bären und Wildschweinen nicht genügen.

Oberst Graf Cruttz nahm den ›gelben Schein‹ zur Hand, murmelte Worte des Dankes und warf Eszterhazy einen letzten Blick zu. Der spürte nun deutlich, daß die Frage, die ihm durch den Kopf ging, auch den Grafen bewegte: Suchte Mudge das Haus heim, in dem er gedemütigt worden war? Ließ er Moritz büßen?

Und wenn ja, was würde Mudge als nächstes unternehmen?

Die Antwort ließ nicht lange auf sich warten.

Als der bleiche Moritz kurz vor Mittag in der Aufnahmestation von Dr. Schmitz untersucht wurde, kam der Besessene plötzlich zur Ruhe und erhob sich auf Geheiß des Arztes. Dr. Schmitz setzte das Hörrohr an. Doch dann …, dann tat Moritz der Bleiche einen entsetzlichen Schrei; Blut stürzte aus Nase und Mund und …

»Ich fing ihn mit den Armen auf. Das Stethoskop fiel zu Boden, aber ich hatte genug gehört«, sagte Dr. Schmitz.

»Was haben Sie gehört?«

»Sein Herz machte einen wilden Sprung und setzte aus. Ich unternahm natürlich sofort alles, um es wieder in Gang zu bringen. Vergebens.«

»Vergebens ...«

Hatte Mudge wieder zugeschlagen?

Für Eszterhazy war die Antwort klar.

Später, etliche Jahre später, sollte Eszterhazy den berühmten Herrekk, einen Berg-Tsiganen, als Kammerdiener anstellen, der lange, lange bei ihm blieb. Aber das war viel später. Gegenwärtig füllte dieses Amt ein gewisser Turt aus (falls von ›ausfüllen‹ hier überhaupt die Rede sein kann). Der hatte lange Zeit als Barbier gearbeitet und Erfahrung gesammelt im Zusammenfalten von Handtüchern. Und wenn ihm auch nicht vieles gelang, so konnte er doch immerhin Eszterhazys Wäsche hübsch zusammenfalten. Turt weckte seinen Herrn auf, servierte heißen Kaffee ans Bett und kam dann mit heißem Wasser und duftender Rasierseife. Anschließend legte er ihm den Morgenmantel an und brachte auf einem Tablett das Frühstück, das – glücklicherweise – von einem anderen Diener zubereitet wurde. Turt war durchaus anstellig, wenn auch beflissener als tauglich, und es war ihm gewiß nicht anzulasten, daß er so schnell außer Atem kam. Turt (kurz für Turuscou) stammte aus Rumänien. Von Angestellten dieser Provinz war allenthalben bekannt, daß sie sich gern – wie es so schön heißt – auf französisch empfehlen, um dann irgendwann zurückzukehren mit einer herzzerreißenden Geschichte vom jähen Tod oder schweren Siechtum eines entfernten Verwandten. Eszterhazy war fest entschlossen, Turt, falls dieser jemals unerlaubt das Weite suchen sollte, fristlos aus seinen Diensten zu entlassen. Doch Turt, obgleich nicht besonders helle, hatte doch Grips genug, um seine Stellung nicht fahrlässig aufs Spiel zu setzen. Seine Verwandtschaft schien sich jedenfalls bester Gesundheit zu erfreuen, es sei denn, der eine oder die andere schied in irgendeinem Kaff an der Istermündung ohne seinen tröstlichen Beistand dahin.

An diesem Morgen erwachte Eszterhazy unter Schmerzen, und benommen, wie er war, spielten ihm die Sinne einen Streich. Er glaubte, Turt keuchen zu hören, heftiger noch als sonst. Oder hatte dieser gar nach ihm gerufen? Eszterhazy öffnete die Augen und richtete sich im Bett auf. »Dominu, Dominu!« klagte der Kammerdiener.

»Was? Was?« fragte der Doktor irritiert.

Turt deutete auf den Fußboden. Was mochte da sein?

Eine Blutlache.

Die Schmerzen kehrten zurück, und Eszterhazy erinnerte sich schlagartig. Er war in der Nacht aus tiefem Schlaf herausgerissen worden. Durch das Zimmer strömte diffuses, mattes Licht, und sein Blick fiel auf einen furchteinflößenden Schemen. Langgestreckt und dünn. Er schwebte dicht unter der Decke, wälzte sich umher wie ein Schwimmer im Wasser. Hatte ein menschliches Gesicht, das Gesicht von Mr. Mudge, dem Medium. Und wie haßerfüllt es auf ihn herabblickte! Die Lippen kräuselten sich und formulierten die Worte: **Der Ring, der Ring! Ich muß ihn haben!** Und dann langte er aus mit langem, unglaublich langem Arm, worauf sich der erste Schmerz meldete. Was hielt die Hand gepackt? Es war ein Herz, das sie ihm, Eszterhazy, präsentierte. Ein Menschenherz. Und während es noch durchs Zimmer hallte – **Ring! Ring!** –, krümmten sich die Finger, und die Finger quetschten, was in der Hand lag, worauf ein zweiter Schmerz den Leib durchzuckte. Ein dritter noch …

Es war ein Traum gewesen; ein böser, böser Nachtmahr hatte ihn heimgesucht. Weiter nichts. Oder doch? Warum schmerzte sein Herz so schrecklich? Wie kam das Blut auf den Boden?

»Nasenbluten«, hörte er sich sagen, und Turt antwortete sofort: »Nein, Sir. Nein.«

»Was denn?«

Turt fuchtelte gestikulierend mit den Händen, ungelenk, aber verständlich genug bedeutend, daß an des Herrn Nase kein Blut zu sehen sei und auch nicht auf dem Laken. Daß – ferner – Blut, wenn es vom Bett getropft wäre, sich nicht zu einer derart großen Lache auf dem

Boden ausgebreitet hätte. Es sei vielmehr – so die Erklärung – aus großer Höhe herabgeschüttet worden. Und als Turt die Hand hob und zur Decke wies, fing die Hand zu zittern an. Bald zitterte der ganze Körper. Am Rande bemerkt: Von allen Rassen, die das Reich von Skythien-Pannonien-Transbalkanien in sich vereint, sind die Rumänen das mit Abstand abergläubischste Volk. In ihren Legenden wimmelt und wuchert es nur so von Berichten über *uampyri* und Werwölfe und Werbären und Werfledermäuse und Werkatzen, von Scheusalen und Gespenstern, die, um Schrecken zu verbreiten, nächtens beileibe nicht bloß schauriges ›Huhu‹ vernehmen lassen.

Und was war Ursache der Schmerzen? Eszterhazy versuchte, aus dem Bett zu steigen, schrie auf und deutete auf die Nachtkonsole. »Die kleine blaue Flasche«, stöhnte er. Das Elixier aus Fingerhutextrakt linderte den Schmerz. Noch wohler wurde ihm, als er die Flasche Wein (von Turt unaufgefordert hergebracht) zur Hälfte leergetrunken hatte. Also zu Kräften gekommen, verlangte er von seinem Kammerdiener mit Hinweis auf den roten Fleck am Boden: »Mach mal ein bißchen sauber!«

Turt, der sonst zum Metaphorischen neigte, nahm die Aufforderung diesmal wörtlich. Er tunkte den Zipfel einer Serviette in den immer noch dampfenden Kaffee, beugte den Rumpf und … wisch-wisch, fertig war er und ließ die dreckige Serviette in der Tasche verschwinden. Richtete sich auf. Sagte: »Euer Kaffee, mein Dominu.« Nach einer Weile brachte er Rasierwasser und die duftende Seife. Eszterhazy hatte einstweilen wenig zu tun und viel zu grübeln. (Ähnliches galt für Turt, denn der Bartwuchs seines Herrn war spärlich. Aber um nicht ganz untätig zu bleiben, rasierte er den Nacken aus und trimmte die Koteletten.)

Während der Diener schabte und schnitt, versuchte Eszterhazy die Gefahr einzuschätzen, in der er steckte. Es schien, als wagte Mudge es nicht, ihm das gleiche Ungemach wie dem armen Moritz widerfahren zu lassen.

Konnte er sich in Sicherheit wiegen? Halbwegs jedenfalls?

Aber für wie lange?

Er erinnerte sich an das haßerfüllte Gesicht hoch oben unter der Decke. Um die Götzendiener Baals zu täuschen, schüttete Daniel Asche auf den Boden. Wäre es analog von Nutzen, Asche unter die Bettdecke zu streuen?

Eszterhazy lag im Bett. Bett: Boot. Er trieb dümpelnd durch die Dunkelheit und hörte, wie draußen der Nachtwächter mit seinem Stab aufs Pflaster an der Straßenecke klopfte. Gleich würde das Klopfen auf der gegenüberliegenden Straßenecke zu hören sein. Doch nein, es blieb aus. Eszterhazy war nicht in gewohnter Umgebung, sondern woanders. Aber wo? In einem Geviert aus Unrat und bröckelnden Mauern, einem Hinterhof in der Südstadt. Dort oben, wo ein morscher Fensterladen an die Wand schlug, da oben wohnten ein alter Mann und eine alte Frau. Hier, hier unten, in einer frisch ausgehobenen Grube versteckt, lag jemand auf der Lauer. Eine große, dünne, finstere Gestalt. Eingemummt in einen weiten Mantel. Wartend. Die blecherne Glocke im Turm des Irrenhauses von Sankt Vitus fing zu schlagen an. Plötzlich war ein Kichern zu hören. Kein schöner Laut. Eszterhazy wußte sofort, wer sich da verbarg. *Ich bin der Bruder der Schatten aller Gefallenen. Die Vorhut der Schatten aller, die noch leben. Ich bin das Medium, Mr. Mudge. Jawohl.*

Mr. Mudge kroch aus seinem Versteck hervor (wer weiß, wofür die Grube ausgehoben worden war?) und schlich zu dem alten, verkommenen Mietshaus hinüber, zu dem Fenster mit dem morschen Laden. Eszterhazy wollte, aber konnte nicht eingreifen. Er war wie gelähmt. Nicht in der Lage, sich zu rühren, Alarm zu schlagen. Luft zu holen. Das Fenster sprang auf, krachte vor den Laden. Dann ein Laut, ähnlich wie Husten. Jemand sprang heraus. Jemand? Etwas? Dunkel, sehr dunkel. Geschmeidig. Mudge warnen? Warum? Nein. Wo war er? Da. Der wehende Mantel, fliegend, jagt ihn, wie es scheint, durch schwarze Nacht vor sich her, sitzt ihm im Nacken ... Nein: etwas anderes sitzt ihm im Nacken. Statt Wut oder Angst steht ihm Anstrengung ins Gesicht geschrieben, konzentriertes Bestreben, schneller, *schneller, schneller* zu rennen, zu springen, zu klettern, zu hasten, zu fliehen; doch dichtauf folgt, was schneller noch ist. Und da blitzt etwas auf, für Sekundenbruchteile nur, etwas, das glänzt und blinkt wie ... wie eine metallene Marke am Hals eines Tiers oder wie ein Ring an einer Hand, die nach vorn schnellt. Und dann ein Schreien. **Quaere:** Was hat Mr. Mudge geschrien? **Responsum:** Er hat um Hilfe geschrien. **Q.:** Wie, an wen gewandt? **R.:** Beschwörend, an: **»Belphegor, Beelzebub, Baphomet, Satanas, à mon aide o mes princes, aidez-moi, à moi, à moi, à ...«** Und am Ende nur noch dieses langgezogene »Ah ...«, als der Verfolger mit einem Satz herbeiflog, eine gewaltige Pranke niederfahren ließ auf Mr. Mudge. Und der sank mit all seinen Verwünschungen kraftlos zu Boden, so daß nicht einmal Hohn für ihn übrig blieb ...

Eszterhazy, ganz ausgelaugt vom Alpdruck der verheerenden Jagd, wachte schweißgebadet auf.

Eine Wahrnehmung hatte sich in seinem Gedächtnis eingenistet, obwohl sie, wie es schien, gar nicht aus dieser Nacht hervorgegangen war. Eine seltsame Stimme sagte: *»Die Katze hat Krallen.«*

In früher Morgenstunde.

Mrash.

»Euer Lordschaft, der Tiger sein wieder mal dagewest.«

Eszterhazy öffnete benommen die vom Schlaf verklebten Lider. »Der was? Ah, der Leopard? Du hast ihn wieder über die Dächer springen sehen?« Warum nur fühlte er sich so seltsam? Wie aus dem Gleichgewicht gebracht. Er hatte entsetzlichen Gefahren getrotzt. Die waren ausgestanden. Und nun machte sich Müdigkeit breit. Unendliche Müdigkeit. Doch er durfte sich jetzt nicht hängenlassen.

Mrash sagte: »Nein, Euer Lordschaft. Er war von die Dächer *runter*gelauft. Und wie ich so gucke, seh' ich ... na, jedenfalls nicht was wie Tiger oder Leopard aussehen tut. Hier, guckt selbst, Euer Lordschaft, hier am Fenster. Da, da oben.«

Eszterhazy wünschte sich den alten Haudegen Oberst Brennshnekkl herbei. Er hatte in Afrika Leoparden getötet, hielt sie für gefährlicher noch als Löwen und Tiger, da diese bloß am Boden jagen. Tja, in Afrika ist alles anders, sagte schon Plautus. Oder Plinius?

Mrash lockte ihn ans Fenster. »Kommt her, Euer Lordschaft«, sagte er und fügte hinzu: »Da drüben, auf die Dach vom alten Baron Johan sein Haus. Ganz oben am Schornstein. Seht nur!«

Eszterhazy trat ans Fenster und schirmte mit der Hand die Reflexionen der Gaslaterne auf der Scheibe ab, strengte sich an, den Blick zu schärfen, und wünschte – nicht zum erstenmal –, daß jemand doch ein Licht erfinden möge, das – im Unterschied zur Bühnenbeleuchtung an der Rampe – seine Strahlen weitreichend in alle Richtungen gleichmäßig verteilte. Tja, aber vorläufig ... vorläufig sah er auf dem Dachfirst neben dem Kamin nur etwas im Wind flattern. »Was ist das, Mrashko? Alte Kleider? Von einem Windstoß hochgeweht?«

»Nee, mein Lord«, antwortete Mrash. »Kleider, ja. Alt oder neu. Aber die sind nicht vom Wind da hoch. War nicht stark genug die Nacht. Und überhaupt. Da ist eine Mantel, Hose, Jacke, alles drum und dran. Und ich bin Soldat in mehr als eine Krieg gewest, daß ich Euch das eine sagen kann: In diese Sachen tut 'ne tote Leiche stecken.«

Mrash, angestellt, um als Leibkoch seine Dienste zu verrichten, war beileibe nicht auf den Kopf gefallen, und es stimmte: Er hatte mehr als einen Krieg mitgemacht und dabei nicht etwa nur die Feldkantine beaufsichtigt. Auch war nicht davon auszugehen, daß er seine Augen durch vieles Lesen überanstrengt hatte. Sein Herr sagte: »Schlag sofort Alarm.« Wenig später fing ein großer Eisenring zu scheppern an. **Ngoing ngoing mramha mram ...** Im dünnen Schein einer Gaslampe am anderen Ende der Gasse liefen Menschen zusammen, warfen zuckende Schatten aufs Pflaster. Was dort oben am First hing, warf keine Schatten. Es rührte sich nicht.

Männer eilten herbei mit Leitern, Enterhaken, Laternen und Fackeln. Sie stürmten ins Haus und kletterten kurz darauf aus einer Dachluke hervor. Eszterhazy folgte. (War er jemals zuvor auf ein so steiles Dach gestiegen? Kein Problem. Oder doch?)

»Ja, der ist hinüber. Mausetot. Schon ganz steif«, stellte ein Mann von der freiwilligen Feuerwehr sachkundig fest. Von Beruf schien er Kohlenschlepper zu sein. Sein Gesicht war rußverschmiert. »Seht mal, wie schief der Kopf auf den Schultern sitzt. Hat sich wohl den Hals gebrochen.« Und:

»Sind das nicht Spuren von langen Krallen?« fragte ein anderer und antwortete selbst: »Nee, so was gibt's doch nicht bei uns in der Stadt« – womit er Bella meinte –, »muß sich wohl im Sturz aufgeschlitzt haben. Denn das steht fest: Gestürzt ist er, und zwar zu Tode. Der Wiederauferstandene und seine Heiligen mögen ihm und uns allen gnädig sein.«

Die ein wenig skurrile Lordschaft, die gegenüber in dem kleineren Haus an der Türkenstraße wohnte, schüttelte den Kopf. »Wie ist er bloß hier hochgekommen?« war seine Frage, die er vor allem an sich selbst zu richten schien. »Von wo sollte er heruntergestürzt sein? Das Dach ist weit und breit der höchste Punkt. Körper fallen nach unten, nicht nach oben.«

Allerdings. Darüber war das letzte Wort noch nicht gesprochen. Die Leiche wurde weggeschafft.

Die alte Helen, Haushälterin der Baronesse, servierte, wie es unter solchen Umständen Brauch war, Rum mit heißem Wasser. »Doktor, entschuldigen Sie, Sir. Die Polizei wird wissen wollen, wer dieser Mann ist. Der Verstorbene. Sie, Herr Doktor, wohnen doch gleich nebenan. Wissen Sie vielleicht, wer ...«

Eszterhazy nickte. Er hatte das alles doch bloß geträumt, oder? Eine Vision gehabt. Oder etwa …? Seine Lippen bewegten sich stumm. Dann sagte er: »Der Verstorbene nannte sich Melanchthon Mudge.« Er nahm einen Schluck Grog. Es war ein starkes Gebräu.

Schwamm drüber.

Schwamm drüber? Von wegen. Es stehen Erklärungen aus, zum Beispiel die, daß in Legenden und Sagen durchaus häufig die Rede ist von Ringen, in denen geheimnisvolle Kräfte stecken. Und was Legenden betraf, so kannte sich Dr. Eszterhazy bestens aus; ja, sein Wissen auf diesem Gebiet war größer als in all den Disziplinen, in denen er einen akademischen Grad erworben hatte. Würde es einen solchen Titel geben, hätte er längst ein Legendendiplom verdient. Der Daumenring des Herzogs Pasquale (Wer war dieser Herzog eigentlich? Egal.) gehörte noch nicht lange zum allgemeinen Legendenschatz. Eszterhazy hatte dessen Erwähnung erst am Vortag entdeckt. Woher wußte Melanchthon Mudge davon? – oder jener, der sich so nannte und der gejagt worden war wie von einem Leoparden, getötet wie von einem Leoparden und aufs Dach geschleppt wie von einem Leoparden? Was hatte dieser Mann angestellt, um an die Juwelen der Herrscher Napoleon III. von Frankreich, Alexander II. von Rußland und von Amadeus (dem ersten und letzten Spaniens) heranzukommen? Gewiß nichts Gutes, bedenkt man, daß all diese hohen Häupter hernach ins Unglück stürzten. (Wie paßte das alles zusammen? Nun, das wird sich zeigen. Weiter im Text. Weiter, weiter.)

Worin bestand die Zauberkraft des pasqualinischen Rings? Vermochte er seinen Träger oder seine Trägerin in ein Tier zu verwandeln, in eine wilde Bestie? Man stelle sich vor: das Glück und die Lust, befreit von menschlicher Gestalt als wildes Tier umherstreifen zu können. Um so schwerer war es zu begreifen, daß das alte Paar, zumal es sich als königlich erachtete, nie zuvor von dieser Zauberkraft Gebrauch gemacht hatte. Nie? Ein viel zu kurzes Wort, das schnell dahergesagt und doch von zeitlich unermeßlicher Bedeutung ist. Gewiß hätten der alte König und die alte Königin nie aus reiner Lust und Freude des Ringes Zauberkraft genutzt. Sondern allenfalls in auswegloser Not, zur Selbstverteidigung, zum Schutz des Freundes Eszterhazy und des gräflichen Hauses von Cruttz und vielleicht der ganzen großen Stadt von Bella (*... und der Leopard wird um ihre Städte schleichen ...*), zum Schutz vor jenem bösen, rache- und mordlüsternen Wesen, das sich Melanchthon Mudge nannte. Nur zu diesem Zwecke waren sie imstande, die Zauberkraft des Ringes zu gebrauchen. Angenommen, all dies wäre wirklich wahr: *Konnte* es sich auch tatsächlich so verhalten haben? Zur Gänze? Zum Teil? Wenn nicht, wie würde eine andere Erklärung lauten können? Wenn es denn eine gab.

So sehr er auch danach suchte und alles bedachte, Eszterhazy fand keine andere Erklärung.

Dutzende von Grenzen wurden neu gezogen. Fronten änderten ihren Verlauf. Es war zwar keine Veränderung so groß, als daß man sie auf einer Atlasseite wiedergefunden hätte. Aber immerhin, es wurden hier ein paar Quadratkilometer hinzugewonnen, dort ein paar abgegeben, für eine Prise Kautabak vielleicht ... Wie gesagt: Ein Dutzend Fronten und Grenzen änderten ihren Verlauf. Und jedesmal galt es, von vielen, vielen Urkunden eine dicke Staubschicht herunterzublasen. Um den angeblich ursprünglichen Grenzverlauf eines Savoyengebietes bei Nizza wiederherzustellen, überließ man der Gegenseite zwei Bezirksstädte und eine Diözese – als Kompensation. Wofür? Für den Anspruch auf Rechte, die die *Erben aus der vierten Ehe des großen Herzogs Pasquale III.* geltend machten gegenüber anderen Ansprüchen, die sich aus Mitgifts-, Eroberungs- oder wer weiß was für Rechten ableiten ließen.

Aber was kümmerte dies die Historiker oder Kartographen? Oder was kümmerte es die kleinen und mittleren

Staatsbeamten am ›grünen Tisch‹, ob die *Erben aus vierter Ehe* Ansprüche erhoben? Sie mußten sich nur darum kümmern, daß ein paar Grenzen neu gezogen wurden, denn ohne die wäre eine gewisse Sandbank in Gambia Niemandsland geblieben, und das hätte gewissen einflußreichen Bürgern, die einen schwunghaften Handel mit Palm- und Erdnußöl betrieben, nicht in den Kram gepaßt.

»Sie sehen also, Doktor«, sagte Stowtfuss, der Außenminister der Dreiermonarchie, »Sie lagen mit Ihrer Vermutung ganz richtig. Wir haben Ihren Vorschlag aufgegriffen und weitergeleitet. Und was den König von Restsizilien betrifft, nun, er ist natürlich kein richtiger König und wird auch niemals einer sein. Gut für Sizilien, noch besser für ihn. Mag er weiter prätendieren, und das in etwas angemessenerem Rahmen, hat er doch jetzt ein hübsches Einkommen aus dem alten Grundbesitz bei Nizza.«

Eszterhazy nickte. »Und seine Frau braucht nicht mehr auf den alten Knien herumzurutschen und den Boden zu schrubben«, sagte er. Alte Frau, alte Katze mit Krallen. Und mit dem Zauberring, den Mudge um alles in der Welt besitzen wollte. Um selbst mit Krallen bewehrt zu sein? Um noch mehr Unheil verbreiten zu können?

»Ja, ja«, meinte Stowtfuss mitleidsvoll. »Das sind mir zwei. Wußten Sie eigentlich, daß der Alte der Vetter seiner Frau ist? Die beiden sind verwandt mit... wie heißt er gleich? Wie lautet ihr Mädchenname noch...? Verwandt mit einem Schriftsteller. Er trägt denselben Namen wie die Mutter des Alten. Der Schriftsteller Graf Giacomo... ah, ja! Leopardi! Graf Giacomo Leopardi. Der war ihr Cousin. Sie werden bestimmt erahnen, welches Tier im Familienwappen auftaucht.«

Quellenverzeichnis

Fritz Leiber, EINE KREATIVE KATZE / *Kreativity For Kats.* Copyright © 1961 by Galaxy Publishing Corporation. Erstveröffentlichung in ›Galaxy‹, April 1961. Aus dem Amerikanischen von Michael Windgassen.

Michael Bishop, DAS LEBEN, BETRACHTET ALS EIN PUZZLE AUS POUSSIERLICHEN KATZEN / *Life Regarded As A Jigsaw Puzzle Of Highly Lustrous Cats.* Copyright © 1991 by Omni Publications International, Ltd. Erstveröffentlichung in ›Omni‹, September 1991. Aus dem Amerikanischen von Michael Windgassen.

Tanith Lee, TIGER / *Bright Burning Tiger.* Copyright © 1983 by Davis Publications, Inc. Erstveröffentlichung in ›Isaac Asimov's Science Fiction Magazine‹, 1983. Aus dem Amerikanischen von Jürgen Langowski.

Isaac Asimov, ICH LIEBE MIEZCHEN / *I Love Little Pussy.* Copyright © 1988 by Davis Publications, Inc. Erstveröffentlichung in ›Isaac Asimov's Science Fiction Magazine‹, November 1988. Aus dem Amerikanischen von Walter Brumm.

Ward Moore, DER MIT DEN KATZEN SPRACH / *The Boy Who Spoke Cat.* Copyright © 1973 by Autor. Erstveröffentlichung in ›Venus‹, Dezember 1973. Aus dem Amerikanischen von Michael Windgassen.

Lucius Shepard, DER PFAD DES JAGUARS / *The Jaguar Hunter.* Copyright © 1985 by Mercury Press, Inc. Erstveröffentlichung in ›The Magazine Of Fantasy And Science Fiction‹, Mai 1985. Aus dem Amerikanischen von Birgit Reß-Bohusch.

Lilian Jackson Braun, DER FEHLTRITT VON MADAME PHLOI / *The Sin Of Madame Phloi.* Copyright © 1962 by Davis

Publications, Inc. Erstveröffentlichung in ›Ellery Queen's Mystery Magazine‹, 1962. Aus dem Amerikanischen von Gunther Seipel.

Pamela Sargent, DER PFERCH IM GEBIRGE / *The Mountain Cage.* Copyright © 1987 by Pamela Sargent. Erstveröffentlichung in ›The Best Of Pamela Sargent‹, herausgegeben von Martin Harry Greenberg (Academy Chicago, 1987). Aus dem Amerikanischen von Michael Windgassen.

Ursula K. Le Guin, MAYS LÖWE / *May's Lion.* Copyright © 1983 by Autorin. Erstveröffentlichung in ›The Little Magazine, Volume 14‹. Aus dem Amerikanischen von Michael Windgassen.

R. V. Branham, GRASFARBEN, BLUTFARBEN / *The Color Of Grass, The Color Of Blood.* Copyright © 1989 by Davis Publications, Inc. Erstveröffentlichung in ›Isaac Asimov's Science Fiction Magazine‹, Dezember 1989. Aus dem Amerikanischen von Michael Windgassen.

John Collier, EIN WORT DER WARNUNG / *A Word To The Wise.* Copyright © 1940 by Esquire. Aus dem Amerikanischen von Michael Windgassen.

Avram Davidson, DER RING DES HERZOGS PASQUALE / *Duke Pasquale's Ring.* Copyright © 1985 by TSR Hobbies, Inc. Erstveröffentlichung in ›Amazing Stories‹, Mai 1985. Aus dem Amerikanischen von Michael Windgassen.